CLASSIQUES
& CIE
LYCÉE

ÉMILE ZOLA

Naïs Micoulin (1884)

Nantas • Jacques Damour • L'inondation
La mort d'Olivier Bécaille

suivi d'une **anthologie**
Du réalisme au naturalisme

Collection dirigée par **Johan Faerber**

Édition annotée et dossier par **Laurence Rauline**
agrégée de lettres modernes
docteur en littérature française de l'âge classique

Hatier

Naïs Micoulin et autres nouvelles

QUESTIONS

pour vous GUIDER

Une rubrique, au fil du texte, pour vous aider à interpréter les passages clés et acquérir des outils d'analyse

Conception graphique de la maquette : c-album, Jean-Baptiste Taisne, Rachel Pfleger ; Studio Favre & Lhaïk ; dossier : Lauriane Tiberghien • Principe de couverture : Double • Mise en page : Chesteroc Ltd • Suivi éditorial : Claire Dupuis • Correction : Danièle Bouilly.
© Hatier Paris 2015 – ISBN 978-2-218-99143-1

L'anthologie
Du réalisme au naturalisme

Le réalisme ou l'ambition de dire le vrai

Le naturalisme ou l'ambition scientifique

Le dossier

REPÈRES CLÉS

POUR SITUER L'ŒUVRE

FICHES DE LECTURE

POUR APPROFONDIR SA LECTURE

THÈME ET DOCUMENTS

POUR COMPARER

Thème > **La mort comme leçon de sagesse**

OBJECTIF BAC

POUR S'ENTRAÎNER

Naïs Micoulin

I

À la saison des fruits, une petite fille, brune de peau, avec des cheveux noirs embroussaillés, se présentait chaque mois chez un avoué[1] d'Aix, M. Rostand, tenant une énorme corbeille d'abricots ou de pêches, qu'elle avait peine à porter. Elle restait dans le large vestibule[2], et toute la famille, prévenue, descendait.

« Ah ! c'est toi, Naïs, disait l'avoué. Tu nous apportes la récolte. Allons, tu es une brave fille… Et le père Micoulin, comment va-t-il ?

– Bien, Monsieur », répondait la petite en montrant ses dents blanches.

Alors, Mme Rostand la faisait entrer à la cuisine, où elle la questionnait sur les oliviers, les amandiers, les vignes. La grande affaire était de savoir s'il avait plu à L'Estaque[3], le coin du littoral où les Rostand possédaient leur propriété, la Blancarde, que les Micoulin cultivaient. Il n'y avait là que quelques douzaines d'amandiers et d'oliviers, mais la question de la pluie n'en restait pas moins capitale, dans ce pays qui meurt de sécheresse.

« Il a tombé des gouttes, disait Naïs. Le raisin aurait besoin d'eau. »

Puis, lorsqu'elle avait donné les nouvelles, elle mangeait un morceau de pain avec un reste de viande, et elle repartait pour

---

1. Avoué : profession proche de celle de l'avocat.
2. Vestibule : entrée d'une maison.
3. L'Estaque : village proche de Marseille, où l'on pêchait et où l'on fabriquait des tuiles.

L'Estaque, dans la carriole d'un boucher, qui venait à Aix tous les quinze jours. Souvent, elle apportait des coquillages, une langouste, un beau poisson, le père Micoulin pêchant plus encore qu'il ne labourait. Quand elle arrivait pendant les vacances, Frédéric, le fils de l'avoué, descendait d'un bond dans la cuisine pour lui annoncer que la famille allait bientôt s'installer à la Blancarde, en lui recommandant de tenir prêts ses filets et ses lignes[1]. Il la tutoyait, car il avait joué avec elle tout petit. Depuis l'âge de douze ans seulement, elle l'appelait « Monsieur Frédéric », par respect. Chaque fois que le père Micoulin l'entendait dire « tu » au fils de ses maîtres, il la souffletait[2]. Mais cela n'empêchait pas que les deux enfants fussent très bons amis.

« Et n'oublie pas de raccommoder les filets, répétait le collégien.

– N'ayez pas peur, Monsieur Frédéric, répondait Naïs. Vous pouvez venir. »

M. Rostand était fort riche. Il avait acheté à vil prix[3] un hôtel[4] superbe, rue du Collège. L'hôtel de Coiron, bâti dans les dernières années du dix-septième siècle, développait une façade de douze fenêtres, et contenait assez de pièces pour loger une communauté. Au milieu de ces appartements immenses, la famille composée de cinq personnes, en comptant les deux vieilles domestiques, semblait perdue. L'avoué occupait seulement le premier étage. Pendant dix ans, il avait affiché[5] le rez-de-chaussée et le second, sans trouver de locataires. Alors, il s'était décidé à fermer les portes, à abandonner les deux tiers de l'hôtel aux araignées. L'hôtel, vide et sonore, avait des échos de cathédrale au moindre bruit qui se produisait dans le vestibule,

---

1. **Filets, lignes** : outils de pêche.
2. **Souffletait** : giflait.
3. **À vil prix** : à très bas prix.
4. **Hôtel** : riche demeure.
5. **Affiché** : proposé à la location.

un énorme vestibule avec une cage d'escalier monumentale, où
50 l'on aurait aisément construit une maison moderne.

Au lendemain de son achat, M. Rostand avait coupé en deux
par une cloison le grand salon d'honneur, un salon de douze
mètres sur huit, que six fenêtres éclairaient. Puis, il avait installé
là, dans un compartiment, son cabinet[1], et dans l'autre le cabinet
55 de ses clercs[2]. Le premier étage comptait en outre quatre pièces,
dont la plus petite mesurait près de sept mètres sur cinq.
Mme Rostand, Frédéric, les deux vieilles bonnes, habitaient des
chambres hautes comme des chapelles. L'avoué s'était résigné à
faire aménager un ancien boudoir[3] en cuisine, pour rendre le
60 service plus commode ; auparavant, lorsqu'on se servait de la
cuisine du rez-de-chaussée, les plats arrivaient complètement
froids, après avoir traversé l'humidité glaciale du vestibule et de
l'escalier. Et le pis était que cet appartement démesuré se trouvait
meublé de la façon la plus sommaire. Dans le cabinet, un ancien
65 meuble vert, en velours d'Utrecht[4], espaçait son canapé et ses
huit fauteuils, style Empire, aux bois raides et tristes ; un petit
guéridon[5] de la même époque semblait un joujou, au milieu de
l'immensité de la pièce ; sur la cheminée, il n'y avait qu'une
affreuse pendule de marbre moderne, entre deux vases, tandis que
70 le carrelage, passé au rouge[6] et frotté, luisait d'un éclat dur. Les
chambres à coucher étaient encore plus vides. On sentait là le
tranquille dédain[7] des familles du Midi, même les plus riches,
pour le confort et le luxe, dans cette bienheureuse contrée du

---

1. Cabinet : bureau réservé à l'exercice de sa profession.

2. Clercs : employés d'un avoué ou d'un notaire.

3. Boudoir : petit salon qui servait de pièce intime aux dames.

4. Utrecht : ville des Pays-Bas, célèbre pour la fabrication d'un velours à longs poils de chèvre.

5. Guéridon : petite table ronde avec un pied central ou trois pieds.

6. Passé au rouge : teint avec un produit de couleur rouge, destiné à le faire luire.

7. Dédain : mépris.

soleil où la vie se passe au-dehors. Les Rostand n'avaient certainement pas conscience de la mélancolie, du froid mortel qui
désolaient ces grandes salles, dont la tristesse de ruines semblait
accrue par la rareté et la pauvreté des meubles.

L'avoué était pourtant un homme fort adroit. Son père lui
avait laissé une des meilleures études[1] d'Aix, et il trouvait
moyen d'augmenter sa clientèle par une activité rare dans ce pays
de paresse. Petit, remuant, avec un fin visage de fouine, il s'occupait passionnément de son étude[2]. Le soin[3] de sa fortune le
tenait d'ailleurs tout entier, il ne jetait même pas les yeux sur un
journal, pendant les rares heures de flânerie qu'il tuait au cercle[4].
Sa femme, au contraire, passait pour une des femmes intelli-
gentes et distinguées de la ville. Elle était née de Villebonne, ce
qui lui laissait une auréole de dignité, malgré sa mésalliance[5].
Mais elle montrait un rigorisme si outré[6], elle pratiquait ses
devoirs religieux avec tant d'obstination étroite, qu'elle avait
comme séché dans l'existence méthodique qu'elle menait.

Quant à Frédéric, il grandissait entre ce père si affairé et cette
mère si rigide. Pendant ses années de collège, il fut un cancre de
la belle espèce, tremblant devant sa mère, mais ayant tant de
répugnance pour le travail, que, dans le salon, le soir, il lui arrivait de rester des heures le nez sur ses livres, sans lire une ligne,
l'esprit perdu, tandis que ses parents s'imaginaient, à le voir,
qu'il étudiait ses leçons. Irrités de sa paresse, ils le mirent
pensionnaire au collège ; et il ne travailla pas davantage, moins
surveillé qu'à la maison, enchanté de ne plus sentir toujours

---

1. Études : lieux de travail de l'avoué, de l'avocat, du notaire, entre autres.
2. Étude : bureau réservé à l'exercice de sa profession.
3. Soin : souci.
4. Cercle : lieu de réunion entre amis, personnes de même rang social ou parta-
geant une même passion.
5. Mésalliance : mariage avec une personne de condition sociale inférieure.
6. Outré : exagéré.

100 peser sur lui des yeux sévères. Aussi, alarmés des allures émancipées[1] qu'il prenait, finirent-ils par le retirer, afin de l'avoir de
nouveau sous leur férule[2]. Il termina sa seconde et sa rhétorique[3], gardé de si près, qu'il dut enfin travailler : sa mère examinait ses cahiers, le forçait à répéter ses leçons, se tenait derrière
105 lui à toute heure, comme un gendarme. Grâce à cette surveillance, Frédéric ne fut refusé que deux fois aux examens du baccalauréat[4].

Aix possède une école de droit renommée, où le fils Rostand
prit naturellement ses inscriptions. Dans cette ancienne ville
110 parlementaire[5], il n'y a guère que des avocats, des notaires et des
avoués, groupés là autour de la cour. On y fait son droit quand
même, quitte ensuite à planter tranquillement ses choux.
Il continua d'ailleurs sa vie du collège, travaillant le moins
possible, tâchant simplement de faire croire qu'il travaillait beau-
115 coup. Mme Rostand, à son grand regret, avait dû lui accorder
plus de liberté. Maintenant, il sortait quand il voulait, et n'était
tenu qu'à se trouver là aux heures des repas ; le soir, il devait
rentrer à neuf heures, excepté les jours où on lui permettait le
théâtre. Alors, commença pour lui cette vie d'étudiant de
120 province, si monotone, si pleine de vices, lorsqu'elle n'est pas
entièrement donnée au travail.

Il faut connaître Aix, la tranquillité de ses rues où l'herbe
pousse, le sommeil qui endort la ville entière, pour comprendre
quelle existence vide y mènent les étudiants. Ceux qui travaillent
125 ont la ressource de tuer les heures devant leurs livres. Mais ceux

---

1. Émancipées : libérées de l'autorité parentale.
2. Sous leur férule : sous leur contrôle.
3. Rhétorique : ancienne classe de première au lycée.
4. Il n'était pas rare d'échouer à cet examen. Le taux de réussite au baccalauréat était beaucoup plus faible qu'aujourd'hui.
5. Ville parlementaire : référence au parlement de l'Ancien Régime, qui rendait la justice et prononçait un certain nombre de décisions.

qui se refusent à suivre sérieusement les cours n'ont d'autres refuges, pour se désennuyer, que les cafés, où l'on joue, et certaines maisons, où l'on fait pis encore. Le jeune homme se trouva être un joueur passionné ; il passait au jeu la plupart de ses soirées, et les achevait ailleurs. Une sensualité de gamin échappé du collège le jetait dans les seules débauches que la ville pouvait offrir, une ville où manquaient les filles libres qui peuplent à Paris le quartier Latin[1]. Lorsque ses soirées ne lui suffirent plus, il s'arrangea pour avoir également ses nuits, en volant une clé de la maison. De cette manière, il passa heureusement ses années de droit.

Du reste, Frédéric avait compris qu'il devait se montrer un fils docile. Toute une hypocrisie d'enfant courbé par la peur lui était peu à peu venue. Sa mère, maintenant, se déclarait satisfaite : il la conduisait à la messe, gardait une allure correcte, lui contait tranquillement des mensonges énormes, qu'elle acceptait, devant son air de bonne foi. Et son habileté devint telle, que jamais il ne se laissa surprendre, trouvant toujours une excuse, inventant d'avance des histoires extraordinaires pour se préparer des arguments. Il payait ses dettes de jeu avec de l'argent emprunté à des cousins. Il tenait toute une comptabilité compliquée. Une fois, après un gain inespéré, il réalisa même ce rêve d'aller passer une semaine à Paris, en se faisant inviter par un ami, qui possédait une propriété près de la Durance[2].

Au demeurant, Frédéric était un beau jeune homme, grand et de figure régulière, avec une forte barbe noire. Ses vices le rendaient aimable, auprès des femmes surtout. On le citait pour ses bonnes manières. Les personnes qui connaissaient ses farces souriaient un peu ; mais, puisqu'il avait la décence de cacher cette moitié suspecte de sa vie, il fallait encore lui savoir gré de

---

1. Quartier Latin : quartier étudiant de Paris, situé autour de la Sorbonne.
2. Durance : rivière de Provence.

ne pas étaler ses débordements, comme certains étudiants grossiers, qui faisaient le scandale de la ville.

Frédéric allait avoir vingt et un ans. Il devait passer bientôt ses derniers examens. Son père, encore jeune et peu désireux de lui céder tout de suite son étude, parlait de le pousser dans la magistrature debout[1]. Il avait à Paris des amis qu'il ferait agir, pour obtenir une nomination de substitut[2]. Le jeune homme ne disait pas non ; jamais il ne combattait ses parents d'une façon ouverte ; mais il avait un mince sourire qui indiquait son intention arrêtée de continuer l'heureuse flânerie dont il se trouvait si bien. Il savait son père riche, il était fils unique, pourquoi aurait-il pris la moindre peine ? En attendant, il fumait des cigares sur le Cours, allait dans les bastidons[3] voisins faire des parties fines[4], fréquentait journellement en cachette les maisons louches[5], ce qui ne l'empêchait pas d'être aux ordres de sa mère et de la combler de prévenances[6]. Quand une noce[7] plus débraillée que les autres lui avait brisé les membres et compromis l'estomac, il rentrait dans le grand hôtel glacial de la rue du Collège, où il se reposait avec délices. Le vide des pièces, le sévère ennui qui tombait des plafonds, lui semblaient avoir une fraîcheur calmante. Il s'y remettait, en faisant croire à sa mère qu'il restait là pour elle, jusqu'au jour où, la santé et l'appétit revenus, il machinait[8] quelque nouvelle escapade. En somme, le meilleur garçon du monde, pourvu qu'on ne touchât point à ses plaisirs.

---

1. Magistrature debout : magistrats du parquet, qui représentent la société et qui se lèvent devant le tribunal ou la cour pour requérir.

2. Substitut : magistrat qui supplée le procureur.

3. Bastidons : petites bastides, maisons de campagne caractéristiques de la Provence.

4. Parties fines : réunions ayant pour objet le plaisir sexuel des participants.

5. Maisons louches : établissements fréquentés par des personnes peu recommandables.

6. Prévenances : attentions, gestes de celui qui est attentionné.

7. Noce : fête.

8. Machinait : organisait.

180   Naïs, cependant, venait chaque année chez les Rostand, avec ses fruits et ses poissons, et chaque année elle grandissait. Elle avait juste le même âge que Frédéric, trois mois de plus environ. Aussi, Mme Rostand lui disait-elle chaque fois :

« Comme tu te fais grande fille, Naïs ! »

185   Et Naïs souriait, en montrant ses dents blanches. Le plus souvent, Frédéric n'était pas là. Mais, un jour, la dernière année de son droit, il sortait, lorsqu'il trouva Naïs debout dans le vestibule, avec sa corbeille. Il s'arrêta net d'étonnement. Il ne reconnaissait pas la longue fille mince et déhanchée qu'il avait vue,

190 l'autre saison, à la Blancarde. Naïs était superbe, avec sa tête brune, sous le casque sombre de ses épais cheveux noirs ; et elle avait des épaules fortes, une taille ronde, des bras magnifiques dont elle montrait les poignets nus. En une année, elle venait de pousser comme un jeune arbre.

195   « C'est toi ! dit-il d'une voix balbutiante.

– Mais oui, Monsieur Frédéric, répondit-elle en le regardant en face, de ses grands yeux où brûlait un feu sombre. J'apporte des oursins… Quand arrivez-vous ? Faut-il préparer les filets[1] ? »

Il la contemplait toujours, il murmura, sans paraître avoir

200 entendu :

« Tu es bien belle, Naïs !… Qu'est-ce que tu as donc ? »

Ce compliment la fit rire. Puis, comme il lui prenait les mains, ayant l'air de jouer, ainsi qu'ils jouaient ensemble autrefois, elle devint sérieuse, elle le tutoya brusquement, en lui

205 disant tout bas, d'une voix un peu rauque :

« Non, non, pas ici… Prends garde ! voici ta mère. »

---

1. **Filets** : outils de pêche.

II

Quinze jours plus tard, la famille Rostand partait pour la Blancarde. L'avoué devait attendre les vacances des tribunaux, et d'ailleurs le mois de septembre était d'un grand charme, au bord
210 de la mer. Les chaleurs finissaient, les nuits avaient une fraîcheur délicieuse.

La Blancarde ne se trouvait pas dans L'Estaque même, un bourg situé à l'extrême banlieue de Marseille, au fond d'un cul-de-sac de rochers, qui ferme le golfe. Elle se dressait au-delà du
215 village, sur une falaise ; de toute la baie, on apercevait sa façade jaune, au milieu d'un bouquet de grands pins. C'était une de ces bâtisses carrées, lourdes, percées de fenêtres irrégulières, qu'on appelle des châteaux en Provence. Devant la maison, une large terrasse s'étendait à pic sur une étroite plage de cailloux. Derrière,
220 il y avait un vaste clos, des terres maigres où quelques vignes, des amandiers et des oliviers consentaient seuls à pousser. Mais un des inconvénients, un des dangers de la Blancarde était que la mer ébranlait continuellement la falaise ; des infiltrations, provenant de sources voisines, se produisaient dans cette masse amollie de
225 terre glaise et de roches ; et il arrivait, à chaque saison, que des blocs énormes se détachaient pour tomber dans l'eau avec un bruit épouvantable. Peu à peu, la propriété s'échancrait[1]. Des pins avaient déjà été engloutis.

Depuis quarante ans, les Micoulin étaient mégers[2] à la
230 Blancarde. Selon l'usage provençal, ils cultivaient le bien et partageaient les récoltes avec le propriétaire. Ces récoltes étant pauvres, ils seraient morts de famine, s'ils n'avaient pas pêché un peu de poisson l'été. Entre un labourage et un ensemencement, ils donnaient un coup de filet. La famille était composée du père

---

1. S'échancrait : s'entaillait, se creusait.
2. Mégers : métayers (terme provençal). Ils cultivent une terre qui ne leur appartient pas et reversent une partie de la récolte au propriétaire.

235 Micoulin, un dur vieillard à la face noire et creusée, devant lequel toute la maison tremblait ; de la mère Micoulin, une grande femme abêtie par le travail de la terre au plein soleil ; d'un fils qui servait pour le moment sur l'*Arrogante*[1], et de Naïs que son père envoyait travailler dans une fabrique de tuiles, malgré toute la
240 besogne qu'il y avait au logis. L'habitation du méger, une masure[2] collée à l'un des flancs de la Blancarde, s'égayait rarement d'un rire ou d'une chanson. Micoulin gardait un silence de vieux sauvage, enfoncé dans les réflexions de son expérience. Les deux femmes éprouvaient pour lui ce respect terrifié que les filles et les
245 épouses du Midi témoignent au chef de la famille. Et la paix n'était guère troublée que par les appels furieux de la mère, qui se mettait les poings sur les hanches pour enfler son gosier à le rompre, en jetant aux quatre points du ciel le nom de Naïs, dès que sa fille disparaissait. Naïs entendait d'un kilomètre et
250 rentrait, toute pâle de colère contenue.

Elle n'était point heureuse, la belle Naïs, comme on la nommait à L'Estaque. Elle avait seize ans, que Micoulin, pour un oui, pour un non, la frappait au visage, si rudement, que le sang lui partait du nez ; et, maintenant encore, malgré ses vingt ans
255 passés, elle gardait pendant des semaines les épaules bleues des sévérités du père. Celui-ci n'était pas méchant, il usait simplement avec rigueur de sa royauté, voulant être obéi, ayant dans le sang l'ancienne autorité latine, le droit de vie et de mort sur les siens. Un jour, Naïs, rouée de coups, ayant osé lever la main pour
260 se défendre, il avait failli la tuer. La jeune fille, après ces corrections[3], restait frémissante. Elle s'asseyait par terre, dans un coin noir, et là, les yeux secs, dévorait l'affront. Une rancune sombre la tenait ainsi muette pendant des heures, à rouler des vengeances qu'elle ne pouvait exécuter. C'était le sang même de son père qui

---

1. L'*Arrogante* : nom d'un bateau école dans la marine.
2. **Masure** : habitation pauvre.
3. **Corrections** : coups.

265 se révoltait en elle, un emportement aveugle, un besoin furieux d'être la plus forte. Quand elle voyait sa mère, tremblante et soumise, se faire toute petite devant Micoulin, elle la regardait pleine de mépris. Elle disait souvent : « Si j'avais un mari comme ça, je le tuerais. »

270 Naïs préférait encore les jours où elle était battue, car ces violences la secouaient. Les autres jours, elle menait une existence si étroite, si enfermée, qu'elle se mourait d'ennui. Son père lui défendait de descendre à L'Estaque, la tenait à la maison dans des occupations continuelles ; et, même lorsqu'elle n'avait rien à
275 faire, il voulait qu'elle restât là, sous ses yeux. Aussi attendaitelle le mois de septembre avec impatience ; dès que les maîtres habitaient la Blancarde, la surveillance de Micoulin se relâchait forcément. Naïs, qui faisait des courses pour Mme Rostand, se dédommageait de son emprisonnement de toute l'année.

280 Un matin, le père Micoulin avait réfléchi que cette grande fille pouvait lui rapporter trente sous par jour. Alors, il l'émancipa[1], il l'envoya travailler dans une tuilerie. Bien que le travail y fût très dur, Naïs était enchantée. Elle partait dès le matin, allait de l'autre côté de L'Estaque et restait jusqu'au soir au grand
285 soleil, à retourner des tuiles pour les faire sécher. Ses mains s'usaient à cette corvée de manœuvre[2], mais elle ne sentait plus son père derrière son dos, elle riait librement avec des garçons. Ce fut là, dans ce labeur si rude, qu'elle se développa et devint une belle fille. Le soleil ardent lui dorait la peau, lui mettait au
290 cou une large collerette d'ambre[3] ; ses cheveux noirs poussaient, s'entassaient, comme pour la garantir de leurs mèches volantes ; son corps, continuellement penché et balancé dans le va-et-vient de sa besogne, prenait une vigueur souple de jeune guerrière.

---

1. Il l'émancipa : il lui accorda son autonomie.
2. Manœuvre : salarié affecté à des activités pénibles et sans qualification.
3. Ambre : couleur dorée (par le soleil).

Lorsqu'elle se relevait, sur le terrain battu, au milieu de ces
295 argiles rouges, elle ressemblait à une amazone[1] antique, à
quelque terre cuite puissante, tout à coup animée par la pluie de
flammes qui tombait du ciel. Aussi Micoulin la couvait-il de ses
petits yeux, en la voyant embellir. Elle riait trop, cela ne lui
paraissait pas naturel qu'une fille fût si gaie. Et il se promettait
300 d'étrangler les amoureux, s'il en découvrait jamais autour de ses
jupes.

Des amoureux, Naïs en aurait eu des douzaines, mais elle les
décourageait. Elle se moquait de tous les garçons. Son seul bon
ami était un bossu, occupé à la même tuilerie qu'elle, un petit
305 homme nommé Toine, que la maison des enfants trouvés d'Aix
avait envoyé à L'Estaque, et qui était resté là, adopté par le pays.
Il riait d'un joli rire, ce bossu, avec son profil de polichinelle[2].
Naïs le tolérait pour sa douceur. Elle faisait de lui ce qu'elle
voulait, le rudoyait souvent, lorsqu'elle avait à se venger sur
310 quelqu'un d'une violence de son père. Du reste, cela ne tirait pas
à conséquence. Dans le pays, on riait de Toine. Micoulin avait
dit : « Je lui permets le bossu, je la connais, elle est trop fière ! »

Cette année-là, quand Mme Rostand fut installée à la
Blancarde, elle demanda au méger[3] de lui prêter Naïs, une de ses
315 bonnes étant malade. Justement, la tuilerie chômait. D'ailleurs,
Micoulin, si dur pour les siens, se montrait politique[4] à l'égard des
maîtres ; il n'aurait pas refusé sa fille, même si la demande l'eût
contrarié. M. Rostand avait dû se rendre à Paris, pour des affaires
graves, et Frédéric se trouvait à la campagne seul avec sa mère. Les
320 premiers jours, d'habitude, le jeune homme était pris d'un grand
besoin d'exercice, grisé par l'air, allant en compagnie de Micoulin
jeter ou retirer les filets, faisant de longues promenades au fond des

---

1. **Amazone** : femme guerrière de la mythologie grecque.
2. **Polichinelle** : personnage de la *commedia dell'arte*, bossu et au nez crochu.
3. **Méger** : métayer (terme provençal).
4. **Politique** : habile, manipulateur.

gorges qui viennent déboucher à L'Estaque. Puis, cette belle ardeur se calmait, il restait allongé des journées entières sous les
325 pins, au bord de la terrasse, dormant à moitié, regardant la mer, dont le bleu monotone finissait par lui causer un ennui mortel. Au bout de quinze jours, généralement, le séjour de la Blancarde l'assommait. Alors, il inventait chaque matin un prétexte pour filer à Marseille.

330 Le lendemain de l'arrivée des maîtres, Micoulin, au lever du soleil, appela Frédéric. Il s'agissait d'aller lever des jambins, de longs paniers à étroite ouverture de souricière, dans lesquels les poissons de fond se prennent. Mais le jeune homme fit la sourde oreille. La pêche ne paraissait pas le tenter. Quand il fut levé, il
335 s'installa sous les pins, étendu sur le dos, les regards perdus au ciel. Sa mère fut toute surprise de ne pas le voir partir pour une de ces grandes courses dont il revenait affamé.

« Tu ne sors pas ? demanda-t-elle.

– Non, mère, répondit-il. Puisque papa n'est pas là, je reste
340 avec vous. »

Le méger, qui entendit cette réponse, murmura en patois :

« Allons, Monsieur Frédéric ne va pas tarder à partir pour Marseille. »

Frédéric, pourtant, n'alla pas à Marseille. La semaine s'écoula,
345 il était toujours allongé, changeant simplement de place, quand le soleil le gagnait. Par contenance[1], il avait pris un livre ; seulement, il ne lisait guère ; le livre, le plus souvent, traînait parmi les aiguilles de pin, séchées sur la terre dure. Le jeune homme ne regardait même pas la mer ; la face tournée vers la maison, il
350 semblait s'intéresser au service, guetter les bonnes qui allaient et venaient, traversant la terrasse à toute minute ; et quand c'était Naïs qui passait, de courtes flammes s'allumaient dans ses yeux

---

1. **Par contenance** : pour avoir l'air de faire quelque chose.

de jeune maître sensuel. Alors, Naïs ralentissait le pas, s'éloignait avec le balancement rythmé de sa taille, sans jamais jeter un regard sur lui.

Pendant plusieurs jours, ce jeu dura. Devant sa mère, Frédéric traitait Naïs presque durement, en servante maladroite. La jeune fille grondée baissait les yeux, avec une sournoiserie heureuse, comme pour jouir de ces fâcheries.

Un matin, au déjeuner, Naïs cassa un saladier. Frédéric s'emporta.

« Est-elle sotte ! cria-t-il. Où a-t-elle la tête ? »

Et il se leva furieux, en ajoutant que son pantalon était perdu. Une goutte d'huile l'avait taché au genou. Mais il en faisait une affaire.

« Quand tu me regarderas ! Donne-moi une serviette et de l'eau… Aide-moi. »

Naïs trempa le coin d'une serviette dans une tasse, puis se mit à genoux devant Frédéric, pour frotter la tache.

« Laisse, répétait Mme Rostand. C'est comme si tu ne faisais rien. »

Mais la jeune fille ne lâchait point la jambe de son maître, qu'elle continuait à frotter de toute la force de ses beaux bras. Lui, grondait toujours des paroles sévères.

« Jamais on n'a vu une pareille maladresse… Elle l'aurait fait exprès que ce saladier ne serait pas venu se casser plus près de moi… Ah ! bien ! si elle nous servait à Aix, notre porcelaine serait vite en pièces ! »

Ces reproches étaient si peu proportionnés à la faute, que Mme Rostand crut devoir calmer son fils, lorsque Naïs ne fut plus là.

« Qu'as-tu donc contre cette pauvre fille ? On dirait que tu ne peux la souffrir[1]… Je te prie d'être plus doux pour elle. C'est une

---

1. **Souffrir** : supporter.

ancienne camarade de jeu, et elle n'a pas ici la situation d'une
385 servante ordinaire.

– Eh! elle m'ennuie!» répondit Frédéric, en affectant un air
de brutalité.

Le soir même, à la nuit tombée, Naïs et Frédéric se rencon-
trèrent dans l'ombre, au bout de la terrasse. Ils ne s'étaient point
390 encore parlé seul à seule. On ne pouvait les entendre de la
maison. Les pins secouaient dans l'air mort une chaude senteur
résineuse. Alors, elle, à voix basse, demanda, en retrouvant le
tutoiement de leur enfance:

«Pourquoi m'as-tu grondée, Frédéric?... Tu es bien
395 méchant.»

Sans répondre, il lui prit les mains, il l'attira contre sa poitrine,
la baisa [1] aux lèvres. Elle le laissa faire, et s'en alla ensuite, pendant
qu'il s'asseyait sur le parapet, pour ne point paraître devant sa
mère tout secoué d'émotion. Dix minutes plus tard, elle servait à
400 table, avec son grand calme un peu fier.

Frédéric et Naïs ne se donnèrent pas de rendez-vous. Ce fut
une nuit qu'ils se retrouvèrent sous un olivier, au bord de la
falaise. Pendant le repas, leurs yeux s'étaient plusieurs fois
rencontrés avec une fixité ardente. La nuit était très chaude,
405 Frédéric fuma des cigarettes à sa fenêtre jusqu'à une heure,
interrogeant l'ombre. Vers une heure, il aperçut une forme
vague [2] qui se glissait le long de la terrasse. Alors, il n'hésita plus.
Il descendit sur le toit d'un hangar, d'où il sauta ensuite à terre,
en s'aidant de longues perches, posées là, dans un angle; de cette
410 façon, il ne craignait pas de réveiller sa mère. Puis, quand il
fut en bas, il marcha droit à un vieil olivier, certain que Naïs
l'attendait.

«Tu es là? demanda-t-il à demi-voix.

---

1. La baisa: l'embrassa.
2. Vague: indistincte, floue.

– Oui », répondit-elle simplement.

415 Et il s'assit près d'elle, dans le chaume [1] ; il la prit à la taille, tandis qu'elle appuyait la tête sur son épaule. Un instant, ils restèrent sans parler. Le vieil olivier, au bois noueux, les couvrait de son toit de feuilles grises. En face, la mer s'étendait, noire, immobile sous les étoiles. Marseille, au fond du golfe, était caché
420 par une brume ; à gauche, seul le phare tournant de Planier [2] revenait toutes les minutes, trouant les ténèbres d'un rayon jaune, qui s'éteignait brusquement ; et rien n'était plus doux ni plus tendre que cette lumière, sans cesse perdue à l'horizon, et sans cesse retrouvée.

425 « Ton père est donc absent ? reprit Frédéric.

– J'ai sauté par la fenêtre », dit-elle de sa voix grave.

Ils ne parlèrent point de leur amour. Cet amour venait de loin, du fond de leur enfance. Maintenant, ils se rappelaient des jeux où le désir perçait déjà dans l'enfantillage. Cela leur semblait
430 naturel, de glisser à des caresses. Ils n'auraient su que se dire, ils avaient l'unique besoin d'être l'un à l'autre. Lui, la trouvait belle, excitante avec son hâle [3] et son odeur de terre, et elle, goûtait un orgueil de fille battue, à devenir la maîtresse du jeune maître. Elle s'abandonna. Le jour allait paraître, quand tous deux
435 rentrèrent dans leurs chambres par le chemin qu'ils avaient pris pour en sortir.

III

Quel mois adorable ! Il ne plut pas un seul jour. Le ciel, toujours bleu, développait un satin que pas un nuage ne venait tacher. Le soleil se levait dans un cristal rose et se couchait dans

---

1. Chaume : paille.
2. Phare tournant de Planier : phare au large de Marseille.
3. Hâle : teint bronzé.

440 une poussière d'or. Pourtant, il ne faisait point trop chaud, la brise de mer montait avec le soleil et s'en allait avec lui ; puis, les nuits avaient une fraîcheur délicieuse, tout embaumée des plantes aromatiques chauffées pendant le jour, fumant dans l'ombre.

445 Le pays est superbe. Des deux côtés du golfe, des bras de rochers s'avancent, tandis que les îles, au large, semblent barrer l'horizon ; et la mer n'est plus qu'un vaste bassin, un lac d'un bleu intense par les beaux temps. Au pied des montagnes, au fond, Marseille étage ses maisons sur des collines basses ; quand
450 l'air est limpide, on aperçoit, de L'Estaque, la jetée grise de la Joliette[1], avec les fines mâtures[2] des vaisseaux, dans le port ; puis, derrière, des façades se montrent au milieu de massifs d'arbres, la chapelle de Notre-Dame-de-la-Garde[3] blanchit sur une hauteur, en plein ciel. Et la côte part de Marseille, s'arrondit,
455 se creuse en larges échancrures avant d'arriver à L'Estaque, bordée d'usines qui lâchent, par moments, de hauts panaches de fumée. Lorsque le soleil tombe d'aplomb, la mer, presque noire, est comme endormie entre les deux promontoires[4] de rochers, dont la blancheur se chauffe de jaune et de brun. Les pins tachent
460 de vert sombre les terres rougeâtres. C'est un vaste tableau, un coin entrevu de l'Orient, s'enlevant dans la vibration aveuglante du jour.

Mais L'Estaque n'a pas seulement cette échappée sur la mer. Le village, adossé aux montagnes, est traversé par des routes qui
465 vont se perdre au milieu d'un chaos de roches foudroyées. Le chemin de fer de Marseille à Lyon court parmi les grands blocs, traverse des ravins sur des ponts, s'enfonce brusquement sous le

---

1. La Joliette : quartier du port de Marseille.
2. Mâtures : ensemble des mâts des bateaux sur le port.
3. Notre-Dame-de-la-Garde : basilique qui domine Marseille. Elle est construite en partie en pierres blanches.
4. Promontoires : pointes élevées de terre avançant dans la mer.

roc lui-même, et y reste pendant une lieue[1] et demie, dans ce
tunnel de la Nerthe[2], le plus long de France. Rien n'égale la
470 majesté sauvage de ces gorges qui se creusent entre les collines,
chemins étroits serpentant au fond d'un gouffre, flancs arides
plantés de pins, dressant des murailles aux colorations de rouille
et de sang. Parfois, les défilés s'élargissent, un champ maigre
d'oliviers occupe le creux d'un vallon, une maison perdue
475 montre sa façade peinte, aux volets fermés. Puis, ce sont encore
des sentiers pleins de ronces, des fourrés impénétrables, des
éboulements de cailloux, des torrents desséchés, toutes les
surprises d'une marche dans un désert. En haut, au-dessus de la
bordure noire des pins, le ciel met la bande continue de sa fine
480 soie bleue.

Et il y a aussi l'étroit littoral entre les rochers et la mer, des
terres rouges où les tuileries, la grande industrie de la contrée,
ont creusé d'immenses trous, pour extraire l'argile. C'est un sol
crevassé, bouleversé, à peine planté de quelques arbres chétifs[3],
485 et dont une haleine d'ardente passion semble avoir séché les
sources. Sur les chemins, on croirait marcher dans un lit de
plâtre, on enfonce jusqu'aux chevilles ; et, aux moindres souffles
de vent, de grandes poussières volantes poudrent les haies. Le
long des murailles, qui jettent des réverbérations de four, de
490 petits lézards gris dorment, tandis que, du brasier des herbes
roussies, des nuées de sauterelles s'envolent, avec un crépitement
d'étincelles. Dans l'air immobile et lourd, dans la somnolence de
midi, il n'y a d'autre vie que le chant monotone des cigales.

Ce fut au travers de cette contrée de flammes que Naïs et
495 Frédéric s'aimèrent pendant un mois. Il semblait que tout ce feu

---

1. Lieue : mesure de distance équivalant environ à 4 kilomètres. (Une lieue et
demie équivaut environ à 6 kilomètres.)
2. Tunnel de la Nerthe : très long tunnel construit entre 1843 et 1848. Il
permet au chemin de fer de traverser le massif de l'Estaque avant d'arriver à
Marseille.
3. Chétifs : frêles, fragiles.

du ciel était passé dans leur sang. Les huit premiers jours, ils se contentèrent de se retrouver la nuit, sous le même olivier, au bord de la falaise. Ils y goûtaient des joies exquises. La nuit fraîche calmait leur fièvre, ils tendaient parfois leurs visages et leurs mains brûlantes aux haleines qui passaient, pour les rafraîchir comme dans une source froide. La mer, à leurs pieds, au bas des roches, avait une plainte voluptueuse et lente. Une odeur pénétrante d'herbes marines les grisait [1] de désirs. Puis, aux bras l'un de l'autre, las d'une fatigue heureuse, ils regardaient, de l'autre côté des eaux, le flamboiement nocturne de Marseille, les feux rouges de l'entrée du port jetant dans la mer des reflets sanglants, les étincelles du gaz dessinant, à droite et à gauche, les courbes allongées des faubourgs [2]; au milieu, sur la ville, c'était un pétillement de lueurs vives, tandis que le jardin de la colline Bonaparte était nettement indiqué par deux rampes de clartés, qui tournaient au bord du ciel. Toutes ces lumières, au-delà du golfe endormi, semblaient éclairer quelque ville du rêve, que l'aurore devait emporter. Et le ciel, élargi au-dessus du chaos noir de l'horizon, était pour eux un grand charme, un charme qui les inquiétait et les faisait se serrer davantage. Une pluie d'étoiles tombait. Les constellations, dans ces nuits claires de la Provence, avaient des flammes vivantes. Frémissant sous ces vastes espaces, ils baissaient la tête, ils ne s'intéressaient plus qu'à l'étoile solitaire du phare de Planier, dont la lueur dansante les attendrissait, pendant que leurs lèvres se cherchaient encore.

Mais, une nuit, ils trouvèrent une large lune à l'horizon, dont la face jaune les regardait. Dans la mer, une traînée de feu luisait, comme si un poisson gigantesque, quelque anguille des grands fonds, eût fait glisser les anneaux sans fin de ses écailles d'or; et un demi-jour éteignait les clartés de Marseille, baignait les

---

1. Les grisait : les enivrait, les étourdissait.
2. Faubourgs : quartiers populaires périphériques.

collines et les échancrures du golfe. À mesure que la lune montait, le jour grandissait, les ombres devenaient plus nettes. Dès lors, ce témoin les gêna. Ils eurent peur d'être surpris, en restant si près de la Blancarde. Au rendez-vous suivant, ils
530 sortirent du clos par un coin de mur écroulé, ils promenèrent leurs amours dans tous les abris que le pays offrait. D'abord, ils se réfugièrent au fond d'une tuilerie abandonnée : le hangar ruiné y surmontait une cave, dans laquelle les deux bouches du four s'ouvraient encore. Mais ce trou les attristait, ils préféraient
535 sentir sur leurs têtes le ciel libre. Ils coururent les carrières d'argile rouge, ils découvrirent des cachettes délicieuses, de véritables déserts de quelques mètres carrés, d'où ils entendaient seulement les aboiements des chiens qui gardaient les bastides[1]. Ils allèrent plus loin, se perdirent en promenades le long de la
540 côte rocheuse, du côté de Niolon[2], suivirent aussi les chemins étroits des gorges, cherchèrent les grottes, les crevasses lointaines. Ce fut, pendant quinze jours, des nuits pleines de jeux et de tendresses. La lune avait disparu, le ciel était redevenu noir ; mais, maintenant, il leur semblait que la Blancarde était trop
545 petite pour les contenir, ils avaient le besoin de se posséder dans toute la largeur de la terre.

Une nuit, comme ils suivaient un chemin au-dessus de L'Estaque, pour gagner les gorges de la Nerthe, ils crurent entendre un pas étouffé qui les accompagnait, derrière un petit
550 bois de pins, planté au bord de la route. Ils s'arrêtèrent, pris d'inquiétude.

« Entends-tu ? demanda Frédéric.

– Oui, quelque chien perdu », murmura Naïs.

Et ils continuèrent leur marche. Mais, au premier coude du
555 chemin, comme le petit bois cessait, ils virent distinctement une

---

1. Bastides : fermes ou maisons de la campagne provençale.
2. Niolon : calanque (crique rocheuse en Méditerranée) près de Marseille.

masse noire se glisser derrière les rochers. C'était, à coup sûr, un être humain, bizarre et comme bossu. Naïs eut une légère exclamation.

« Attends-moi », dit-elle rapidement.

560 Elle s'élança à la poursuite de l'ombre. Bientôt, Frédéric entendit un chuchotement rapide. Puis elle revint, tranquille, un peu pâle.

« Qu'est-ce donc ? demanda-t-il.

– Rien », dit-elle.

565 Après un silence, elle reprit :

« Si tu entends marcher, n'aie pas peur. C'est Toine, tu sais ? le bossu. Il veut veiller sur nous. »

En effet, Frédéric sentait parfois dans l'ombre quelqu'un qui les suivait. Il y avait comme une protection autour d'eux. À plusieurs
570 reprises, Naïs avait voulu chasser Toine ; mais le pauvre être ne demandait qu'à être son chien : on ne le verrait pas, on ne l'entendrait pas, pourquoi ne point lui permettre d'agir à sa guise ? Dès lors, si les amants eussent écouté, quand ils se baisaient à pleine bouche dans les tuileries en ruine, au milieu des carrières désertes,
575 au fond des gorges perdues, ils auraient surpris derrière eux des bruits étouffés de sanglots. C'était Toine, leur chien de garde, qui pleurait dans ses poings tordus.

Et ils n'avaient pas que les nuits. Maintenant, ils s'enhardissaient, ils profitaient de toutes les occasions. Souvent, dans un
580 corridor[1] de la Blancarde, dans une pièce où ils se rencontraient, ils échangeaient un long baiser. Même à table, lorsqu'elle servait et qu'il demandait du pain ou une assiette, il trouvait le moyen de lui serrer les doigts. La rigide Mme Rostand, qui ne voyait rien, accusait toujours son fils d'être trop sévère pour son ancienne
585 camarade. Un jour, elle faillit les surprendre ; mais la jeune fille, ayant entendu le petit bruit de sa robe, se baissa vivement et se

---

1. **Corridor** : couloir.

mit à essuyer avec son mouchoir les pieds du jeune maître, blancs de poussière.

Naïs et Frédéric goûtaient encore mille petites joies. Souvent,
590 après le dîner, quand la soirée était fraîche, Mme Rostand voulait faire une promenade. Elle prenait le bras de son fils, elle descendait à L'Estaque, en chargeant Naïs de porter son châle, par précaution. Tous trois allaient ainsi voir l'arrivée des pêcheurs de sardines. En mer, des lanternes dansaient, on distinguait bientôt
595 les masses noires des barques, qui abordaient avec le sourd battement des rames. Les jours de grande pêche, des voix joyeuses s'élevaient, des femmes accouraient, chargées de paniers ; et les trois hommes qui montaient chaque barque se mettaient à dévider le filet, laissé en tas sous les bancs. C'était comme un
600 large ruban sombre, tout pailleté de lames d'argent ; les sardines, pendues par les ouïes aux fils des mailles, s'agitaient encore, jetaient des reflets de métal ; puis, elles tombaient dans les paniers, ainsi qu'une pluie d'écus, à la lumière pâle des lanternes. Souvent, Mme Rostand restait devant une barque, amusée par
605 ce spectacle ; elle avait lâché le bras de son fils, elle causait avec les pêcheurs, tandis que Frédéric, près de Naïs, en dehors du rayon de la lanterne, lui serrait les poignets à les briser.

Cependant, le père Micoulin gardait son silence de bête expérimentée et têtue. Il allait en mer, revenait donner un coup de
610 bêche, de sa même allure sournoise. Mais ses petits yeux gris avaient depuis quelque temps une inquiétude. Il jetait sur Naïs des regards obliques, sans rien dire. Elle lui semblait changée, il flairait en elle des choses qu'il ne s'expliquait pas. Un jour, elle osa lui tenir tête. Micoulin lui allongea un tel soufflet[1] qu'il lui
615 fendit la lèvre.

Le soir, quand Frédéric sentit sous un baiser la bouche de Naïs enflée, il l'interrogea vivement.

---

1. Soufflet : gifle.

« Ce n'est rien, un soufflet que mon père m'a donné », dit-elle. Sa voix s'était assombrie. Comme le jeune homme se fâchait et déclarait qu'il mettrait ordre à cela :

« Non, laisse, reprit-elle, c'est mon affaire… Oh ! ça finira ! »

Elle ne lui parlait jamais des gifles qu'elle recevait. Seulement, les jours où son père l'avait battue, elle se pendait au cou de son amant avec plus d'ardeur, comme pour se venger du vieux.

Depuis trois semaines, Naïs sortait presque chaque nuit. D'abord elle avait pris de grandes précautions, puis une audace froide lui était venue, et elle osait tout. Quand elle comprit que son père se doutait de quelque chose, elle redevint prudente. Elle manqua deux rendez-vous. Sa mère lui avait dit que Micoulin ne dormait plus la nuit : il se levait, allait d'une pièce dans une autre. Mais, devant les regards suppliants de Frédéric, le troisième jour, Naïs oublia de nouveau toute prudence. Elle descendit vers onze heures, en se promettant de ne point rester plus d'une heure dehors ; et elle espérait que son père, dans le premier sommeil, ne l'entendrait pas.

Frédéric l'attendait sous les oliviers. Sans parler de ses craintes, elle refusa d'aller plus loin. Elle se sentait trop lasse, disait-elle, ce qui était vrai, car elle ne pouvait, comme lui, dormir pendant le jour. Ils se couchèrent à leur place habituelle, au-dessus de la mer, devant Marseille allumé. Le phare de Planier luisait. Naïs, en le regardant, s'endormit sur l'épaule de Frédéric. Celui-ci ne remua plus ; et peu à peu il céda lui-même à la fatigue, ses yeux se fermèrent. Tous deux, aux bras l'un de l'autre, mêlaient leurs haleines.

Aucun bruit, on n'entendait que la chanson aigre des sauterelles vertes. La mer dormait comme les amants. Alors, une forme noire sortit de l'ombre et s'approcha. C'était Micoulin, qui, réveillé par le craquement d'une fenêtre, n'avait pas trouvé Naïs dans sa chambre. Il était sorti, en emportant une petite hachette, à tout hasard. Quand il aperçut une tache sombre sous l'olivier, il serra le manche de la hachette. Mais les enfants ne bougeaient point, il put arriver jusqu'à eux, se baisser, les regarder au visage. Un léger cri lui échappa, il venait de reconnaître le jeune maître. Non, non, il ne pouvait le tuer ainsi : le sang répandu sur le sol, qui en garderait la trace, lui coûterait trop cher. Il se releva, deux plis de décision farouche coupaient sa face de vieux cuir, raidie de rage contenue. Un paysan n'assassine pas son maître ouvertement, car le maître, même enterré, est toujours le plus fort. Et le père Micoulin hocha la tête, s'en alla à pas de loup, en laissant les deux amoureux dormir.

Quand Naïs rentra, un peu avant le jour, très inquiète de sa longue absence, elle trouva sa fenêtre telle qu'elle l'avait laissée. Au déjeuner, Micoulin la regarda tranquillement manger son morceau de pain. Elle se rassura, son père ne devait rien savoir.

Naïs Micoulin
chapitre III

La peinture de la passion

Comment le décor pose-t-il le cadre de la relation amoureuse ?

- Zola se livre à une longue **description** de l'environnement des personnages. Les noms de lieux (notamment L'Estaque) créent un effet de couleur locale.
- Il propose un véritable **tableau (couleurs, mouvements du paysage...)**. On peut se rappeler les liens entre les impressionnistes, qui peignent en plein air, et les naturalistes.
- Les lieux qu'il décrit ont une **valeur symbolique**. Ils constituent un cadre idéal à une relation idyllique.

La passion entre Naïs et Frédéric est-elle heureuse ?

- La passion entre les deux jeunes gens est **torride** (voir les images liées au feu). Ils se croient d'abord seuls au monde.
- Mais il nous est d'emblée indiqué que **cette passion est menacée** parce que les familles y sont hostiles. Les parents s'opposent au plaisir des enfants, qui dorment innocemment.

Comment Zola nous fait-il pressentir l'issue de la relation entre Naïs et Frédéric ?

- Les deux jeunes gens sont **aveuglés** par la passion : ils croient qu'ils peuvent s'aimer librement et en oublient parfois toute prudence.
- Zola suggère que leur passion ne va pas durer. La hachette de Micoulin fait craindre une **issue malheureuse**.

DÉFINITION CLÉ

La description

- La description donne à voir un objet ou un lieu. Pour un personnage, on parle de **portrait**.
- La description comprend souvent des verbes évoquant le regard ou les sensations. Elle est structurée par des **connecteurs spatio-temporels**.
- Elle a différentes fonctions :
  – une **fonction informative/documentaire** ;
  – une **fonction ornementale** (représenter la beauté) ;
  – une **fonction métaphorique ou symbolique** (suggérer autre chose que ce qui est dit explicitement) ;
  – une **fonction psychologique** (nous aider à comprendre les personnages).

IV

665 « Monsieur Frédéric, vous ne venez donc plus en mer ? » demanda
un soir le père Micoulin.

Mme Rostand, assise sur la terrasse, à l'ombre des pins,
brodait un mouchoir, tandis que son fils, couché près d'elle,
s'amusait à jeter des petits cailloux.

670 « Ma foi, non ! répondit le jeune homme. Je deviens paresseux.

– Vous avez tort, reprit le méger[1]. Hier, les jambins[2] étaient
pleins de poissons. On prend ce qu'on veut, en ce moment…
Cela vous amuserait. Accompagnez-moi demain matin. »

Il avait l'air si bonhomme, que Frédéric, qui songeait à Naïs
675 et ne voulait pas le contrarier, finit par dire :

« Mon Dieu ! je veux bien… Seulement, il faudra me réveiller.
Je vous préviens qu'à cinq heures je dors comme une souche. »

Mme Rostand avait cessé de broder, légèrement inquiète.

« Et surtout soyez prudents, murmura-t-elle. Je tremble toujours,
680 lorsque vous êtes en mer. »

Le lendemain matin, Micoulin eut beau appeler M. Frédéric,
la fenêtre du jeune homme resta fermée. Alors, il dit à sa fille,
d'une voix dont elle ne remarqua pas l'ironie sauvage :

« Monte, toi… Il t'entendra peut-être. »

685 Ce fut Naïs qui, ce matin-là, réveilla Frédéric. Encore tout
ensommeillé, il l'attirait dans la chaleur du lit ; mais elle lui rendit
vivement son baiser et s'échappa. Dix minutes plus tard, le jeune
homme parut, tout habillé de toile grise. Le père Micoulin l'attendait patiemment, assis sur le parapet de la terrasse.

690 « Il fait déjà frais, vous devriez prendre un foulard », dit-il.

Naïs remonta chercher un foulard. Puis, les deux hommes
descendirent l'escalier, aux marches raides, qui conduisait à la

---

1. **Méger** : métayer (terme provençal).
2. **Jambins** : paniers de pêche.

mer, pendant que la jeune fille, debout, les suivait des yeux. En bas, le père Micoulin leva la tête, regarda Naïs ; et deux grands plis se creusaient aux coins de sa bouche.

Depuis cinq jours, le terrible vent du nord-ouest, le mistral, soufflait. La veille, il était tombé vers le soir. Mais, au lever du soleil, il avait repris, faiblement d'abord. La mer, à cette heure matinale, houleuse sous les haleines brusques qui la fouettaient, se moirait[1] de bleu sombre ; et, éclairée de biais par les premiers rayons, elle roulait de petites flammes à la crête de chaque vague. Le ciel était presque blanc, d'une limpidité cristalline. Marseille, dans le fond, avait une netteté de détails qui permettait de compter les fenêtres sur les façades des maisons ; tandis que les rochers du golfe s'allumaient de teintes roses, d'une extrême délicatesse.

« Nous allons être secoués pour revenir, dit Frédéric.

— Peut-être », répondit simplement Micoulin.

Il ramait en silence, sans tourner la tête. Le jeune homme avait un instant regardé son dos rond, en pensant à Naïs ; il ne voyait du vieux que la nuque brûlée de hâle[2], et deux bouts d'oreilles rouges, où pendaient des anneaux d'or. Puis, il s'était penché, s'intéressant aux profondeurs marines qui fuyaient sous la barque. L'eau se troublait, seules de grandes herbes vagues flottaient comme des cheveux de noyé. Cela l'attrista, l'effraya même un peu.

« Dites donc, père Micoulin, reprit-il après un long silence, voilà le vent qui prend de la force. Soyez prudent... Vous savez que je nage comme un cheval de plomb.

— Oui, oui, je sais », dit le vieux de sa voix sèche.

Et il ramait toujours, d'un mouvement mécanique. La barque commençait à danser, les petites flammes, aux crêtes des vagues,

---

1. **Se moirait** : se parait de reflets.
2. **Hâle** : teint bronzé.

étaient devenues des flots d'écume qui volaient sous les coups de vent. Frédéric ne voulait pas montrer sa peur, mais il était 725 médiocrement[1] rassuré, il eût donné beaucoup pour se rapprocher de la terre. Il s'impatienta, il cria :

« Où diable avez-vous fourré vos jambins, aujourd'hui ?... Est-ce que nous allons à Alger[2] ? »

Mais le père Micoulin répondit de nouveau, sans se presser :
730 « Nous arrivons, nous arrivons. »

Tout d'un coup, il lâcha les rames, il se dressa dans la barque, chercha du regard, sur la côte, les deux points de repère ; et il dut ramer cinq minutes encore, avant d'arriver au milieu des bouées de liège, qui marquaient la place des jambins. Là, au moment de 735 retirer les paniers, il resta quelques secondes tourné vers la Blancarde. Frédéric, en suivant la direction de ses yeux, vit distinctement, sous les pins, une tache blanche. C'était Naïs, toujours accoudée à la terrasse, et dont on apercevait la robe claire.

740 « Combien avez-vous de jambins ? demanda Frédéric.
– Trente-cinq... Il ne faut pas flâner. »

Il saisit la bouée la plus voisine, il tira le premier panier. La profondeur était énorme, la corde n'en finissait plus. Enfin, le panier parut, avec la grosse pierre qui le maintenait au fond ; et, 745 dès qu'il fut hors de l'eau, trois poissons se mirent à sauter comme des oiseaux dans une cage. On aurait cru entendre un bruit d'ailes. Dans le second panier, il n'y avait rien. Mais, dans le troisième, se trouvait, par une rencontre assez rare, une petite langouste qui donnait de violents coups de queue. Dès lors, 750 Frédéric se passionna, oubliant ses craintes, se penchant au bord de la barque, attendant les paniers avec un battement de cœur.

---

1. **Médiocrement** : moyennement.
2. **Est-ce que nous allons à Alger ?** : continuons-nous encore longtemps ? Nous allons finir par nous retrouver de l'autre côté de la Méditerranée ! (sur le ton de la plaisanterie)

Quand il entendait le bruit d'ailes, il éprouvait une émotion pareille à celle du chasseur qui vient d'abattre une pièce de gibier. Un à un, cependant, tous les paniers rentraient dans la barque ; l'eau ruisselait, bientôt les trente-cinq y furent. Il y avait au moins quinze livres de poisson, ce qui est une pêche superbe pour la baie de Marseille, que plusieurs causes, et surtout l'emploi de filets à mailles trop petites, dépeuplent depuis de longues années.

« Voilà qui est fini, dit Micoulin. Maintenant, nous pouvons retourner. »

Il avait rangé ses paniers à l'arrière, soigneusement. Mais, quand Frédéric le vit préparer la voile, il s'inquiéta de nouveau, il dit qu'il serait plus sage de revenir à la rame, par un vent pareil. Le vieux haussa les épaules. Il savait ce qu'il faisait. Et, avant de hisser la voile, il jeta un dernier regard du côté de la Blancarde. Naïs était encore là, avec sa robe claire.

Alors, la catastrophe fut soudaine, comme un coup de foudre. Plus tard, lorsque Frédéric voulut s'expliquer les choses, il se souvint que, brusquement, un souffle s'était abattu dans la voile, puis que tout avait culbuté. Et il ne se rappelait rien autre, un grand froid seulement, avec une profonde angoisse. Il devait la vie à un miracle : il était tombé sur la voile, dont l'ampleur l'avait soutenu. Des pêcheurs, ayant vu l'accident, accoururent et le recueillirent, ainsi que le père Micoulin, qui nageait déjà vers la côte.

Mme Rostand dormait encore. On lui cacha le danger que son fils venait de courir. Au bas de la terrasse, Frédéric et le père Micoulin, ruisselants d'eau, trouvèrent Naïs qui avait suivi le drame.

« Coquin de sort ! criait le vieux. Nous avions ramassé les paniers, nous allions rentrer… C'est pas de chance. »

Naïs, très pâle, regardait fixement son père.

« Oui, oui, murmura-t-elle, c'est pas de chance… Mais quand on vire contre le vent, on est sûr de son affaire. »

785 Micoulin s'emporta.

« Fainéante, qu'est-ce que tu fiches ?... Tu vois bien que Monsieur Frédéric grelotte... Allons, aide-le à rentrer. »

Le jeune homme en fut quitte pour passer la journée dans son lit. Il parla d'une migraine à sa mère. Le lendemain, il trouva Naïs très
790 sombre. Elle refusait les rendez-vous ; et, le rencontrant un soir dans le vestibule, elle le prit d'elle-même entre ses bras, elle le baisa avec passion. Jamais elle ne lui confia les soupçons qu'elle avait conçus. Seulement, à partir de ce jour, elle veilla sur lui. Puis, au bout d'une semaine, des doutes lui vinrent. Son père allait et venait comme
795 d'habitude ; même il semblait plus doux, il la battait moins souvent.

Chaque saison, une des parties[1] des Rostand était d'aller manger une bouillabaisse[2] au bord de la mer, du côté de Niolon, dans un creux de rochers. Ensuite, comme il y avait des perdreaux dans les collines, les messieurs tiraient quelques coups de fusil.
800 Cette année-là, Mme Rostand voulut emmener Naïs, qui les servirait ; et elle n'écouta pas les observations du méger[3], dont une contrariété vive ridait la face de vieux sauvage.

On partit de bonne heure. La matinée était d'une douceur charmante. Unie comme une glace sous le blond soleil, la mer
805 déroulait une nappe bleue ; aux endroits où passaient des courants, elle frisait[4], le bleu se fonçait d'une pointe de laque violette, tandis qu'aux endroits morts, le bleu pâlissait, prenait une transparence laiteuse ; et l'on eût dit, jusqu'à l'horizon limpide, une immense pièce de satin déployée, aux couleurs
810 changeantes. Sur ce lac endormi, la barque glissait mollement.

L'étroite plage où l'on aborda se trouvait à l'entrée d'une gorge, et l'on s'installa au milieu des pierres, sur une bande de gazon brûlé, qui devait servir de table.

---

1. Parties : sorties, divertissements.
2. Bouillabaisse : soupe de poissons et de crustacés, typique de Marseille.
3. Méger : métayer (terme provençal).
4. Frisait : se plissait, se ridait en formant de petites vagues.

C'était toute une histoire que cette bouillabaisse en plein air.
815 D'abord, Micoulin rentra dans la barque et alla seul retirer ses
jambins, qu'il avait placés la veille. Quand il revint, Naïs avait
arraché des thyms, des lavandes, un tas de buissons secs suffisant
pour allumer un grand feu. Le vieux, ce jour-là, devait faire la bouillabaisse, la soupe au poisson classique, dont les pêcheurs du littoral
820 se transmettent la recette de père en fils. C'était une bouillabaisse
terrible, fortement poivrée, terriblement parfumée d'ail écrasé. Les
Rostand s'amusaient beaucoup de la confection de cette soupe.

« Père Micoulin, dit Mme Rostand qui daignait plaisanter en
cette circonstance, allez-vous la réussir aussi bien que l'année
825 dernière ? »

Micoulin semblait très gai. Il nettoya d'abord le poisson dans
de l'eau de mer, pendant que Naïs sortait de la barque une
grande poêle. Ce fut vite bâclé[1] : le poisson au fond de la poêle,
simplement couvert d'eau, avec de l'oignon, de l'huile, de l'ail,
830 une poignée de poivre, une tomate, un demi-verre d'huile ; puis,
la poêle sur le feu, un feu formidable, à rôtir un mouton. Les
pêcheurs disent que le mérite de la bouillabaisse est dans la
cuisson : il faut que la poêle disparaisse au milieu des flammes.
Cependant, le méger, très grave, coupait des tranches de pain
835 dans un saladier. Au bout d'une demi-heure, il versa le bouillon
sur les tranches et servit le poisson à part.

« Allons ! dit-il. Elle n'est bonne que brûlante. »

Et la bouillabaisse fut mangée, au milieu des plaisanteries
habituelles.

840 « Dites donc, Micoulin, vous avez mis de la poudre dedans ?
– Elle est bonne, mais il faut un gosier en fer. »

Lui, dévorait tranquillement, avalant une tranche à chaque
bouchée. D'ailleurs, il témoignait, en se tenant un peu à l'écart,
combien il était flatté de déjeuner avec les maîtres.

---

1. **Bâclé** : fini, rapidement terminé (sans connotation péjorative).

845 Après le déjeuner, on resta là, en attendant que la grosse chaleur fût passée. Les rochers, éclatants de lumière, éclaboussés de tons roux, étalaient des ombres noires. Des buissons de chênes verts les tachaient de marbrures sombres, tandis que, sur les pentes, des bois de pins montaient, réguliers, pareils à une armée de petits
850 soldats en marche. Un lourd silence tombait avec l'air chaud.

Mme Rostand avait apporté l'éternel travail de broderie qu'on lui voyait toujours aux mains. Naïs, assise près d'elle, paraissait s'intéresser au va-et-vient de l'aiguille. Mais son regard guettait son père. Il faisait la sieste, allongé à quelques pas. Un peu plus
855 loin, Frédéric dormait lui aussi, sous son chapeau de paille rabattu, qui lui protégeait le visage.

Vers quatre heures, ils s'éveillèrent. Micoulin jurait qu'il connaissait une compagnie de perdreaux, au fond de la gorge. Trois jours auparavant, il les avait encore vus. Alors, Frédéric se
860 laissa tenter, tous deux prirent leur fusil.

« Je t'en prie, criait Mme Rostand, sois prudent… Le pied peut glisser, et l'on se blesse soi-même.

– Ah ! ça arrive », dit tranquillement Micoulin.

Ils partirent, ils disparurent derrière les rochers. Naïs se leva
865 brusquement et les suivit à distance, en murmurant :

« Je vais voir. »

Au lieu de rester dans le sentier, au fond de la gorge, elle se jeta vers la gauche, parmi des buissons, pressant le pas, évitant de faire rouler les pierres. Enfin, au coude du chemin, elle aperçut Frédéric.
870 Sans doute, il avait déjà fait lever les perdreaux, car il marchait rapidement, à demi courbé, prêt à épauler son fusil. Elle ne voyait toujours pas son père. Puis, tout d'un coup, elle le découvrit de l'autre côté du ravin, sur la pente où elle se trouvait elle-même : il était accroupi, il semblait attendre. À deux reprises, il leva son
875 arme. Si les perdreaux s'étaient envolés entre lui et Frédéric, les chasseurs, en tirant, pouvaient s'atteindre. Naïs, qui se glissait de buisson en buisson, était venue se placer, anxieuse, derrière le vieux.

Les minutes s'écoulaient. En face, Frédéric avait disparu dans un pli de terrain. Il reparut, il resta un moment immobile. Alors, de nouveau, Micoulin, toujours accroupi, ajusta longuement le jeune homme. Mais, d'un coup de pied, Naïs avait haussé le canon, et la charge partit en l'air, avec une détonation terrible, qui roula dans les échos de la gorge.

Le vieux s'était relevé. En apercevant Naïs, il saisit par le canon son fusil fumant, comme pour l'assommer d'un coup de crosse. La jeune fille se tenait debout, toute blanche, avec des yeux qui jetaient des flammes. Il n'osa pas frapper, il bégaya seulement en patois, tremblant de rage :

« Va, va, je le tuerai. »

Au coup de feu du méger[1], les perdreaux s'étaient envolés, Frédéric en avait abattu deux. Vers six heures, les Rostand rentrèrent à la Blancarde. Le père Micoulin ramait, de son air de brute têtue et tranquille.

---

1. **Méger** : métayer (terme provençal).

Naïs Micoulin
chapitre IV

La fin du bonheur

**Comment
le père Micoulin
tente-t-il
de piéger Frédéric?**

• La scène de pêche est marquée par le **suspense** : l'inquiétude du lecteur grandit avec celle de Frédéric.
• Naïs sait que le père Micoulin avait de mauvaises intentions : il a viré contre le vent. C'est bien une **tentative préméditée de meurtre**.
• Lors de l'épisode de la chasse, on comprend que le père Micoulin voulait tuer Frédéric. Pour lui, le jeune homme est devenu une **proie**.

**Les jeunes gens
peuvent-ils encore
s'aimer, dans ces
conditions?**

• Naïs joue, pour Frédéric, le rôle d'un **ange gardien**. Mais elle ne lui fait pas part des soupçons qu'elle entretient à l'égard de son père.
• Ce silence risque d'être un facteur d'**incompréhension** entre eux, car Frédéric n'a aucune conscience de la menace qui pèse sur sa vie.

**Comment Zola fait-il
de ses personnages
les représentants
d'un milieu ?**

• Le père Micoulin est un personnage sombre, caractérisé par son obsession de tuer Frédéric. Il est le représentant d'une **classe sociale**, qui vit simplement et qui n'accepte pas de se mêler avec la bourgeoisie. Ce personnage, violent avec ses enfants, peut faire penser à un ogre.
• Naïs ne peut pas échapper à son milieu. Elle se sacrifie pour Frédéric, jeune homme bourgeois inconscient des rudesses du monde. Elle le protège comme s'il était son **maître**.

Les fonctions du personnage

• Le personnage est un être de papier qui permet à l'auteur de faire partager sa vision du monde.

• Le personnage peut :
– représenter une **classe sociale** ;
– être un « **type** » (le jaloux, la victime innocente…) ;
– incarner une **valeur morale** ou le **mal** ;
– devenir un **mythe**, lorsque les conséquences de ses gestes le font sortir de l'humanité « moyenne » et l'inscrivent dans la continuité des légendes ou histoires anciennes.

V

Septembre s'acheva. Après un violent orage, l'air avait pris une grande fraîcheur. Les jours devenaient plus courts, et Naïs refusait de rejoindre Frédéric la nuit, en lui donnant pour prétexte qu'elle était trop lasse, qu'ils attraperaient du mal, sous les abondantes rosées qui trempaient la terre. Mais, comme elle venait chaque matin, vers six heures, et que Mme Rostand ne se levait guère que trois heures plus tard, elle montait dans la chambre du jeune homme, elle restait quelques instants, l'oreille aux aguets, écoutant par la porte laissée ouverte.

Ce fut l'époque de leurs amours où Naïs témoigna le plus de tendresse à Frédéric. Elle le prenait par le cou, approchait son visage, le regardait de tout près, avec une passion qui lui emplissait les yeux de larmes. Il semblait toujours qu'elle ne devait pas le revoir. Puis, elle lui mettait vivement une pluie de baisers sur le visage, comme pour protester et jurer qu'elle saurait le défendre.

« Qu'a donc Naïs ? disait souvent Mme Rostand. Elle change tous les jours. »

Elle maigrissait en effet, ses joues devenaient creuses. La flamme de ses regards s'était assombrie. Elle avait de longs silences, dont elle sortait en sursaut, de l'air inquiet d'une fille qui vient de dormir et de rêver.

« Mon enfant, si tu es malade, il faut te soigner », répétait sa maîtresse.

Mais Naïs, alors, souriait.

« Oh ! non, Madame, je me porte bien, je suis heureuse… Jamais je n'ai été si heureuse. »

Un matin, comme elle l'aidait à compter le linge, elle s'enhardit, elle osa la questionner.

« Vous resterez donc tard à la Blancarde, cette année ?

– Jusqu'à la fin d'octobre », répondit Mme Rostand.

925 Et Naïs demeura debout un instant, les yeux perdus ; puis, elle dit tout haut, sans en avoir conscience :

« Encore vingt jours. »

Un continuel combat l'agitait. Elle aurait voulu garder Frédéric auprès d'elle, et en même temps, à chaque heure, elle

930 était tentée de lui crier : « Va-t'en ! » Pour elle, il était perdu ; jamais cette saison d'amour ne recommencerait, elle se l'était dit dès le premier rendez-vous. Même, un soir de sombre tristesse, elle se demanda si elle ne devait pas laisser tuer Frédéric par son père, pour qu'il n'allât pas avec d'autres ; mais la pensée de le

935 savoir mort, lui si délicat, si blanc, plus demoiselle[1] qu'elle, lui était insupportable ; et sa mauvaise pensée lui fit horreur. Non, elle le sauverait, il n'en saurait jamais rien, il ne l'aimerait bientôt plus ; seulement, elle serait heureuse de penser qu'il vivait.

940 Souvent, elle lui disait, le matin :

« Ne sors pas, ne va pas en mer, l'air est mauvais. »

D'autres fois, elle lui conseillait de partir.

« Tu dois t'ennuyer, tu ne m'aimeras plus... Va donc passer quelques jours à la ville. »

945 Lui, s'étonnait de ces changements d'humeur. Il trouvait la paysanne moins belle, depuis que son visage se séchait, et une satiété[2] de ces amours violentes commençait à lui venir. Il regrettait l'eau de Cologne et la poudre de riz[3] des filles d'Aix et de Marseille.

950 Toujours, bourdonnaient aux oreilles de Naïs les mots du père : « Je le tuerai... Je le tuerai... » La nuit, elle s'éveillait en rêvant qu'on tirait des coups de feu. Elle devenait peureuse,

---

1. **Demoiselle** : élégant et raffiné (qualités censées être féminines).
2. **Satiété** : rassasiement, satisfaction.
3. **Poudre de riz** : produit de maquillage, fabriqué à base de riz.

poussait un cri, pour une pierre qui roulait sous ses pieds. À toute heure, quand elle ne le voyait plus, elle s'inquiétait de

955 «Monsieur Frédéric». Et, ce qui l'épouvantait, c'était qu'elle entendait, du matin au soir, le silence entêté de Micoulin répéter: «Je le tuerai.» Il n'avait plus fait une allusion, pas un mot, pas un geste; mais, pour elle, les regards du vieux, chacun de ses mouvements, sa personne entière disait qu'il tuerait le

960 jeune maître à la première occasion, quand il ne craindrait pas d'être inquiété par la justice. Après, il s'occuperait de Naïs. En attendant, il la traitait à coups de pied, comme un animal qui a fait une faute.

«Et ton père, il est toujours brutal? lui demanda un matin

965 Frédéric, qui fumait des cigarettes dans son lit, pendant qu'elle allait et venait, mettant un peu d'ordre.

– Oui, répondit-elle, il devient fou.»

Et elle montra ses jambes noires de meurtrissures. Puis, elle murmura ces mots qu'elle disait souvent d'une voix sourde:

970 «Ça finira, ça finira.»

Dans les premiers jours d'octobre, elle parut encore plus sombre. Elle avait des absences, remuait les lèvres, comme si elle se fût parlé tout bas. Frédéric l'aperçut plusieurs fois debout sur la falaise, ayant l'air d'examiner les arbres autour d'elle, mesu-

975 rant d'un regard la profondeur du gouffre. À quelques jours de là, il la surprit avec Toine, le bossu, en train de cueillir des figues, dans un coin de la propriété. Toine venait aider Micoulin, quand il y avait trop de besogne. Il était sous le figuier, et Naïs, montée sur une grosse branche, plaisantait; elle lui criait d'ouvrir la

980 bouche, elle lui jetait des figues, qui s'écrasaient sur sa figure. Le pauvre être ouvrait la bouche, fermait les yeux avec extase; et sa large face exprimait une béatitude sans bornes. Certes, Frédéric n'était pas jaloux, mais il ne put s'empêcher de la plaisanter.

«Toine se couperait la main pour nous, dit-elle de sa voix

985 brève. Il ne faut pas le maltraiter, on peut avoir besoin de lui.»

Le bossu continua de venir tous les jours à la Blancarde. Il travaillait sur la falaise, à creuser un étroit canal pour mener les eaux au bout du jardin, dans un potager qu'on tentait d'établir. Parfois, Naïs allait le voir, et ils causaient vivement tous les
990 deux. Il fit tellement traîner cette besogne, que le père Micoulin finit par le traiter de fainéant et par lui allonger des coups de pied dans les jambes, comme à sa fille.

Il y eut deux jours de pluie. Frédéric, qui devait retourner à Aix la semaine suivante, avait décidé qu'avant son départ il irait
995 donner en mer un coup de filet avec Micoulin. Devant la pâleur de Naïs, il s'était mis à rire, en disant que cette fois il ne choisirait pas un jour de mistral. Alors, la jeune fille, puisqu'il partait bientôt, voulut lui accorder encore un rendez-vous, la nuit. Vers une heure, ils se retrouvèrent sur la terrasse. La pluie avait lavé
1000 le sol, une odeur forte sortait des verdures rafraîchies. Lorsque cette campagne si desséchée se mouille profondément, elle prend une violence de couleurs et de parfums : les terres rouges saignent, les pins ont des reflets d'émeraude, les rochers laissent éclater des blancheurs de linges fraîchement lessivés. Mais, dans
1005 la nuit, les amants ne goûtaient que les senteurs décuplées des thyms et des lavandes.

L'habitude les mena sous les oliviers. Frédéric s'avançait vers celui qui avait abrité leurs amours, tout au bord du gouffre, lorsque Naïs, comme revenant à elle, le saisit par les bras, l'en-
1010 traîna loin du bord, en disant d'une voix tremblante :

« Non, non, pas là !

– Qu'as-tu donc ? » demanda-t-il.

Elle balbutiait, elle finit par dire qu'après une pluie comme celle de la veille, la falaise n'était pas sûre. Et elle ajouta :
1015 « L'hiver dernier, un éboulement s'est produit ici près. »

Ils s'assirent plus en arrière, sous un autre olivier. Ce fut leur dernière nuit de tendresse. Naïs avait des étreintes inquiètes. Elle pleura tout d'un coup, sans vouloir avouer pourquoi elle

était ainsi secouée. Puis, elle tombait dans des silences pleins de
froideur. Et, comme Frédéric la plaisantait sur l'ennui qu'elle
éprouvait maintenant avec lui, elle le reprenait follement, elle
murmurait :

« Non, ne dis pas ça. Je t'aime trop… Mais, vois-tu, je suis
malade. Et puis, c'est fini, tu vas partir… Ah ! mon Dieu, c'est
fini… »

Il eut beau chercher à la consoler, en lui répétant qu'il reviendrait de temps à autre, et qu'au prochain automne, ils auraient
encore deux mois devant eux : elle hochait la tête, elle sentait
bien que c'était fini. Leur rendez-vous s'acheva dans un silence
embarrassé ; ils regardaient la mer, Marseille qui étincelait, le
phare de Planier qui brûlait solitaire et triste ; peu à peu, une
mélancolie leur venait de ce vaste horizon. Vers trois heures,
lorsqu'il la quitta et qu'il la baisa aux lèvres, il la sentit toute
grelottante, glacée entre ses bras.

Frédéric ne put dormir. Il lut jusqu'au jour ; et, enfiévré
d'insomnie, il se mit à la fenêtre, dès que l'aube parut. Justement,
Micoulin allait partir pour retirer ses jambins. Comme il passait
sur la terrasse, il leva la tête.

« Eh bien ! Monsieur Frédéric, ce n'est pas ce matin que vous
venez avec moi ? demanda-t-il.

— Ah ! non, père Micoulin, répondit le jeune homme, j'ai trop
mal dormi… Demain, c'est convenu. »

Le méger[1] s'éloigna d'un pas traînard. Il lui fallait descendre et
aller chercher sa barque au pied de la falaise, juste sous l'olivier où il
avait surpris sa fille. Quand il eut disparu, Frédéric, en tournant les
yeux, fut étonné de voir Toine déjà au travail ; le bossu se trouvait
près de l'olivier, une pioche à la main, réparant l'étroit canal que les
pluies avaient crevé. L'air était frais, il faisait bon à la fenêtre. Le
jeune homme rentra dans sa chambre pour rouler une cigarette.

---

1. **Méger** : métayer (terme provençal).

1050   Mais, comme il revenait lentement s'accouder, un bruit épouvantable, un grondement de tonnerre, se fit entendre ; et il se précipita.

C'était un éboulement. Il distingua seulement Toine qui se sauvait en agitant sa bêche, dans un nuage de terre rouge. Au bord du gouffre, le vieil olivier aux branches tordues s'enfonçait, 1055 tombait tragiquement à la mer. Un rejaillissement d'écume montait. Cependant, un cri terrible avait traversé l'espace. Et Frédéric aperçut alors Naïs, qui, sur ses bras raidis, emportée par un élan de tout son corps, se penchait au-dessus du parapet de la terrasse, pour voir ce qui se passait au bas de la falaise. Elle restait 1060 là, immobile, allongée, les poignets comme scellés dans la pierre. Mais elle eut sans doute la sensation que quelqu'un la regardait, car elle se tourna, elle cria en voyant Frédéric :

« Mon père ! Mon père ! »

Une heure après, on trouva, sous les pierres, le corps de 1065 Micoulin mutilé horriblement. Toine, fiévreux, racontait qu'il avait failli être entraîné ; et tout le pays déclarait qu'on n'aurait pas dû faire passer un ruisseau là-haut, à cause des infiltrations. La mère Micoulin pleura beaucoup. Naïs accompagna son père au cimetière, les yeux secs et enflammés, sans trouver une larme.

1070   Le lendemain de la catastrophe, Mme Rostand avait absolument voulu rentrer à Aix. Frédéric fut très satisfait de ce départ, en voyant ses amours dérangées par ce drame horrible ; d'ailleurs, décidément, les paysannes ne valaient pas les filles[1]. Il reprit son existence. Sa mère, touchée de son assiduité près d'elle à la Blancarde, lui accorda 1075 une liberté plus grande. Aussi passa-t-il un hiver charmant : il faisait venir des dames de Marseille, qu'il hébergeait dans une chambre louée par lui, au faubourg[2] ; il découchait, rentrait seulement aux heures où sa présence était indispensable, dans le grand hôtel froid de la rue du Collège ; et il espérait bien que son existence coulerait 1080 toujours ainsi.

---

1. Filles : filles de condition aisée.
2. Faubourg : quartier populaire périphérique.

À Pâques, M. Rostand dut aller à la Blancarde. Frédéric inventa un prétexte pour ne pas l'accompagner. Quand l'avoué revint, il dit, au déjeuner :

« Naïs se marie.

1085 — Bah ! s'écria Frédéric stupéfait.

— Et vous ne devineriez jamais avec qui, continua M. Rostand. Elle m'a donné de si bonnes raisons... »

Naïs épousait Toine, le bossu. Comme cela, rien ne serait changé à la Blancarde. On garderait pour méger[1] Toine, qui
1090 prenait soin de la propriété depuis la mort du père Micoulin.

Le jeune homme écoutait avec un sourire gêné. Puis, il trouva lui-même l'arrangement commode pour tout le monde.

« Naïs est bien vieillie, bien enlaidie, reprit M. Rostand. Je ne la reconnaissais pas. C'est étonnant comme ces filles, au bord
1095 de la mer, passent vite[2]... Elle était très belle, cette Naïs.

— Oh ! un déjeuner de soleil », dit Frédéric, qui achevait tranquillement sa côtelette.

---

1. Méger : métayer (terme provençal).
2. Comme ces filles passent vite : comme leur beauté est vite défraîchie.

Nantas

I

La chambre que Nantas habitait depuis son arrivée de Marseille se trouvait au dernier étage d'une maison de la rue de Lille, à côté de l'hôtel[1] du baron Danvilliers, membre du Conseil d'État[2]. Cette maison appartenait au baron, qui l'avait fait construire sur d'anciens communs[3]. Nantas, en se penchant, pouvait apercevoir un coin du jardin de l'hôtel, où des arbres superbes jetaient leur ombre. Au-delà, par-dessus les cimes vertes, une échappée s'ouvrait sur Paris, on voyait la trouée de la Seine, les Tuileries, le Louvre, l'enfilade des quais, toute une mer de toitures, jusqu'aux lointains perdus du Père-Lachaise[4].

C'était une étroite chambre mansardée[5], avec une fenêtre taillée dans les ardoises. Nantas l'avait simplement meublée d'un lit, d'une table et d'une chaise. Il était descendu là, cherchant le bon marché, décidé à camper tant qu'il n'aurait pas trouvé une situation quelconque. Le papier sali, le plafond noir, la misère et la nudité de ce cabinet[6] où il n'y avait pas de

---

1. Hôtel : riche demeure.

2. Conseil d'État : plus haute juridiction de l'administration. Le baron est donc un haut fonctionnaire.

3. Communs : parties communes d'une grande maison, consacrées au service (personnel, cuisines…).

4. Père-Lachaise : cimetière parisien.

5. Mansardée : sous les toits, avec un plafond incliné et bas.

6. Cabinet : petite pièce retirée.

cheminée, ne le blessaient point. Depuis qu'il s'endormait en face du Louvre et des Tuileries, il se comparait à un général qui couche dans quelque misérable auberge, au bord d'une route,
20 devant la ville riche et immense, qu'il doit prendre d'assaut le lendemain.

L'histoire de Nantas était courte. Fils d'un maçon de Marseille, il avait commencé ses études au lycée de cette ville, poussé par l'ambitieuse tendresse de sa mère, qui rêvait de faire de lui un
25 monsieur[1]. Les parents s'étaient saignés[2] pour le mener jusqu'au baccalauréat. Puis, la mère étant morte, Nantas dut accepter un petit emploi chez un négociant, où il traîna pendant douze années une vie dont la monotonie l'exaspérait. Il se serait enfui vingt fois, si son devoir de fils ne l'avait cloué à Marseille, près de son père
30 tombé d'un échafaudage et devenu impotent[3]. Maintenant, il devait suffire à tous les besoins. Mais un soir, en rentrant, il trouva le maçon mort, sa pipe encore chaude à côté de lui. Trois jours plus tard, il vendait les quatre nippes[4] du ménage, et partait pour Paris, avec deux cents francs dans sa poche.

35 Il y avait, chez Nantas, une ambition entêtée de fortune, qu'il tenait de sa mère. C'était un garçon de décision prompte[5], de volonté froide. Tout jeune, il disait être une force. On avait souvent ri de lui, lorsqu'il s'oubliait à faire des confidences et à répéter sa phrase favorite : « Je suis une force », phrase qui deve-
40 nait comique, quand on le voyait avec sa mince redingote noire, craquée aux épaules, et dont les manches lui remontaient au-dessus des poignets. Peu à peu, il s'était ainsi fait une religion de la force, ne voyant qu'elle dans le monde, convaincu que les

---

1. Monsieur : homme distingué.
2. S'étaient saignés : avaient fait beaucoup de sacrifices.
3. Impotent : handicapé.
4. Nippes : vêtements de mauvaise qualité.
5. Prompte : rapide.

forts sont quand même les victorieux. Selon lui, il suffisait de
45 vouloir et de pouvoir. Le reste n'avait pas d'importance.

Le dimanche, lorsqu'il se promenait seul dans la banlieue brûlée
de Marseille, il se sentait du génie ; au fond de son être, il y avait
comme une impulsion instinctive qui le jetait en avant ; et il
rentrait manger quelque platée de pommes de terre avec son père
50 infirme, en se disant qu'un jour il saurait bien se tailler sa part,
dans cette société où il n'était rien encore à trente ans. Ce n'était
point une envie basse, un appétit des jouissances vulgaires ; c'était
le sentiment très net d'une intelligence et d'une volonté qui,
n'étant pas à leur place, entendaient monter tranquillement à cette
55 place, par un besoin naturel de logique.

Dès qu'il toucha le pavé de Paris, Nantas crut qu'il lui suffirait
d'allonger les mains, pour trouver une situation digne de lui. Le
jour même, il se mit en campagne. On lui avait donné des lettres
de recommandation, qu'il porta à leur adresse ; en outre, il frappa
60 chez quelques compatriotes, espérant leur appui. Mais, au bout
d'un mois, il n'avait obtenu aucun résultat : le moment était
mauvais, disait-on ; ailleurs, on lui faisait des promesses qu'on ne
tenait point. Cependant, sa petite bourse se vidait, il lui restait une
vingtaine de francs, au plus. Et ce fut avec ces vingt francs qu'il
65 dut vivre tout un mois encore, ne mangeant que du pain, battant
Paris[1] du matin au soir, et revenant se coucher sans lumière, brisé
de fatigue, toujours les mains vides. Il ne se décourageait pas ;
seulement, une sourde colère montait en lui. La destinée lui
semblait illogique et injuste.

70 Un soir, Nantas rentra sans avoir mangé. La veille, il avait fini son
dernier morceau de pain. Plus d'argent et pas un ami pour lui prêter
vingt sous. La pluie était tombée toute la journée, une de ces pluies
grises de Paris qui sont si froides. Un fleuve de boue coulait dans les
rues. Nantas, trempé jusqu'aux os, était allé à Bercy, puis à

---

1. **Battant Paris** : parcourant Paris à la recherche de la fortune.

75 Montmartre, où on lui avait indiqué des emplois; mais, à Bercy, la
place était prise, et l'on n'avait pas trouvé son écriture assez belle, à
Montmartre. C'étaient ses deux dernières espérances. Il aurait
accepté n'importe quoi, avec la certitude qu'il taillerait sa fortune
dans la première situation venue. Il ne demandait d'abord que du
80 pain, de quoi vivre à Paris, un terrain quelconque pour bâtir ensuite
pierre à pierre. De Montmartre à la rue de Lille, il marcha lentement, le cœur noyé d'amertume. La pluie avait cessé, une foule
affairée le bousculait sur les trottoirs. Il s'arrêta plusieurs minutes
devant la boutique d'un changeur[1] : cinq francs lui auraient peut-
85 être suffi pour être un jour le maître de tout ce monde; avec cinq
francs on peut vivre huit jours, et en huit jours on fait bien des
choses. Comme il rêvait ainsi, une voiture l'éclaboussa, il dut s'essuyer le front, qu'un jet de boue avait soufleté[2]. Alors, il marcha
plus vite, serrant les dents, pris d'une envie féroce de tomber à coups
90 de poing sur la foule qui barrait les rues: cela l'aurait vengé de la
bêtise du destin. Un omnibus faillit l'écraser, rue de Richelieu. Au
milieu de la place du Carrousel, il jeta aux Tuileries un regard jaloux.
Sur le pont des Saints-Pères, une petite fille bien mise[3] l'obligea à
s'écarter de son droit chemin, qu'il suivait avec la raideur d'un
95 sanglier traqué par une meute; et ce détour lui parut une suprême
humiliation: jusqu'aux enfants qui l'empêchaient de passer! Enfin,
quand il se fut réfugié dans sa chambre, ainsi qu'une bête blessée
revient mourir au gîte[4], il s'assit lourdement sur sa chaise, assommé,
examinant son pantalon que la crotte[5] avait raidi, et ses souliers
100 éculés qui laissaient couler une mare sur le carreau.

Cette fois, c'était bien la fin. Nantas se demandait comment il
se tuerait. Son orgueil restait debout, il jugeait que son suicide

---

1. Changeur : banquier qui prend une commission pour changer la monnaie.
2. Souffleté : giflé.
3. Bien mise : élégante.
4. Gîte : refuge.
5. Crotte : saleté.

allait punir Paris. Être une force, sentir en soi une puissance, et ne pas trouver une personne qui vous devine, qui vous donne le premier écu[1] dont vous avez besoin! Cela lui semblait d'une sottise monstrueuse, son être entier se soulevait de colère. Puis, c'était en lui un immense regret, lorsque ses regards tombaient sur ses bras inutiles. Aucune besogne pourtant ne lui faisait peur; du bout de son petit doigt, il aurait soulevé un monde; et il demeurait là, rejeté dans son coin, réduit à l'impuissance, se dévorant comme un lion en cage. Mais, bientôt, il se calmait, il trouvait la mort plus grande. On lui avait conté, quand il était petit, l'histoire d'un inventeur qui, ayant construit une merveilleuse machine, la cassa un jour à coups de marteau, devant l'indifférence de la foule. Eh bien! il était cet homme, il apportait en lui une force nouvelle, un mécanisme rare d'intelligence et de volonté, et il allait détruire cette machine, en se brisant le crâne sur le pavé de la rue.

Le soleil se couchait derrière les grands arbres de l'hôtel Danvilliers, un soleil d'automne dont les rayons d'or allumaient les feuilles jaunies. Nantas se leva comme attiré par cet adieu de l'astre. Il allait mourir, il avait besoin de lumière. Un instant, il se pencha. Souvent, entre les masses des feuillages, au détour d'une allée, il avait aperçu une jeune fille blonde, très grande, marchant avec un orgueil princier. Il n'était point romanesque, il avait passé l'âge où les jeunes hommes rêvent, dans les mansardes[2], que des demoiselles du monde[3] viennent leur apporter de grandes passions et de grandes fortunes. Pourtant, il arriva, à cette heure suprême du suicide, qu'il se rappela tout d'un coup cette belle fille blonde, si hautaine. Comment pouvait-elle se nommer? Mais, au même instant, il serra les poings, car il ne sentait que de la haine pour les gens de cet hôtel

---

1. Écu : ancienne monnaie française.

2. Mansardes : chambres sous les toits, avec un plafond bas et incliné, réservées aux gens de peu de moyens.

3. Demoiselles du monde : demoiselles de très bonne famille, de la noblesse.

dont les fenêtres entrouvertes lui laissaient apercevoir des coins de luxe sévère[1], et il murmura dans un élan de rage :

« Oh ! je me vendrais, je me vendrais, si l'on me donnait les premiers cent sous de ma fortune future ! »

135 Cette idée de se vendre l'occupa un moment. S'il y avait eu quelque part un mont-de-piété[2] où l'on prêtât sur la volonté et l'énergie, il serait allé s'y engager. Il imaginait des marchés, un homme politique venait l'acheter pour faire de lui un instrument, un banquier le prenait pour user à toute heure de son 140 intelligence ; et il acceptait, ayant le dédain[3] de l'honneur, se disant qu'il suffisait d'être fort et de triompher un jour. Puis, il eut un sourire. Est-ce qu'on trouve à se vendre ? Les coquins, qui guettent les occasions, crèvent de misère, sans mettre jamais la main sur un acheteur. Il craignit d'être lâche, il se dit qu'il 145 inventait là des distractions. Et il s'assit de nouveau, en jurant qu'il se précipiterait de la fenêtre, lorsqu'il ferait nuit noire.

Cependant, sa fatigue était telle, qu'il s'endormit sur sa chaise. Brusquement, il fut réveillé par un bruit de voix. C'était sa concierge qui introduisait chez lui une dame.

150 « Monsieur, commença-t-elle, je me suis permis de faire monter... »

Et, comme elle s'aperçut qu'il n'y avait pas de lumière dans la chambre, elle redescendit vivement chercher une bougie. Elle paraissait connaître la personne qu'elle amenait, à la fois complai- 155 sante et respectueuse.

« Voilà, reprit-elle en se retirant. Vous pouvez causer, personne ne vous dérangera. »

---

1. Sévère : austère, rigoureux.
2. Mont-de-piété : organisme qui permet d'obtenir de l'argent en échange d'un objet qu'on laisse en gage. C'est généralement une façon d'obtenir un prêt pour les plus démunis.
3. Dédain : mépris.

Nantas, qui s'était éveillé en sursaut, regardait la dame avec surprise. Elle avait levé sa voilette[1]. C'était une personne de quarante-cinq ans, petite, très grasse, d'une figure poupine[2] et blanche de vieille dévote[3]. Il ne l'avait jamais vue. Lorsqu'il lui offrit l'unique chaise, en l'interrogeant du regard, elle se nomma :

« Mlle Chuin... Je viens, monsieur, pour vous entretenir d'une affaire importante. »

Lui, avait dû s'asseoir sur le bord du lit. Le nom de Mlle Chuin ne lui apprenait rien. Il prit le parti d'attendre qu'elle voulût bien s'expliquer. Mais elle ne se pressait pas ; elle avait fait d'un coup d'œil le tour de l'étroite pièce, et semblait hésiter sur la façon dont elle entamerait l'entretien. Enfin, elle parla, d'une voix très douce, en appuyant d'un sourire les phrases délicates.

« Monsieur, je viens en amie... On m'a donné sur votre compte les renseignements les plus touchants. Certes, ne croyez pas à un espionnage. Il n'y a, dans tout ceci, que le vif désir de vous être utile. Je sais combien la vie vous a été rude jusqu'à présent, avec quel courage vous avez lutté pour trouver une situation, et quel est aujourd'hui le résultat fâcheux de tant d'efforts... Pardonnez-moi une fois encore, monsieur, de m'introduire ainsi dans votre existence. Je vous jure que la sympathie seule... »

Nantas ne l'interrompait pas, pris de curiosité, pensant que sa concierge avait dû fournir tous ces détails. Mlle Chuin pouvait continuer, et pourtant elle cherchait de plus en plus des compliments, des façons caressantes de dire les choses.

« Vous êtes un garçon d'un grand avenir, monsieur. Je me suis permis de suivre vos tentatives et j'ai été vivement frappée par votre louable fermeté dans le malheur. Enfin, il me semble que vous iriez loin, si quelqu'un vous tendait la main. »

---

1. Voilette : petit voile transparent, cousu à un chapeau.

2. Poupine : qui a des traits ronds et enfantins.

3. Dévote : femme très croyante.

Elle s'arrêta encore. Elle attendait un mot. Le jeune homme crut que cette dame venait lui offrir une place. Il répondit qu'il accepterait tout. Mais elle, maintenant que la glace était rompue, lui demanda carrément :

« Éprouveriez-vous quelque répugnance à vous marier ?

— Me marier ! s'écria Nantas. Eh ! bon Dieu ! qui voudrait de moi, madame ?... Quelque pauvre fille que je ne pourrais seulement pas nourrir.

— Non, une jeune fille très belle, très riche, magnifiquement apparentée[1], qui vous mettra d'un coup dans la main les moyens d'arriver à la situation la plus haute. »

Nantas ne riait plus.

« Alors, quel est le marché ? demanda-t-il, en baissant instinctivement la voix.

— Cette jeune fille est enceinte, et il faut reconnaître l'enfant », dit nettement Mlle Chuin, qui oubliait ses tournures onctueuses[2] pour aller plus vite en affaire.

Le premier mouvement de Nantas fut de jeter l'entremetteuse[3] à la porte.

« C'est une infamie que vous me proposez là, murmura-t-il.

— Oh ! une infamie, s'écria Mlle Chuin, retrouvant sa voix mielleuse, je n'accepte pas ce vilain mot... La vérité, monsieur, est que vous sauverez une famille du désespoir. Le père ignore tout, la grossesse n'est encore que peu avancée ; et c'est moi qui ai conçu l'idée de marier le plus tôt possible la pauvre fille, en présentant le mari comme l'auteur de l'enfant. Je connais le père, il en mourrait. Ma combinaison amortira le coup, il croira à une réparation... Le malheur est que le véritable séducteur est marié. Ah ! monsieur, il y a des hommes qui manquent vraiment de sens moral... »

---

1. Magnifiquement apparentée : avec une famille très respectable.

2. Onctueuses : mielleuses, destinées à séduire.

3. Entremetteuse : intermédiaire dans les relations amoureuses et les mariages.

Elle aurait pu aller longtemps ainsi. Nantas ne l'écoutait plus. Pourquoi donc refuserait-il ? Ne demandait-il pas à se vendre tout à l'heure ? Eh bien ! on venait l'acheter. Donnant, donnant.

220 Il donnait son nom, on lui donnait une situation. C'était un contrat comme un autre. Il regarda son pantalon crotté[1] par la boue de Paris, il sentit qu'il n'avait pas mangé depuis la veille, toute la colère de ses deux mois de recherches et d'humiliations lui revint au cœur. Enfin ! il allait donc mettre le pied sur ce

225 monde qui le repoussait et le jetait au suicide !

« J'accepte », dit-il crûment.

Puis, il exigea de Mlle Chuin des explications claires. Que voulait-elle pour son entremise[2] ? Elle se récria, elle ne voulait rien. Pourtant, elle finit par demander vingt mille francs, sur

230 l'apport que l'on constituerait au jeune homme. Et, comme il ne marchandait pas, elle se montra expansive.

« Écoutez, c'est moi qui ai songé à vous. La jeune personne n'a pas dit non, lorsque je vous ai nommé… Oh ! c'est une bonne affaire, vous me remercierez plus tard. J'aurais pu trouver un

235 homme titré[3], j'en connais un qui m'aurait baisé les mains. Mais j'ai préféré choisir en dehors du monde de cette pauvre enfant. Cela paraîtra plus romanesque… Puis, vous me plaisez. Vous êtes gentil, vous avez la tête solide. Oh ! vous irez loin. Ne m'oubliez pas, je suis tout à vous. »

240 Jusque-là, aucun nom n'avait été prononcé. Sur une interrogation de Nantas, la vieille fille se leva et dit en se présentant de nouveau :

« Mlle Chuin… Je suis chez le baron Danvilliers depuis la mort de la baronne, en qualité de gouvernante. C'est moi qui ai

245 élevé Mlle Flavie, la fille de M. le baron… Mlle Flavie est la jeune personne en question. »

---

1. Crotté : sali.

2. Entremise : mission de l'entremetteuse (voir note 3 page précédente).

3. Homme titré : homme de haute condition, avec une dignité particulière.

Et elle se retira, après avoir discrètement déposé sur la table une enveloppe qui contenait un billet de cinq cents francs. C'était une avance faite par elle, pour subvenir aux premiers

250 frais. Quand il fut seul, Nantas alla se mettre à la fenêtre. La nuit était très noire ; on ne distinguait plus que la masse des arbres, à l'épaississement de l'ombre ; une fenêtre luisait sur la façade sombre de l'hôtel. Ainsi, c'était cette grande fille blonde, qui marchait d'un pas de reine et qui ne daignait point l'apercevoir.

255 Elle ou une autre, qu'importait d'ailleurs ! La femme n'entrait pas dans le marché. Alors, Nantas leva les yeux plus haut, sur Paris grondant dans les ténèbres, sur les quais, les rues, les carrefours de la rive gauche, éclairés des flammes dansantes du gaz [1] ; et il tutoya Paris, il devint familier et supérieur.

260 « Maintenant, tu es à moi [2] ! »

---

1. Le gaz sert alors à l'éclairage public.
2. Phrase qui rappelle celle de Rastignac, l'ambitieux personnage de Balzac, qui lance à Paris ce défi : « À nous deux maintenant ! » (*Le Père Goriot*, 1835).

L'incipit

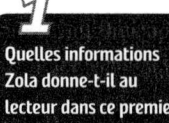

Quelles informations Zola donne-t-il au lecteur dans ce premier chapitre ?

- Zola présente le **cadre spatio-temporel** du récit. Le départ du personnage pour Paris est symbole de son ambition.
- Il nous décrit également les **personnages** : Nantas, personnage éponyme, ainsi que Flavie et son père, personnages secondaires.
- L'ambition du personnage est au **cœur de l'intrigue**. Il est victime de multiples humiliations, avant de céder à la tentation du mariage arrangé.

Peut-on considérer Nantas, dans ce chapitre, comme un personnage tragique ?

- Nantas connaît la misère. Incompris de tous, il tente de se suicider. Il se présente comme **victime de la destinée**.
- Mais il est orgueilleux et n'inspire pas la pitié. Même sa tentative de suicide semble **mise en scène**.

Le monde que décrit Zola est-il moral ?

- Le monde est corrompu par l'**argent**. La misère fait d'abord de Nantas un homme étranger au rythme et aux codes de la vie parisienne.
- Le **cynisme** est la règle pour celui qui veut réussir. Zola nous suggère que les valeurs n'ont plus de place. Seule compte la poursuite de la réussite individuelle, au prix du mensonge et d'une forme de prostitution généralisée.

Qu'est-ce qu'un incipit ?

- L'incipit (du latin *incipio*, « commencer ») est **le début d'un récit**.
- Ses fonctions sont :
- **provoquer la curiosité du lecteur** ;
- **donner au lecteur des informations** sur le cadre spatio-temporel du récit, les personnages, le registre, le mode de narration...

- On distingue en particulier :
- l'**incipit dynamique ou *in medias res***, qui plonge le lecteur dans une action déjà commencée ;
- l'**incipit statique**, qui décrit avec précision le cadre du récit ;
- l'**incipit progressif**, qui dispense au fur et à mesure des informations essentielles à l'action.

II

Le baron Danvilliers était dans le salon qui lui servait de cabinet[1], une haute pièce sévère, tendue de cuir, garnie de meubles antiques. Depuis l'avant-veille, il restait comme foudroyé par l'histoire que Mlle Chuin lui avait contée du déshonneur de Flavie. Elle avait eu beau amener les faits de loin, les adoucir, le vieillard était tombé sous le coup, et seule la pensée que le séducteur pouvait offrir une suprême réparation, le tenait debout encore. Ce matin-là, il attendait la visite de cet homme qu'il ne connaissait point et qui lui prenait ainsi sa fille. Il sonna.

« Joseph, il va venir un jeune homme que vous introduirez… Je n'y suis pour personne autre. »

Et il songeait amèrement, seul au coin de son feu. Le fils d'un maçon, un meurt-de-faim[2] qui n'avait aucune situation avouable ! Mlle Chuin le donnait bien comme un garçon d'avenir, mais que de honte, dans une famille où il n'y avait pas eu une tache jusque-là ! Flavie s'était accusée avec une sorte d'emportement, pour épargner à sa gouvernante le moindre reproche. Depuis cette explication pénible, elle gardait la chambre, le baron avait refusé de la revoir. Il voulait, avant de pardonner, régler lui-même cette abominable affaire. Toutes ses dispositions étaient prises. Mais ses cheveux avaient achevé de blanchir, un tremblement sénile[3] agitait sa tête.

« M. Nantas », annonça Joseph.

Le baron ne se leva pas. Il tourna seulement la tête et regarda fixement Nantas qui s'avançait. Celui-ci avait eu l'intelligence de ne pas céder au désir de s'habiller de neuf ; il avait acheté une redingote et un pantalon noir encore propres, mais très râpés ; et

---

1. Cabinet : bureau réservé à l'exercice de sa profession.
2. Un meurt-de-faim : un pauvre.
3. Sénile : lié à la vieillesse.

cela lui donnait l'apparence d'un étudiant pauvre et soigneux, ne
290 sentant en rien l'aventurier. Il s'arrêta au milieu de la pièce, et
attendit, debout, sans humilité pourtant.

« C'est donc vous, monsieur », bégaya le vieillard.

Mais il ne put continuer, l'émotion l'étranglait ; il craignait
de céder à quelque violence. Après un silence, il dit simplement :
295 « Monsieur, vous avez commis une mauvaise action. »

Et, comme Nantas allait s'excuser, il répéta avec plus de force :

« Une mauvaise action… Je ne veux rien savoir, je vous prie
de ne pas chercher à m'expliquer les choses. Ma fille se serait
jetée à votre cou, que votre crime resterait le même… Il n'y a
300 que les voleurs qui s'introduisent ainsi violemment dans les
familles. »

Nantas avait de nouveau baissé la tête.

« C'est une dot[1] gagnée aisément, c'est un guet-apens où vous
étiez certain de prendre la fille et le père…

305 — Permettez, monsieur », interrompit le jeune homme qui se
révoltait.

Mais le baron eut un geste terrible.

« Quoi ? que voulez-vous que je permette ?… Ce n'est pas à
vous de parler ici. Je vous dis ce que je dois vous dire et ce que
310 vous devez entendre, puisque vous venez à moi comme un
coupable… Vous m'avez outragé[2]. Voyez cette maison, notre
famille y a vécu pendant plus de trois siècles sans une souillure ;
n'y sentez-vous pas un honneur séculaire[3], une tradition de
dignité et de respect ? Eh bien ! monsieur, vous avez souffleté[4]
315 tout cela. J'ai failli en mourir, et aujourd'hui mes mains
tremblent, comme si j'avais brusquement vieilli de dix ans…
Taisez-vous et écoutez-moi. »

---

1. Dot : argent que la femme apporte dans le mariage.
2. Outragé : blessé, humilié.
3. Séculaire : qui existe depuis des siècles.
4. Souffleté : giflé, balayé.

Nantas était devenu très pâle. Il avait accepté là un rôle bien lourd. Pourtant, il voulut prétexter l'aveuglement de la passion.

320 « J'ai perdu la tête, murmura-t-il en tâchant d'inventer un roman. Je n'ai pu voir Mlle Flavie… »

Au nom de sa fille, le baron se leva et cria d'une voix de tonnerre :

« Taisez-vous ! Je vous ai dit que je ne voulais rien savoir. Que

325 ma fille soit allée vous chercher, ou que ce soit vous qui soyez venu à elle, cela ne me regarde pas. Je ne lui ai rien demandé, je ne vous demande rien. Gardez tous les deux vos confessions, c'est une ordure où je n'entrerai pas. »

Il se rassit, tremblant, épuisé. Nantas s'inclinait, troublé

330 profondément, malgré l'empire[1] qu'il avait sur lui-même. Au bout d'un silence, le vieillard reprit de la voix sèche d'un homme qui traite une affaire :

« Je vous demande pardon, monsieur. Je m'étais promis de garder mon sang-froid. Ce n'est pas vous qui m'appartenez, c'est

335 moi qui vous appartiens, puisque je suis à votre discrétion[2]. Vous êtes ici pour m'offrir une transaction devenue nécessaire. Transigeons[3], monsieur. »

Et il affecta dès lors de parler comme un avoué[4] qui arrange à l'amiable quelque procès honteux, où il ne met les mains qu'avec

340 dégoût. Il disait posément :

« Mlle Flavie Danvilliers a hérité, à la mort de sa mère, d'une somme de deux cent mille francs, qu'elle ne devait toucher que le jour de son mariage. Cette somme a déjà produit des intérêts. Voici, d'ailleurs, mes comptes de tutelle[5], que je veux vous

345 communiquer. »

---

1. **Empire** : maîtrise.
2. **Je suis à votre discrétion** : je suis en votre pouvoir.
3. **Transigeons** : discutons, pour trouver un compromis.
4. **Avoué** : profession proche de l'avocat.
5. **Comptes de tutelle** : comptes gérés par le père, jusqu'à la majorité de Flavie.

Il avait ouvert un dossier, il lut des chiffres. Nantas tenta vainement de l'arrêter. Maintenant, une émotion le prenait, en face de ce vieillard, si droit et si simple, qui lui paraissait très grand, depuis qu'il était calme.

350 « Enfin, conclut celui-ci, je vous reconnais dans le contrat que mon notaire a dressé ce matin, un apport de deux cent mille francs. Je sais que vous n'avez rien. Vous toucherez les deux cent mille francs chez mon banquier, le lendemain du mariage.

— Mais, monsieur, dit Nantas, je ne vous demande pas votre 355 argent, je ne veux que votre fille… »

Le baron lui coupa la parole.

« Vous n'avez pas le droit de refuser, et ma fille ne saurait épouser un homme moins riche qu'elle… Je vous donne la dot que je lui destinais, voilà tout. Peut-être aviez-vous compté 360 trouver davantage, mais on me croit plus riche que je ne le suis réellement, monsieur. »

Et, comme le jeune homme restait muet sous cette dernière cruauté, le baron termina l'entrevue, en sonnant le domestique.

« Joseph, dites à Mademoiselle que je l'attends tout de suite 365 dans mon cabinet. »

Il s'était levé, il ne prononça plus un mot, marchant lentement. Nantas demeurait debout et immobile. Il trompait ce vieillard, il se sentait petit et sans force devant lui. Enfin, Flavie entra.

« Ma fille, dit le baron, voici cet homme. Le mariage aura lieu 370 dans le délai légal. »

Et il s'en alla, il les laissa seuls, comme si, pour lui, le mariage était conclu. Quand la porte se fut refermée, un silence régna. Nantas et Flavie se regardaient. Ils ne s'étaient point vus encore. Elle lui parut très belle, avec son visage pâle et hautain, dont les 375 grands yeux gris ne se baissaient pas. Peut-être avait-elle pleuré depuis trois jours qu'elle n'avait pas quitté sa chambre ; mais la froideur de ses joues devait avoir glacé ses larmes. Ce fut elle qui parla la première.

« Alors, monsieur, cette affaire est terminée ?

380 — Oui, madame », répondit simplement Nantas.

Elle eut une moue involontaire, en l'enveloppant d'un long regard, qui semblait chercher en lui sa bassesse.

« Allons, tant mieux, reprit-elle. Je craignais de ne trouver personne pour un tel marché. »

385 Nantas sentit, à sa voix, tout le mépris dont elle l'accablait. Mais il releva la tête. S'il avait tremblé devant le père, en sachant qu'il le trompait, il entendait être solide et carré en face de la fille, qui était sa complice.

« Pardon, madame, dit-il tranquillement, avec une grande
390 politesse, je crois que vous vous méprenez sur la situation que nous fait à tous deux ce que vous venez d'appeler très justement un marché. J'entends que, dès aujourd'hui, nous nous mettions sur un pied d'égalité…

— Ah ! vraiment, interrompit Flavie, avec un sourire dédaigneux[1].

395 — Oui, sur un pied d'égalité complète… Vous avez besoin d'un nom pour cacher une faute que je ne me permets pas de juger, et je vous donne le mien. De mon côté, j'ai besoin d'une mise de fonds, d'une certaine position sociale, pour mener à bien de grandes entreprises, et vous m'apportez ces fonds. Nous sommes
400 dès aujourd'hui deux associés dont les apports se balancent, nous avons seulement à nous remercier pour le service que nous nous rendons mutuellement. »

Elle ne souriait plus. Un pli d'orgueil irrité lui barrait le front. Pourtant elle ne répondit pas. Au bout d'un silence, elle reprit :

405 « Vous connaissez mes conditions ?

— Non, madame, dit Nantas, qui conservait un calme parfait. Veuillez me les dicter, et je m'y soumets d'avance. »

Alors, elle s'exprima nettement, sans une hésitation ni une rougeur.

---

1. **Dédaigneux** : méprisant.

410 « Vous ne serez jamais que mon mari de nom. Nos vies reste-
ront complètement distinctes et séparées. Vous abandonnerez
tous vos droits sur moi, et je n'aurai aucun devoir envers vous. »

À chaque phrase, Nantas acceptait d'un signe de tête. C'était
bien là ce qu'il désirait. Il ajouta :

415 « Si je croyais devoir être galant, je vous dirais que des conditions si dures me désespèrent. Mais nous sommes au-dessus de
compliments aussi fades. Je suis très heureux de vous voir le
courage de nos situations respectives. Nous entrons dans la vie par
un sentier où l'on ne cueille pas de fleurs… Je ne vous demande
420 qu'une chose, madame, c'est de ne point user de la liberté que je
vous laisse, de façon à rendre mon intervention nécessaire.

– Monsieur ! » dit violemment Flavie, dont l'orgueil se révolta.

Mais il s'inclina respectueusement, en la suppliant de ne
point se blesser. Leur position était délicate, ils devaient tous
425 deux tolérer certaines allusions, sans quoi la bonne entente devenait impossible. Il évita d'insister davantage. Mlle Chuin, dans
une seconde entrevue, lui avait conté la faute de Flavie. Son
séducteur était un certain M. des Fondettes, le mari d'une de ses
amies de couvent. Comme elle passait un mois chez eux, à la
430 campagne, elle s'était trouvée un soir entre les bras de cet
homme, sans savoir au juste comment cela avait pu se faire et
jusqu'à quel point elle était consentante. Mlle Chuin parlait
presque d'un viol.

Brusquement, Nantas eut un mouvement amical. Ainsi que
435 tous les gens qui ont conscience de leur force, il aimait à être
bonhomme[1].

« Tenez ! madame, s'écria-t-il, nous ne nous connaissons pas ;
mais nous aurions vraiment tort de nous détester ainsi, à première
vue. Peut-être sommes-nous faits pour nous entendre… Je vois
440 bien que vous me méprisez ; c'est que vous ignorez mon histoire. »

---

1. Bonhomme : bienveillant, sympathique.

Et il parla avec fièvre, se passionnant, disant sa vie dévorée d'ambition, à Marseille, expliquant la rage de ses deux mois de démarches inutiles dans Paris. Puis, il montra son dédain[1] de ce qu'il nommait les conventions sociales, où patauge le commun des
445 hommes. Qu'importait le jugement de la foule, quand on posait le pied sur elle ! Il s'agissait d'être supérieur. La toute-puissance excusait tout. Et, à grands traits, il peignit la vie souveraine qu'il saurait se faire. Il ne craignait plus aucun obstacle, rien ne prévalait contre la force. Il serait fort, il serait heureux.

450 « Ne me croyez pas platement intéressé, ajouta-t-il. Je ne me vends pas pour votre fortune. Je ne prends votre argent que comme un moyen de monter très haut… Oh ! si vous saviez tout ce qui gronde en moi, si vous saviez les nuits ardentes que j'ai passées à refaire toujours le même rêve, sans cesse emporté par la
455 réalité du lendemain, vous me comprendriez, vous seriez peut-être fière de vous appuyer à mon bras, en vous disant que vous me fournissez enfin les moyens d'être quelqu'un ! »

Elle l'écoutait toute droite, pas un trait de son visage ne remuait. Et lui se posait une question qu'il retournait depuis trois
460 jours, sans pouvoir trouver la réponse : l'avait-elle remarqué à sa fenêtre, pour avoir accepté si vite le projet de Mlle Chuin, lorsque celle-ci l'avait nommé ? Il lui vint la pensée singulière qu'elle se serait peut-être mise à l'aimer d'un amour romanesque, s'il avait refusé avec indignation le marché que la gouvernante était venue
465 lui offrir.

Il se tut, et Flavie resta glacée. Puis, comme s'il ne lui avait pas fait sa confession, elle répéta sèchement :

« Ainsi, mon mari de nom seulement, nos vies complètement distinctes, une liberté absolue. »

470 Nantas reprit aussitôt son air cérémonieux, sa voix brève d'homme qui discute un traité.

---

1. **Dédain** : mépris.

66

« C'est signé, madame. »

Et il se retira, mécontent de lui. Comment avait-il pu céder à l'envie bête de convaincre cette femme ? Elle était très belle, il valait mieux qu'il n'y eût rien de commun entre eux, car elle pouvait le gêner dans la vie.

III

Dix années s'étaient écoulées. Un matin, Nantas se trouvait dans le cabinet[1] où le baron Danvilliers l'avait autrefois si rudement accueilli, lors de leur première entrevue. Maintenant, ce cabinet était le sien ; le baron, après s'être réconcilié avec sa fille et son gendre, leur avait abandonné l'hôtel, en ne se réservant qu'un pavillon situé à l'autre bout du jardin, sur la rue de Beaune. En dix ans, Nantas venait de conquérir une des plus hautes situations financières et industrielles. Mêlé à toutes les grandes entreprises de chemins de fer, lancé dans toutes les spéculations sur les terrains qui signalèrent les premières années de l'Empire[2], il avait réalisé rapidement une fortune immense. Mais son ambition ne se bornait pas là, il voulait jouer un rôle politique, et il avait réussi à se faire nommer député, dans un département où il possédait plusieurs fermes. Dès son arrivée au Corps législatif, il s'était posé en futur ministre des Finances. Par ses connaissances spéciales et sa facilité de parole, il y prenait de jour en jour une place plus importante. Du reste, il montrait adroitement un dévouement absolu à l'Empire, tout en ayant en matière de finances des théories personnelles, qui faisaient grand bruit et qu'il savait préoccuper beaucoup l'empereur.

---

1. Cabinet : bureau réservé à l'exercice de sa profession.
2. Il est question du Second Empire (1852-1870).

Ce matin-là, Nantas était accablé d'affaires. Dans les vastes bureaux qu'il avait installés au rez-de-chaussée de l'hôtel, régnait une activité prodigieuse. C'était un monde d'employés, les uns immobiles derrière des guichets, les autres allant et venant sans cesse, faisant battre les portes ; c'était un bruit d'or continu, des sacs ouverts et coulant sur les tables, la musique toujours sonnante d'une caisse dont le flot semblait devoir noyer les rues. Puis, dans l'antichambre[1], une cohue se pressait, des solliciteurs[2], des hommes d'affaires, des hommes politiques, tout Paris à genoux devant la puissance. Souvent, de grands personnages attendaient là patiemment pendant une heure. Et lui, assis à son bureau, en correspondance avec la province et l'étranger, pouvant de ses bras étendus étreindre le monde, réalisait enfin son ancien rêve de force, se sentait le moteur intelligent d'une colossale machine qui remuait les royaumes et les empires.

Nantas sonna l'huissier qui gardait sa porte. Il paraissait soucieux.

« Germain, demanda-t-il, savez-vous si Madame est rentrée ? »

Et, comme l'huissier répondait qu'il l'ignorait, il lui commanda de faire descendre la femme de chambre de Madame. Mais Germain ne se retirait pas.

« Pardon, Monsieur, murmura-t-il, il y a là M. le président du Corps législatif qui insiste pour entrer. »

Alors, il eut un geste d'humeur, en disant :

« Eh bien ! introduisez-le, et faites ce que je vous ai ordonné. »

La veille, sur une question capitale du budget, un discours de Nantas avait produit une impression telle, que l'article en discussion avait été envoyé à la commission, pour être amendé dans le sens indiqué par lui. Après la séance, le bruit s'était répandu que le ministre des Finances allait se retirer, et l'on

---

1. **Antichambre** : pièce d'attente d'une riche demeure, où se tiennent les visiteurs introduits par des domestiques.

2. **Solliciteurs** : personnes qui viennent demander de l'argent ou des faveurs.

désignait déjà dans les groupes le jeune député comme son successeur. Lui, haussait les épaules : rien n'était fait, il n'avait eu avec l'empereur qu'un entretien sur des points spéciaux.
530 Pourtant, la visite du président du Corps législatif pouvait être grosse de signification. Il parut secouer la préoccupation qui l'assombrissait, il se leva et alla serrer les mains du président.

« Ah ! monsieur le duc, dit-il, je vous demande pardon. J'ignorais que vous fussiez là... Croyez que je suis bien touché
535 de l'honneur que vous me faites. »

Un instant, ils causèrent à bâtons rompus[1], sur un ton de cordialité. Puis, le président, sans rien lâcher de net, lui fit entendre qu'il était envoyé par l'empereur, pour le sonder. Accepterait-il le portefeuille des Finances, et avec quel programme ? Alors, lui, superbe
540 de sang-froid, posa ses conditions. Mais, sous l'impassibilité[2] de son visage, un grondement de triomphe montait. Enfin, il gravissait le dernier échelon, il était au sommet. Encore un pas, il allait avoir toutes les têtes au-dessous de lui. Comme le président concluait, en disant qu'il se rendait à l'instant même chez l'empe-
545 reur, pour lui communiquer le programme débattu, une petite porte donnant sur les appartements s'ouvrit, et la femme de chambre de Madame parut.

Nantas, tout d'un coup redevenu blême[3], n'acheva pas la phrase qu'il prononçait. Il courut à cette femme, en murmurant :
550 « Excusez-moi, monsieur le duc... »

Et, tout bas, il l'interrogea. Madame était donc sortie de bonne heure ? Avait-elle dit où elle allait ? Quand devait-elle rentrer ? La femme de chambre répondait par des paroles vagues, en fille intelligente qui ne veut pas se compromettre[4].

---

1. À bâtons rompus : sans suivre de fil directeur précis, librement.
2. Impassibilité : insensibilité, absence de réaction apparente.
3. Blême : pâle.
4. Se compromettre : en dire plus qu'il ne le faudrait, ce qui reviendrait à prendre parti dans le conflit entre Flavie et Nantas.

555 Ayant compris la naïveté de cet interrogatoire, il finit par dire simplement :

« Dès que Madame rentrera, prévenez-la que je désire lui parler. »

Le duc, surpris, s'était approché d'une fenêtre et regardait
560 dans la cour. Nantas revint à lui, en s'excusant de nouveau. Mais il avait perdu son sang-froid, il balbutia, il l'étonna par des paroles peu adroites.

« Allons, j'ai gâté mon affaire, laissa-t-il échapper tout haut, lorsque le président ne fut plus là. Voilà un portefeuille qui va
565 m'échapper. »

Et il resta dans un état de malaise, coupé d'accès de colère. Plusieurs personnes furent introduites. Un ingénieur avait à lui présenter un rapport qui annonçait des bénéfices énormes dans une exploitation de mine. Un diplomate l'entretint[1] d'un emprunt
570 qu'une puissance voisine voulait ouvrir à Paris. Des créatures défilèrent, lui rendirent des comptes sur vingt affaires considérables. Enfin, il reçut un grand nombre de ses collègues de la Chambre ; tous se répandaient en éloges outrés[2] sur son discours de la veille. Lui, renversé au fond de son fauteuil, acceptait
575 cet encens[3], sans un sourire. Le bruit de l'or continuait dans les bureaux voisins, une trépidation d'usine faisait trembler les murs, comme si on eût fabriqué là tout cet or qui sonnait. Il n'avait qu'à prendre une plume pour expédier des dépêches[4] dont l'arrivée aurait réjoui ou consterné les marchés de l'Europe ; il pouvait
580 empêcher ou précipiter la guerre, en appuyant ou en combattant l'emprunt dont on lui avait parlé ; même il tenait le budget de la France dans sa main, il saurait bientôt s'il serait pour ou contre l'Empire. C'était le triomphe, sa personnalité développée outre

---

1. **L'entretint** : discuta avec lui.
2. **Outrés** : exagérés, dans l'intention de flatter.
3. **Encens** : compliments excessifs.
4. **Dépêches** : informations.

mesure devenait le centre autour duquel tournait un monde. Et il ne
585 goûtait point ce triomphe, ainsi qu'il se l'était promis. Il éprouvait
une lassitude, l'esprit autre part, tressaillant au moindre bruit.
Lorsqu'une flamme, une fièvre d'ambition satisfaite montait à ses
joues, il se sentait tout de suite pâlir, comme si par-derrière, brusquement, une main froide l'eût touché à la nuque.

590 Deux heures s'étaient passées, et Flavie n'avait pas encore
paru. Nantas appela Germain pour le charger d'aller chercher
M. Danvilliers, si le baron se trouvait chez lui. Resté seul, il
marcha dans son cabinet, en refusant de recevoir davantage ce
jour-là. Peu à peu, son agitation avait grandi. Évidemment, sa
595 femme était à quelque rendez-vous. Elle devait avoir renoué avec
M. des Fondettes, qui était veuf depuis six mois. Certes, Nantas
se défendait d'être jaloux ; pendant dix années, il avait stricte-
ment observé le traité conclu ; seulement, il entendait, disait-il,
ne pas être ridicule. Jamais il ne permettrait à sa femme de
600 compromettre sa situation, en le rendant la moquerie de tous. Et
sa force l'abandonnait, ce sentiment de mari qui veut simplement être respecté l'envahissait d'un tel trouble, qu'il n'en avait
pas éprouvé de pareil, même lorsqu'il jouait les coups de cartes
les plus hasardés [1], dans les commencements de sa fortune.

605 Flavie entra, encore en toilette de ville ; elle n'avait retiré que
son chapeau et ses gants. Nantas, dont la voix tremblait, lui dit
qu'il serait monté chez elle, si elle lui avait fait savoir qu'elle
était rentrée. Mais elle, sans s'asseoir, de l'air pressé d'une cliente,
eut un geste pour l'inviter à se hâter.

610 « Madame, commença-t-il, une explication est devenue nécessaire entre nous… Où êtes-vous allée ce matin ? »

La voix frémissante de son mari, la brutalité de sa question, la
surprirent extrêmement.

« Mais, répondit-elle d'un ton froid, où il m'a plu d'aller.

---

1. Hasardés : risqués.

615   — Justement, c'est ce qui ne saurait me convenir désormais, reprit-il en devenant très pâle. Vous devez vous souvenir de ce que je vous ai dit, je ne tolérerai pas que vous usiez de la liberté que je vous laisse, de façon à déshonorer mon nom. »

    Flavie eut un sourire de souverain mépris.

620   « Déshonorer votre nom, monsieur, mais cela vous regarde, c'est une besogne qui n'est plus à faire. »

    Alors, Nantas, dans un emportement fou, s'avança comme s'il voulait la battre, bégayant :

    « Malheureuse, vous sortez des bras de M. des Fondettes…
625 Vous avez un amant, je le sais.

    — Vous vous trompez, dit-elle sans reculer devant sa menace, je n'ai jamais revu M. des Fondettes… Mais j'aurais un amant que vous n'auriez pas à me le reprocher. Qu'est-ce que cela pourrait vous faire ? Vous oubliez donc nos conventions. »

630   Il la regarda un instant de ses yeux hagards ; puis, secoué de sanglots, mettant dans son cri une passion longtemps contenue, il s'abattit à ses pieds.

    « Oh ! Flavie, je vous aime ! »

    Elle, toute droite, s'écarta, parce qu'il avait touché le coin
635 de sa robe. Mais le malheureux la suivait en se traînant sur les genoux, les mains tendues.

    « Je vous aime, Flavie, je vous aime comme un fou… Cela est venu je ne sais comment. Il y a des années déjà. Et peu à peu cela m'a pris tout entier. Oh ! j'ai lutté, je trouvais cette passion
640 indigne de moi, je me rappelais notre premier entretien… Mais, aujourd'hui, je souffre trop, il faut que je vous parle… »

    Longtemps, il continua. C'était l'effondrement de toutes ses croyances. Cet homme qui avait mis sa foi dans la force, qui soutenait que la volonté est le seul levier capable de soulever
645 le monde, tombait anéanti, faible comme un enfant, désarmé devant une femme. Et son rêve de fortune réalisé, sa haute situation conquise, il eût tout donné, pour que cette femme le relevât

d'un baiser au front. Elle lui gâtait[1] son triomphe. Il n'entendait plus l'or qui sonnait dans ses bureaux, il ne songeait plus au défilé des courtisans qui venaient de le saluer, il oubliait que l'empereur, en ce moment, l'appelait peut-être au pouvoir. Ces choses n'existaient pas. Il avait tout, et il ne voulait que Flavie. Si Flavie se refusait, il n'avait rien.

«Écoutez, continua-t-il, ce que j'ai fait, je l'ai fait pour vous… D'abord, c'est vrai, vous ne comptiez pas, je travaillais pour la satisfaction de mon orgueil. Puis, vous êtes devenue l'unique but de toutes mes pensées, de tous mes efforts. Je me disais que je devais monter le plus haut possible, afin de vous mériter. J'espérais vous fléchir, le jour où je mettrais à vos pieds ma puissance. Voyez où je suis aujourd'hui. N'ai-je pas gagné votre pardon? Ne me méprisez plus, je vous en conjure! »

Elle n'avait pas encore parlé. Elle dit tranquillement :

« Relevez-vous, monsieur, on pourrait entrer. »

Il refusa, il la supplia encore. Peut-être aurait-il attendu, s'il n'avait pas été jaloux de M. des Fondettes. C'était un tourment qui l'affolait. Puis, il se fit très humble.

« Je vois bien que vous me méprisez toujours. Eh bien! attendez, ne donnez votre amour à personne. Je vous promets de si grandes choses, que je saurai bien vous fléchir. Il faut me pardonner, si j'ai été brutal tout à l'heure. Je n'ai plus la tête à moi… Oh! laissez-moi espérer que vous m'aimerez un jour!

— Jamais! » prononça-t-elle avec énergie.

Et, comme il restait par terre, écrasé, elle voulut sortir. Mais, lui, la tête perdue, pris d'un accès de rage, se leva et la saisit aux poignets. Une femme le braverait ainsi, lorsque le monde était à ses pieds! Il pouvait tout, bouleverser les États, conduire la France à son gré, et il ne pourrait obtenir l'amour de sa femme! Lui, si fort, si puissant, lui dont les moindres désirs étaient des

---

1. Gâtait : gâchait.

ordres, il n'avait plus qu'un désir, et ce désir ne serait jamais
680 contenté, parce qu'une créature, d'une faiblesse d'enfant, refusait ! Il lui serrait les bras, il répétait d'une voix rauque :

« Je veux… Je veux…

— Et moi je ne veux pas », disait Flavie toute blanche et raidie
dans sa volonté.

685 La lutte continuait, lorsque le baron Danvilliers ouvrit la
porte. À sa vue, Nantas lâcha Flavie et s'écria :

« Monsieur, voici votre fille qui revient de chez son amant…
Dites-lui donc qu'une femme doit respecter le nom de son mari,
même lorsqu'elle ne l'aime pas et que la pensée de son propre
690 honneur ne l'arrête plus. »

Le baron, très vieilli, restait debout sur le seuil, devant cette
scène de violence. C'était pour lui une surprise douloureuse.
Il croyait le ménage uni, il approuvait les rapports cérémonieux
des deux époux, pensant qu'il n'y avait là qu'une tenue de conve-
695 nance. Son gendre et lui étaient de deux générations différentes ;
mais, s'il était blessé par l'activité peu scrupuleuse du financier,
s'il condamnait certaines entreprises qu'il traitait de casse-cou,
il avait dû reconnaître la force de sa volonté et sa vive intelligence. Et, brusquement, il tombait dans ce drame, qu'il ne
700 soupçonnait pas.

Lorsque Nantas accusa Flavie d'avoir un amant, le baron, qui
traitait encore sa fille mariée avec la sévérité qu'il avait pour elle
à dix ans, s'avança de son pas de vieillard solennel.

« Je vous jure qu'elle sort de chez son amant, répétait Nantas,
705 et vous la voyez ! elle est là qui me brave. »

Flavie, dédaigneuse[1], avait tourné la tête. Elle arrangeait ses
manchettes, que la brutalité de son mari avait froissées. Pas une
rougeur n'était montée à son visage. Cependant, son père lui
parlait.

---

1. **Dédaigneuse** : méprisante.

74

710 « Ma fille, pourquoi ne vous défendez-vous pas ? Votre mari dirait-il la vérité ? Auriez-vous réservé cette dernière douleur à ma vieillesse ?... L'affront serait aussi pour moi ; car, dans une famille, la faute d'un seul membre suffit à salir tous les autres. »

Alors, elle eut un mouvement d'impatience. Son père prenait
715 bien son temps pour l'accuser ! Un instant encore, elle supporta son interrogatoire, voulant lui épargner la honte d'une explication. Mais, comme il s'emportait à son tour, en la voyant muette et provocante, elle finit par dire :

« Eh ! mon père, laissez cet homme jouer son rôle... Vous ne
720 le connaissez pas. Ne me forcez point à parler par respect pour vous.

— Il est votre mari, reprit le vieillard. Il est le père de votre enfant. »

Flavie s'était redressée, frémissante.

725 « Non, non, il n'est pas le père de mon enfant... À la fin, je vous dirai tout. Cet homme n'est pas même un séducteur, car ce serait une excuse au moins, s'il m'avait aimée. Cet homme s'est simplement vendu et a consenti à couvrir la faute d'un autre. »

730 Le baron se tourna vers Nantas, qui, livide, reculait.

« Entendez-vous, mon père ! reprenait Flavie avec plus de force, il s'est vendu, vendu pour de l'argent... Je ne l'ai jamais aimé, il ne m'a jamais touchée du bout de ses doigts... J'ai voulu vous épargner une grande douleur, je l'ai acheté afin qu'il vous
735 mentît... Regardez-le, voyez si je dis la vérité. »

Nantas se cachait la face entre les mains.

« Et, aujourd'hui, continua la jeune femme, voilà qu'il veut que je l'aime... Il s'est mis à genoux et il a pleuré. Quelque comédie sans doute. Pardonnez-moi de vous avoir trompé, mon
740 père ; mais, vraiment, est-ce que j'appartiens à cet homme ?... Maintenant que vous savez tout, emmenez-moi. Il m'a violentée tout à l'heure, je ne resterai pas ici une minute de plus. »

Le baron redressa sa taille courbée. Et, silencieux, il alla donner le bras à sa fille. Tous deux traversèrent la pièce, sans que Nantas fît un geste pour les retenir. Puis, à la porte, le vieillard ne laissa tomber que cette parole :

« Adieu, monsieur. »

La porte s'était refermée. Nantas restait seul, écrasé, regardant follement le vide autour de lui. Comme Germain venait d'entrer et de poser une lettre sur le bureau, il l'ouvrit machinalement et la parcourut des yeux. Cette lettre, entièrement écrite de la main de l'empereur, l'appelait au ministère des Finances, en termes très obligeants[1]. Il comprit à peine. La réalisation de toutes ses ambitions ne le touchait plus. Dans les caisses voisines, le bruit de l'or avait augmenté ; c'était l'heure où la maison Nantas ronflait, donnant le branle[2] à tout un monde. Et lui, au milieu de ce labeur colossal qui était son œuvre, dans l'apogée de sa puissance, les yeux stupidement fixés sur l'écriture de l'empereur, poussa cette plainte d'enfant, qui était la négation de sa vie entière :

« Je ne suis pas heureux… Je ne suis pas heureux… »

Il pleurait, la tête tombée sur son bureau, et ses larmes chaudes effaçaient la lettre qui le nommait ministre.

---

1. **Obligeants** : agréables, destinés à faire plaisir.
2. **Donnant le branle** : faisant bouger, mettant en mouvement.

La crise

Comment Zola décrit-il le triomphe économique, social et politique de Nantas ?

• L'ellipse de dix ans donne plus de densité dramatique à l'action. Le personnage a gagné beaucoup d'argent en profitant des opportunités liées **au développement de l'industrie et de la finance**, au cours du Second Empire.

• Nantas, devenu député, va être nommé ministre. Il est **tout-puissant**, presque comme un dieu.

Pourquoi Nantas est-il néanmoins malheureux ?

• **Nantas s'ennuie**. Le contraste entre sa nomination comme ministre et l'échec de sa vie personnelle est douloureux pour lui.

• Son épouse l'inquiète : il interprète son absence comme un signe de son infidélité. Il se révèle **jaloux**.

• La déclaration d'amour qu'il fait à son épouse est un vrai coup de théâtre. L'homme qui semblait incarner la raison froide devient un homme de **passion**.

Dans ce chapitre, comment Zola fait-il progressivement tomber les masques de chacun des personnages ?

• La scène est marquée par la **révélation de la vérité**. Nantas révèle à Flavie qu'il l'aime ; Flavie révèle à son père que Nantas n'est pas le père de son enfant.

• Les personnages éprouvent la **violence** de la vérité. Nantas croyait avoir repris le pouvoir. Mais Flavie avoue à son père leur arrangement. Nantas finit le chapitre dans une solitude extrême.

DÉFINITION CLÉ

Le rythme de la narration

• La narration peut être soit conforme au rythme de l'action, soit plus rapide, soit plus lente.

• On distingue :

– la **scène**, qui pose une équivalence entre le temps de l'action et celui de la narration ;

– la **pause**, qui ralentit la narration, en proposant une description, par exemple ;

– le **sommaire**, qui accélère la narration, en faisant une synthèse rapide des événements ;

– l'**ellipse**, qui passe l'action sous silence. Elle permet au narrateur d'opérer un saut plus ou moins important dans le temps.

IV

Depuis dix-huit mois que Nantas était ministre des Finances, il semblait s'étourdir par un travail surhumain. Au lendemain de la scène de violence qui s'était passée dans son cabinet, il avait eu avec le baron Danvilliers une entrevue ; et, sur les conseils de son père, Flavie avait consenti à rentrer au domicile conjugal. Mais les époux ne s'adressaient plus la parole, en dehors de la comédie qu'ils devaient jouer devant le monde. Nantas avait décidé qu'il ne quitterait pas son hôtel. Le soir, il amenait ses secrétaires et expédiait chez lui la besogne.

Ce fut l'époque de son existence où il fit les plus grandes choses. Une voix lui soufflait des inspirations hautes et fécondes. Sur son passage, un murmure de sympathie et d'admiration s'élevait. Mais lui restait insensible aux éloges. On eût dit qu'il travaillait sans espoir de récompense, avec la pensée d'entasser les œuvres dans le but unique de tenter l'impossible. Chaque fois qu'il montait plus haut, il consultait le visage de Flavie. Est-ce qu'elle était touchée enfin ? Est-ce qu'elle lui pardonnait son ancienne infamie, pour ne plus voir que le développement de son intelligence ? Et il ne surprenait toujours aucune émotion sur le visage muet de cette femme, et il se disait, en se remettant au travail : « Allons ! je ne suis point assez haut pour elle, il faut monter encore, monter sans cesse. » Il entendait forcer le bonheur, comme il avait forcé la fortune. Toute sa croyance en sa force lui revenait, il n'admettait pas d'autre levier en ce monde, car c'est la volonté de la vie qui a fait l'humanité. Quand le découragement le prenait parfois, il s'enfermait pour que personne ne pût se douter des faiblesses de sa chair. On ne devinait ses luttes qu'à ses yeux plus profonds, cerclés de noir, et où brûlait une flamme intense.

La jalousie le dévorait maintenant. Ne pas réussir à se faire aimer de Flavie était un supplice ; mais une rage l'affolait, lorsqu'il

795 songeait qu'elle pouvait se donner à un autre. Pour affirmer sa liberté, elle était capable de s'afficher avec M. des Fondettes. Il affectait[1] donc de ne point s'occuper d'elle, tout en agonisant d'angoisse à ses moindres absences. S'il n'avait pas craint le ridicule, il l'aurait suivie lui-même dans les rues. Ce fut alors qu'il voulut
800 avoir près d'elle une personne dont il achèterait le dévouement.

On avait conservé Mlle Chuin dans la maison. Le baron était habitué à elle. D'autre part, elle savait trop de choses pour qu'on pût s'en débarrasser. Un moment, la vieille fille avait eu le projet de se retirer avec les vingt mille francs que Nantas lui avait
805 comptés, au lendemain de son mariage. Mais sans doute elle s'était dit que la maison devenait bonne pour y pêcher en eau trouble. Elle attendait donc une nouvelle occasion, ayant fait le calcul qu'il lui fallait encore une vingtaine de mille francs, si elle voulait acheter à Roinville, son pays[2], la maison du notaire, qui
810 avait fait l'admiration de sa jeunesse.

Nantas n'avait pas à se gêner avec cette vieille fille, dont les mines confites en dévotion[3] ne pouvaient plus le tromper. Pourtant, le matin où il la fit venir dans son cabinet et où il lui proposa nettement de le tenir au courant des moindres actions
815 de sa femme, elle feignit de se révolter, en lui demandant pour qui il la prenait.

« Voyons, mademoiselle, dit-il impatienté, je suis très pressé, on m'attend. Abrégeons, je vous prie. »

Mais elle ne voulait rien entendre, s'il n'y mettait des formes.
820 Ses principes étaient que les choses ne sont pas laides en elles-mêmes, qu'elles le deviennent ou cessent de l'être, selon la façon dont on les présente.

« Eh bien ! reprit-il, il s'agit, mademoiselle, d'une bonne action... Je crains que ma femme ne me cache certains chagrins.

---

1. **Affectait** : faisait mine.
2. **Pays** : petite ville, village.
3. **Confites en dévotion** : d'une dévotion excessive.

825 Je la vois triste depuis quelques semaines, et j'ai songé à vous, pour obtenir des renseignements.

– Vous pouvez compter sur moi, dit-elle alors avec une effusion maternelle. Je suis dévouée à Madame, je ferai tout pour son honneur et le vôtre… Dès demain, nous veillerons sur elle. »

830 Il lui promit de la récompenser de ses services. Elle se fâcha d'abord. Puis, elle eut l'habileté de le forcer à fixer une somme : il lui donnerait dix mille francs, si elle lui fournissait une preuve formelle de la bonne ou de la mauvaise conduite de Madame. Peu à peu, ils en étaient venus à préciser les choses.

835 Dès lors, Nantas se tourmenta moins. Trois mois s'écoulèrent, il se trouvait engagé dans une grosse besogne, la préparation du budget. D'accord avec l'empereur, il avait apporté au système financier d'importantes modifications. Il savait qu'il serait vivement attaqué à la Chambre[1], et il lui fallait préparer une quan-

840 tité considérable de documents. Souvent il veillait des nuits entières. Cela l'étourdissait et le rendait patient. Quand il voyait Mlle Chuin, il l'interrogeait d'une voix brève. Savait-elle quelque chose ? Madame avait-elle fait beaucoup de visites ? S'était-elle particulièrement arrêtée dans certaines maisons ?

845 Mlle Chuin tenait un journal détaillé. Mais elle n'avait encore recueilli que des faits sans importance. Nantas se rassurait, tandis que la vieille clignait les yeux parfois, en répétant que, bientôt peut-être, elle aurait du nouveau.

La vérité était que Mlle Chuin avait fortement réfléchi. Dix mille

850 francs ne faisaient pas son compte, il lui en fallait vingt mille, pour acheter la maison du notaire. Elle eut d'abord l'idée de se vendre à la femme, après s'être vendue au mari. Mais elle connaissait Madame, elle craignit d'être chassée au premier mot. Depuis longtemps, avant même qu'on la chargeât de cette besogne, elle l'avait espionnée pour

855 son compte, en se disant que les vices des maîtres sont la fortune des

---

1. **Chambre** : Assemblée.

valets ; et elle s'était heurtée à une de ces honnêtetés d'autant plus solides qu'elles s'appuient sur l'orgueil. Flavie gardait de sa faute une rancune à tous les hommes. Aussi Mlle Chuin se désespérait-elle, lorsqu'un jour elle rencontra M. des Fondettes. Il la questionna si vivement sur sa maîtresse, qu'elle comprit tout d'un coup qu'il la désirait follement, brûlé par le souvenir de la minute où il l'avait tenue dans ses bras. Et son plan fut arrêté : servir à la fois le mari et l'amant, là était la combinaison de génie.

Justement, tout venait à point. M. des Fondettes, repoussé, désormais sans espoir, aurait donné sa fortune pour posséder encore cette femme qui lui avait appartenu. Ce fut lui qui, le premier, tâta Mlle Chuin. Il la revit, joua le sentiment, en jurant qu'il se tuerait, si elle ne l'aidait pas. Au bout de huit jours, après une grande dépense de sensibilité et de scrupules, l'affaire était faite : il donnerait dix mille francs, et elle, un soir, le cacherait dans la chambre de Flavie.

Le matin, Mlle Chuin alla trouver Nantas.

« Qu'avez-vous appris ? » demanda-t-il en pâlissant.

Mais elle ne précisa rien d'abord. Madame avait pour sûr une liaison. Même elle donnait des rendez-vous.

« Au fait, au fait[1] », répétait-il, furieux d'impatience.

Enfin, elle nomma M. des Fondettes.

« Ce soir, il sera dans la chambre de Madame.

– C'est bien, merci », balbutia Nantas.

Il la congédia du geste, il avait peur de défaillir devant elle. Ce brusque renvoi l'étonnait et l'enchantait, car elle s'était attendue à un long interrogatoire, et elle avait même préparé ses réponses, pour ne pas s'embrouiller. Elle fit une révérence, elle se retira, en prenant une figure dolente[2].

Nantas s'était levé. Dès qu'il fut seul, il parla tout haut.

« Ce soir... Dans sa chambre... »

---

1. **Au fait** : allez au fait, cessez de tourner autour du pot.
2. **Dolente** : malheureuse, souffrante.

Et il portait les mains à son crâne, comme s'il l'avait entendu craquer. Ce rendez-vous, donné au domicile conjugal, lui semblait monstrueux d'impudence[1]. Il ne pouvait se laisser outrager ainsi. Ses poings de lutteur se serraient, une rage le faisait rêver d'assassinat. Pourtant, il avait à finir un travail. Trois fois, il se rassit devant son bureau, et trois fois un soulèvement de tout son corps le remit debout ; tandis que, derrière lui, quelque chose le poussait, un besoin de monter sur-le-champ chez sa femme, pour la traiter de catin[2]. Enfin, il se vainquit, il se remit à la besogne, en jurant qu'il les étranglerait, le soir. Ce fut la plus grande victoire qu'il remporta jamais sur lui-même.

L'après-midi, Nantas alla soumettre à l'empereur le projet définitif du budget. Celui-ci lui ayant fait quelques objections, il les discuta avec une lucidité parfaite. Mais il lui fallut promettre de modifier toute une partie de son travail. Le projet devait être déposé le lendemain.

« Sire, je passerai la nuit », dit-il.

Et, en revenant, il pensait : « Je les tuerai à minuit, et j'aurai ensuite jusqu'au jour pour terminer ce travail. »

Le soir, au dîner, le baron Danvilliers causa précisément de ce projet de budget, qui faisait grand bruit. Lui, n'approuvait pas toutes les idées de son gendre en matière de finances. Mais il les trouvait très larges, très remarquables. Pendant qu'il répondait au baron, Nantas, à plusieurs reprises, crut surprendre les yeux de sa femme fixés sur les siens. Souvent, maintenant, elle le regardait ainsi. Son regard ne s'attendrissait pas, elle l'écoutait simplement et semblait chercher à lire au-delà de son visage. Nantas pensa qu'elle craignait d'avoir été trahie. Aussi fit-il un effort pour paraître d'esprit dégagé : il causa beaucoup, s'éleva très haut, finit par convaincre son beau-père, qui céda devant sa

---

1. Impudence : absence de sentiment de honte.
2. Catin : prostituée.

grande intelligence. Flavie le regardait toujours ; et une mollesse à peine sensible avait un instant passé sur sa face.

Jusqu'à minuit, Nantas travailla dans son cabinet. Il s'était passionné peu à peu, plus rien n'existait que cette création, ce mécanisme financier qu'il avait lentement construit, rouage à rouage, au travers d'obstacles sans nombre. Quand la pendule sonna minuit, il leva instinctivement la tête. Un grand silence régnait dans l'hôtel. Tout d'un coup, il se souvint, l'adultère était là, au fond de cette ombre et de ce silence. Mais ce fut pour lui une peine que de quitter son fauteuil : il posa la plume à regret, fit quelques pas comme pour obéir à une volonté ancienne, qu'il ne retrouvait plus. Puis, une chaleur lui empourpra[1] la face, une flamme alluma ses yeux. Et il monta à l'appartement de sa femme.

Ce soir-là, Flavie avait congédié de bonne heure sa femme de chambre. Elle voulait être seule. Jusqu'à minuit, elle resta dans le petit salon qui précédait sa chambre à coucher. Allongée sur une causeuse[2], elle avait pris un livre ; mais, à chaque instant, le livre tombait de ses mains, et elle songeait, les yeux perdus. Son visage s'était encore adouci, un sourire pâle y passait par moments.

Elle se leva en sursaut. On avait frappé.

« Qui est là ?

– Ouvrez », répondit Nantas.

Ce fut pour elle une si grande surprise, qu'elle ouvrit machinalement. Jamais son mari ne s'était ainsi présenté chez elle. Il entra, bouleversé ; la colère l'avait repris, en montant. Mlle Chuin, qui le guettait sur le palier, venait de lui murmurer à l'oreille que M. des Fondettes était là depuis deux heures. Aussi ne montra-t-il aucun ménagement.

« Madame, dit-il, un homme est caché dans votre chambre. »

Flavie ne répondit pas tout de suite, tellement sa pensée était loin. Enfin, elle comprit.

---

1. Empourpra : rougit.
2. Causeuse : petit canapé où deux personnes peuvent s'asseoir pour causer.

« Vous êtes fou, monsieur », murmura-t-elle.

Mais, sans s'arrêter à discuter, il marchait déjà vers la chambre. Alors, d'un bond, elle se mit devant la porte, en criant :

950 « Vous n'entrerez pas… Je suis ici chez moi, et je vous défends d'entrer ! »

Frémissante, grandie, elle gardait la porte. Un instant, ils restèrent immobiles, sans une parole, les yeux dans les yeux. Lui, le cou tendu, les mains en avant, allait se jeter sur elle, pour passer.

955 « Ôtez-vous de là, murmura-t-il d'une voix rauque. Je suis plus fort que vous, j'entrerai quand même.

– Non, vous n'entrerez pas, je ne veux pas. »

Follement, il répétait :

« Il y a un homme, il y a un homme… »

960 Elle, ne daignant même pas lui donner un démenti, haussait les épaules. Puis, comme il faisait encore un pas :

« Eh bien ! mettons[1] qu'il y ait un homme, qu'est-ce que cela peut vous faire ? Ne suis-je pas libre ? »

Il recula devant ce mot qui le cinglait comme un soufflet[2]. En
965 effet, elle était libre. Un grand froid le prit aux épaules, il sentit nettement qu'elle avait le rôle supérieur, et que lui jouait là une scène d'enfant malade et illogique. Il n'observait pas le traité, sa stupide passion le rendait odieux. Pourquoi n'était-il pas resté à travailler dans son cabinet ? Le sang se retirait de ses joues, une
970 ombre d'indicible souffrance blêmit son visage. Lorsque Flavie remarqua le bouleversement qui se faisait en lui, elle s'écarta de la porte, tandis qu'une douceur attendrissait ses yeux.

« Voyez », dit-elle simplement.

Et elle-même entra dans la chambre, une lampe à la main,
975 tandis que Nantas demeurait sur le seuil. D'un geste, il lui avait dit que c'était inutile, qu'il ne voulait pas voir. Mais elle, maintenant, insistait. Comme elle arrivait devant le lit, elle souleva

----

1. Mettons : supposons.
2. Soufflet : gifle.

les rideaux, et M. des Fondettes apparut, caché derrière. Ce fut pour elle une telle stupeur, qu'elle eut un cri d'épouvante.

980 « C'est vrai, balbutia-t-elle éperdue, c'est vrai, cet homme était là… Je l'ignorais, oh ! sur ma vie, je vous le jure ! »

Puis, par un effort de volonté, elle se calma, elle parut même regretter ce premier mouvement qui venait de la pousser à se défendre.

985 « Vous aviez raison, monsieur, et je vous demande pardon », dit-elle à Nantas, en tâchant de retrouver sa voix froide.

Cependant, M. des Fondettes se sentait ridicule. Il faisait une mine sotte, il aurait donné beaucoup pour que le mari se fâchât. Mais Nantas se taisait. Il était simplement devenu très pâle.

990 Quand il eut reporté ses regards de M. des Fondettes à Flavie, il s'inclina devant cette dernière, en prononçant cette seule phrase :

« Madame, excusez-moi, vous êtes libre. »

Et il tourna le dos, il s'en alla. En lui, quelque chose venait de se casser ; seul, le mécanisme des muscles et des os fonctionnait

995 encore. Lorsqu'il se retrouva dans son cabinet, il marcha droit à un tiroir où il cachait un revolver. Après avoir examiné cette arme, il dit tout haut, comme pour prendre un engagement formel vis-à-vis de lui-même :

« Allons, c'est assez, je me tuerai tout à l'heure. »

1000 Il remonta la lampe qui baissait, il s'assit devant son bureau et se remit tranquillement à la besogne. Sans une hésitation, au milieu du grand silence, il continua la phrase commencée. Un à un, méthodiquement, les feuillets s'entassaient. Deux heures plus tard, lorsque Flavie, qui avait chassé M. des Fondettes, descendit

1005 pieds nus pour écouter à la porte du cabinet, elle n'entendit que le petit bruit de la plume craquant sur le papier. Alors, elle se pencha, elle mit un œil au trou de la serrure. Nantas écrivait toujours avec le même calme, son visage exprimait la paix et la satisfaction du travail, tandis qu'un rayon de la lampe allumait le

1010 canon du revolver, près de lui.

V

La maison attenante[1] au jardin de l'hôtel était maintenant la propriété de Nantas, qui l'avait achetée à son beau-père. Par un caprice, il défendait d'y louer l'étroite mansarde[2], où, pendant deux mois, il s'était débattu contre la misère, lors de
1015 son arrivée à Paris. Depuis sa grande fortune, il avait éprouvé, à diverses reprises, le besoin de monter s'y enfermer pour quelques heures. C'était là qu'il avait souffert, c'était là qu'il voulait triompher. Lorsqu'un obstacle se présentait, il aimait aussi à y réfléchir, à y prendre les grandes déterminations de sa
1020 vie. Il y redevenait ce qu'il était autrefois. Aussi, devant la nécessité du suicide, était-ce dans cette mansarde qu'il avait résolu de mourir.

Le matin, Nantas n'eut fini son travail que vers huit heures. Craignant que la fatigue ne l'assoupît, il se lava à grande eau.
1025 Puis, il appela successivement plusieurs employés, pour leur donner des ordres. Lorsque son secrétaire fut arrivé, il eut avec lui un entretien : le secrétaire devait porter sur-le-champ le projet de budget aux Tuileries, et fournir certaines explications, si l'empereur soulevait des objections nouvelles. Dès lors, Nantas crut
1030 avoir assez fait. Il laissait tout en ordre, il ne partirait pas comme un banqueroutier[3] frappé de démence. Enfin, il s'appartenait, il pouvait disposer de lui, sans qu'on l'accusât d'égoïsme et de lâcheté.

Neuf heures sonnèrent. Il était temps. Mais, comme il allait
1035 quitter son cabinet, en emportant le revolver, il eut une dernière amertume à boire. Mlle Chuin se présenta pour toucher les dix mille francs promis. Il la paya, et dut subir sa familiarité. Elle se

---

1. Attenante : à côté.
2. Mansarde : chambre sous les toits, avec un plafond incliné et bas, généralement réservée aux gens de revenus modestes.
3. Banqueroutier : personne qui a fait faillite.

montrait maternelle, elle le traitait un peu comme un élève qui a réussi. S'il avait encore hésité, cette complicité honteuse l'aurait décidé au suicide. Il monta vivement et, dans sa hâte, laissa la clé sur la porte.

Rien n'était changé. Le papier avait les mêmes déchirures, le lit, la table et la chaise se trouvaient toujours là, avec leur odeur de pauvreté ancienne. Il respira un moment cet air qui lui rappelait les luttes d'autrefois. Puis, il s'approcha de la fenêtre et il aperçut la même échappée[1] de Paris, les arbres de l'hôtel, la Seine, les quais, tout un coin de la rive droite, où le flot des maisons roulait, se haussait, se confondait, jusqu'aux lointains du Père-Lachaise.

Le revolver était sur la table boiteuse, à portée de sa main. Maintenant, il n'avait plus de hâte, il était certain que personne ne viendrait et qu'il se tuerait à sa guise[2]. Il songeait et se disait qu'il se retrouvait au même point que jadis, ramené au même lieu, dans la même volonté du suicide. Un soir déjà, à cette place, il avait voulu se casser la tête ; il était trop pauvre alors pour acheter un pistolet, il n'avait que le pavé de la rue, mais la mort était quand même au bout. Ainsi, dans l'existence, il n'y avait donc que la mort qui ne trompât pas, qui se montrât toujours sûre et toujours prête. Il ne connaissait qu'elle de solide, il avait beau chercher, tout s'était continuellement effondré sous lui, la mort seule restait une certitude. Et il éprouva le regret d'avoir vécu dix ans de trop. L'expérience qu'il avait faite de la vie, en montant à la fortune et au pouvoir, lui paraissait puérile. À quoi bon cette dépense de volonté, à quoi bon tant de force produite, puisque, décidément, la volonté et la force n'étaient pas tout ? Il avait suffi d'une passion pour le détruire, il s'était pris sottement à aimer Flavie,

1. Échappée : vue.
2. À sa guise : comme il le souhaitait.

et le monument qu'il bâtissait, craquait, s'écroulait comme un château de cartes, emporté par l'haleine d'un enfant. C'était misérable, cela ressemblait à la punition d'un écolier maraudeur[1], sous lequel la branche casse, et qui périt par où il a péché. La vie était bête, les hommes supérieurs y finissaient aussi platement que les imbéciles.

Nantas avait pris le revolver sur la table et l'armait lentement. Un dernier regret le fit mollir une seconde, à ce moment suprême. Que de grandes choses il aurait réalisées, si Flavie l'avait compris ! Le jour où elle se serait jetée à son cou, en lui disant : « Je t'aime ! », ce jour-là, il aurait trouvé un levier pour soulever le monde. Et sa dernière pensée était un grand dédain[2] de la force, puisque la force, qui devait tout lui donner, n'avait pu lui donner Flavie.

Il leva son arme. La matinée était superbe. Par la fenêtre grande ouverte, le soleil entrait, mettant un éveil de jeunesse dans la mansarde. Au loin, Paris commençait son labeur de ville géante. Nantas appuya le canon sur sa tempe.

Mais la porte s'était violemment ouverte, et Flavie entra. D'un geste, elle détourna le coup, la balle alla s'enfoncer dans le plafond. Tous deux se regardaient. Elle était si essoufflée, si étranglée, qu'elle ne pouvait parler. Enfin, tutoyant Nantas pour la première fois, elle trouva le mot qu'il attendait, le seul mot qui pût le décider à vivre :

« Je t'aime ! cria-t-elle à son cou, sanglotante, arrachant cet aveu à son orgueil, à tout son être dompté, je t'aime parce que tu es fort ! »

---

1. Maraudeur : voleur.
2. Dédain : mépris.

Jacques Damour

I

Là-bas, à Nouméa[1], lorsque Jacques Damour regardait l'horizon vide de la mer, il croyait y voir parfois toute son histoire, les misères du siège[2], les colères de la Commune[3], puis cet arrachement qui l'avait jeté si loin, meurtri et comme assommé. Ce
5 n'était pas une vision nette, des souvenirs où il se plaisait et s'attendrissait, mais la sourde rumination d'une intelligence obscurcie, qui revenait d'elle-même à certains faits restés debout et précis, dans l'écroulement du reste.

À vingt-six ans, Jacques avait épousé Félicie, une grande belle
10 fille de dix-huit ans, la nièce d'une fruitière[4] de La Villette[5], qui lui louait une chambre. Lui, était ciseleur[6] sur métaux et gagnait jusqu'à des douze francs par jour ; elle, avait d'abord été couturière ; mais, comme ils eurent tout de suite un garçon, elle arriva bien juste à nourrir le petit et à soigner le ménage. Eugène poussait
15 sait gaillardement. Neuf ans plus tard, une fille vint à son tour ; et celle-là, Louise, resta longtemps si chétive[7], qu'ils dépensèrent

---

1. **Nouméa** : principale ville de Nouvelle-Calédonie.
2. **Siège** : siège de Paris, après la capitulation de l'armée française contre la Prusse (1870).
3. **Commune** : insurrection populaire parisienne, durement réprimée (1871).
4. **Fruitière** : marchande de fruits.
5. **La Villette** : quartier parisien.
6. **Ciseleur** : artisan qui produit des ciselures, motifs décoratifs.
7. **Chétive** : fragile.

beaucoup en médecins et en drogues[1]. Pourtant, le ménage n'était pas malheureux. Damour faisait bien parfois le lundi[2] ; seulement, il se montrait raisonnable, allait se coucher, s'il avait trop bu, et
20 retournait le lendemain au travail, en se traitant lui-même de propre-à-rien. Dès l'âge de douze ans, Eugène fut mis à l'étau[3]. Le gamin savait à peine lire et écrire qu'il gagnait déjà sa vie. Félicie, très propre, menait la maison en femme adroite et prudente, un peu « chienne[4] » peut-être, disait le père, car elle leur servait des
25 légumes plus souvent que de la viande, pour mettre des sous de côté, en cas de malheur. Ce fut leur meilleure époque. Ils habitaient, à Ménilmontant[5], rue des Envierges, un logement de trois pièces, la chambre du père et de la mère, celle d'Eugène, et une salle à manger où ils avaient installé les étaux, sans compter la
30 cuisine et un cabinet[6] pour Louise. C'était au fond d'une cour, dans un petit bâtiment ; mais ils avaient tout de même de l'air, car leurs fenêtres ouvraient sur un chantier de démolitions, où, du matin au soir, des charrettes venaient décharger des tas de décombres et de vieilles planches.

35 Lorsque la guerre[7] éclata, les Damour habitaient la rue des Envierges depuis dix ans. Félicie, bien qu'elle approchât de la quarantaine, restait jeune, un peu engraissée, d'une rondeur d'épaules et de hanches qui en faisait la belle femme du quartier. Au contraire, Jacques s'était comme séché, et les huit années qui
40 les séparaient le montraient déjà vieux à côté d'elle. Louise, tirée

---

1. Drogues : médicaments.

2. Faisait le lundi : ne travaillait pas le lundi, prolongeait le week-end en continuant à faire la fête.

3. Mis à l'étau : mis au travail. L'étau est un outil servant à maintenir une pièce sur laquelle on travaille.

4. Chienne : avare, manquant de générosité.

5. Ménilmontant : quartier de Paris.

6. Cabinet : petite pièce.

7. Allusion à la guerre franco-prussienne de 1870, qui entraîne la chute du Second Empire.

de danger, mais toujours délicate, tenait de son père, avec ses maigreurs de fillette ; tandis qu'Eugène, alors âgé de dix-neuf ans, avait la taille haute et le dos large de sa mère. Ils vivaient très unis, en dehors des quelques lundis où le père et le fils s'attardaient chez les marchands de vin. Félicie boudait, furieuse des sous mangés. Même, à deux ou trois reprises, ils se battirent ; mais cela ne tirait point à conséquence, c'était la faute du vin, et il n'y avait pas dans la maison de famille plus rangée. On les citait pour le bon exemple. Quand les Prussiens marchèrent sur Paris, et que le terrible chômage commença, ils possédaient plus de mille francs à la Caisse d'épargne. C'était beau, pour des ouvriers qui avaient élevé deux enfants.

Les premiers mois du siège ne furent donc pas très durs. Dans la salle à manger, où les étaux dormaient, on mangeait encore du pain blanc et de la viande. Apitoyé par la misère d'un voisin, un grand diable de peintre en bâtiment nommé Berru et qui crevait de faim, Damour put même lui faire la charité de l'inviter à dîner parfois ; et bientôt le camarade vint matin et soir. C'était un farceur ayant le mot pour rire, si bien qu'il finit par désarmer Félicie, inquiète et révoltée devant cette large bouche qui engloutissait les meilleurs morceaux. Le soir, on jouait aux cartes, en tapant sur les Prussiens. Berru, patriote, parlait de creuser des mines, des souterrains dans la campagne, et d'aller ainsi jusque sous leurs batteries[1] de Châtillon et de Montretout[2], afin de les faire sauter. Puis, il tombait sur[3] le gouvernement, un tas de lâches qui, pour ramener Henri V[4], voulaient ouvrir les portes de Paris à Bismarck[5]. La République de ces traîtres lui

---

1. Batteries : ensemble des armes.

2. Châtillon, Montretout : villes de la région parisienne.

3. Tombait sur : critiquait.

4. Henri V : comte de Chambord, candidat au trône de France en 1870.

5. Bismarck : chancelier qui mène la guerre contre la Prusse et qui prend la tête de ce qui devient, en 1871, l'Empire allemand.

faisait hausser les épaules. Ah! la République! Et, les deux
coudes sur la table, sa courte pipe à la bouche, il expliquait à
70 Damour son gouvernement à lui, tous frères, tous libres, la
richesse à tout le monde, la justice et l'égalité régnant partout,
en haut et en bas.

« Comme en 93[1] », ajoutait-il carrément, sans savoir.

Damour restait grave. Lui aussi était républicain, parce que,
75 depuis le berceau, il entendait dire autour de lui que la République
serait un jour le triomphe de l'ouvrier, le bonheur universel. Mais
il n'avait pas d'idée arrêtée sur la façon dont les choses devaient se
passer. Aussi écoutait-il Berru avec attention, trouvant qu'il
raisonnait très bien, et que, pour sûr, la République arriverait
80 comme il le disait. Il s'enflammait, il croyait fermement que, si
Paris entier, les hommes, les femmes, les enfants, avaient marché
sur Versailles en chantant *La Marseillaise*, on aurait culbuté les
Prussiens, tendu la main à la province et fondé le gouvernement
du peuple, celui qui devait donner des rentes à tous les citoyens.

85 « Prends garde, répétait Félicie pleine de méfiance, ça finira
mal, avec ton Berru. Nourris-le, puisque ça te fait plaisir ; mais
laisse-le aller se faire casser la tête tout seul. »

Elle aussi voulait la République. En 48[2], son père était mort
sur une barricade. Seulement, ce souvenir, au lieu de l'affoler[3],
90 la rendait raisonnable. À la place du peuple, elle savait, disait-
elle, comment elle forcerait le gouvernement à être juste : elle se
conduirait très bien. Les discours de Berru l'indignaient et lui
faisaient peur, parce qu'ils ne lui semblaient pas honnêtes. Elle
voyait que Damour changeait, prenait des façons[4], employait

---

1. Il s'agit de 1793, date qui correspond à la prise de pouvoir de Robespierre,
avec un idéal d'égalité.
2. Il s'agit de 1848, date de la révolution qui permet la mise en place de la
IIe République (jusqu'en 1851).
3. L'affoler : la rendre folle.
4. Façons : manières sophistiquées, peu naturelles.

95 des mots qui ne lui plaisaient guère. Mais elle était plus inquiète encore de l'air ardent et sombre dont son fils Eugène écoutait Berru. Le soir, quand Louise s'était endormie sur la table, Eugène croisait les bras, buvait lentement un petit verre d'eau-de-vie, sans parler, les yeux fixés sur le peintre, qui rappor-

100 tait toujours de Paris quelque histoire extraordinaire de traîtrise : des bonapartistes[1] faisant, de Montmartre[2], des signaux aux Allemands, ou bien des sacs de farine et des barils de poudre noyés dans la Seine, pour livrer la ville plus tôt.

« En voilà des cancans[3] ! disait Félicie à son fils, quand Berru

105 s'était décidé à partir. Ne va pas te monter la tête, toi ! Tu sais qu'il ment.

– Je sais ce que je sais », répondait Eugène avec un geste terrible.

Vers le milieu de décembre, les Damour avaient mangé leurs économies. À chaque heure, on annonçait une défaite des

110 Prussiens en province, une sortie victorieuse qui allait enfin délivrer Paris ; et le ménage ne fut pas effrayé d'abord, espérant sans cesse que le travail reprendrait. Félicie faisait des miracles, on vécut au jour le jour de ce pain noir du siège[4], que seule la petite Louise ne pouvait digérer. Alors, Damour et Eugène ache-

115 vèrent de se monter la tête, ainsi que disait la mère. Oisifs[5] du matin au soir, sortis de leurs habitudes, et les bras mous depuis qu'ils avaient quitté l'étau, ils vivaient dans un malaise, dans un effarement plein d'imaginations baroques[6] et sanglantes. Tous deux s'étaient bien mis d'un bataillon de marche[7] ; seulement,

---

1. Bonapartistes : partisans de Napoléon III, suspects d'être traîtres à la patrie.

2. Montmartre : colline de Paris.

3. Cancans : rumeurs, histoires colportées parfois à tort.

4. Le siège de Paris entraîne une grave famine dans la population.

5. Oisifs : inactifs.

6. Baroques : extravagantes.

7. S'étaient bien mis d'un bataillon de marche : s'étaient attiré les faveurs d'un groupe d'hommes réunis de manière provisoire, pour la durée d'une opération.

120 ce bataillon, comme beaucoup d'autres, ne sortit même pas des fortifications, caserné dans un poste où les hommes passaient les journées à jouer aux cartes. Et ce fut là que Damour, l'estomac vide, le cœur serré de savoir la misère chez lui, acquit la conviction, en écoutant les nouvelles des uns et des autres, que le
125 gouvernement avait juré d'exterminer le peuple, pour être maître de la République. Berru avait raison : personne n'ignorait qu'Henri V était à Saint-Germain[1], dans une maison sur laquelle flottait un drapeau blanc[2]. Mais ça finirait. Un de ces quatre matins, on allait leur flanquer des coups de fusil, à ces crapules
130 qui affamaient et qui laissaient bombarder les ouvriers, histoire simplement de faire de la place aux nobles et aux prêtres. Quand Damour rentrait avec Eugène, tous deux enfiévrés par le coup de folie du dehors, ils ne parlaient plus que de tuer le monde, devant Félicie pâle et muette, qui soignait la petite Louise
135 retombée malade, à cause de la mauvaise nourriture.

Cependant, le siège s'acheva, l'armistice fut conclu[3], et les Prussiens défilèrent dans les Champs-Élysées. Rue des Envierges, on mangea du pain blanc[4], que Félicie était allée chercher à Saint-Denis. Mais le dîner fut sombre. Eugène, qui avait voulu
140 voir les Prussiens, donnait des détails, lorsque Damour, brandissant une fourchette, cria furieusement qu'il aurait fallu guillotiner tous les généraux. Félicie se fâcha et lui arracha la fourchette. Les jours suivants, comme le travail ne reprenait toujours pas, il se décida à se remettre à l'étau pour son compte : il avait
145 quelques pièces fondues, des flambeaux, qu'il voulait soigner,

---

1. **Saint-Germain(-en-Laye)** : commune de la région parisienne.
2. **Le drapeau blanc** est le signe d'une volonté de paix, interprété comme un signe de trahison : Henri V serait suspect de vouloir discuter avec les Allemands. Le drapeau blanc est aussi celui de la monarchie. Ce drapeau ne peut qu'être perçu comme une provocation par les républicains.
3. **L'armistice est conclu** le 28 janvier 1871.
4. **Pain blanc** : pain fait avec de la farine blanche, réputé meilleur que le pain noir, réservé aux jours plus difficiles.

dans l'espoir de les vendre. Eugène, ne pouvant tenir en place, lâcha la besogne au bout d'une heure. Quant à Berru, il avait disparu depuis l'armistice ; sans doute, il était tombé ailleurs sur une meilleure table. Mais, un matin, il se présenta très allumé[1],
150 il raconta l'affaire des canons de Montmartre[2]. Des barricades s'élevaient partout, le triomphe du peuple arrivait enfin ; et il venait chercher Damour, en disant qu'on avait besoin de tous les bons citoyens. Damour quitta son étau, malgré la figure bouleversée de Félicie. C'était la Commune.
155 Alors, les journées de mars, d'avril et de mai se déroulèrent. Lorsque Damour était las[3] et que sa femme le suppliait de rester à la maison, il répondait :

« Et mes trente sous ? Qui nous donnera du pain ? »

Félicie baissait la tête. Ils n'avaient, pour manger, que les trente
160 sous du père et les trente sous du fils, cette paie de la garde nationale que des distributions de vin et de viande salée augmentaient parfois. Du reste, Damour était convaincu de son droit, il tirait sur les versaillais[4] comme il aurait tiré sur les Prussiens, persuadé qu'il sauvait la République et qu'il assurait le bonheur du peuple. Après
165 les fatigues et les misères du siège, l'ébranlement de la guerre civile le faisait vivre dans un cauchemar de tyrannie, où il se débattait en héros obscur, décidé à mourir pour la défense de la liberté. Il n'entrait pas dans les complications théoriques de l'idée communaliste. À ses yeux, la Commune était simplement l'âge
170 d'or annoncé, le commencement de la félicité[5] universelle ; tandis

---

1. Allumé : agité.
2. Le gouvernement, qui veut désarmer les Parisiens pour éviter toute explosion révolutionnaire, décide de reprendre les canons entreposés à Montmartre. La foule s'y oppose. C'est l'un des facteurs déclencheurs de la Commune de Paris.
3. Las : fatigué.
4. Versaillais : partisans de l'ordre et du gouvernement légitime, réfugié à Versailles. Ce gouvernement est dirigé par Adolphe Thiers.
5. Félicité : bonheur.

qu'il croyait, avec plus d'entêtement encore, qu'il y avait quelque part, à Saint-Germain ou à Versailles, un roi prêt à rétablir l'Inquisition[1] et les droits des seigneurs, si on le laissait entrer dans Paris. Chez lui, il n'aurait pas été capable d'écraser un insecte ; mais, aux avant-postes, il démolissait les gendarmes sans un scrupule. Quand il revenait, harassé[2], noir de sueur et de poudre, il passait des heures auprès de la petite Louise, à l'écouter respirer. Félicie ne tentait plus de le retenir, elle attendait avec son calme de femme avisée[3] la fin de tout ce tremblement.

Pourtant, un jour, elle osa faire remarquer que ce grand diable de Berru, qui criait tant, n'était pas assez bête pour aller attraper des coups de fusil. Il avait eu l'habileté d'obtenir une bonne place dans l'intendance ; ce qui ne l'empêchait pas, quand il venait en uniforme, avec des plumets[4] et des galons, d'exalter les idées de Damour par des discours où il parlait de fusiller les ministres, la Chambre, et toute la boutique, le jour où on irait les prendre à Versailles.

« Pourquoi n'y va-t-il pas lui-même, au lieu de pousser les autres ? » disait Félicie.

Mais Damour répondait :

« Tais-toi. Je fais mon devoir. Tant pis pour ceux qui ne font pas le leur ! »

Un matin, vers la fin d'avril, on rapporta, rue des Envierges, Eugène sur un brancard. Il avait reçu une balle en pleine poitrine, aux Moulineaux. Comme on le montait, il expira dans l'escalier. Quand Damour rentra le soir, il trouva Félicie silencieuse auprès du cadavre de leur fils. Ce fut un coup terrible, il tomba par terre, et elle le laissa sangloter, assis contre le mur,

---

1. L'Inquisition : tribunal religieux, chargé de condamner tout manquement supposé à la foi ; symbole de l'archaïsme de l'Église et de sa volonté répressive.
2. Harassé : épuisé.
3. Avisée : sensée, raisonnable.
4. Plumets : plumes utilisées comme ornement sur la coiffure militaire.

sans rien lui dire, parce qu'elle ne trouvait rien, et que, si elle
avait lâché un mot, elle aurait crié : « C'est ta faute ! » Elle avait
fermé la porte du cabinet, elle ne faisait pas de bruit, de peur
d'effrayer Louise. Aussi alla-t-elle voir si les sanglots du père ne
réveillaient pas l'enfant. Lorsqu'il se releva, il regarda longtemps, contre la glace, une photographie d'Eugène, où le jeune
homme s'était fait représenter en garde national. Il prit une
plume et écrivit au bas de la carte : « Je te vengerai », avec la date
et sa signature. Ce fut un soulagement. Le lendemain, un corbillard drapé de grands drapeaux rouges[1] conduisit le corps au
Père-Lachaise[2], suivi d'une foule énorme. Le père marchait tête
nue, et la vue des drapeaux, cette pourpre[3] sanglante qui assombrissait encore les bois noirs du corbillard, gonflait son cœur de
pensées farouches. Rue des Envierges, Félicie était restée près de
Louise. Dès le soir, Damour retourna aux avant-postes tuer des
gendarmes.

Enfin arrivèrent les journées de mai. L'armée de Versailles
était dans Paris. Il ne rentra pas de deux jours, il se replia avec
son bataillon, défendant les barricades, au milieu des incendies.
Il ne savait plus, il tirait des coups de feu dans la fumée, parce
que tel était son devoir. Le matin du troisième jour, il reparut
rue des Envierges, en lambeaux, chancelant et hébété comme un
homme ivre. Félicie le déshabillait et lui lavait les mains avec
une serviette mouillée, lorsqu'une voisine dit que les communards tenaient encore dans le Père-Lachaise, et que les versaillais
ne savaient comment les en déloger.

« J'y vais », dit-il simplement.

Il se rhabilla, il reprit son fusil. Mais les derniers défenseurs de
la Commune n'étaient pas sur le plateau, dans les terrains nus, où
dormait Eugène. Lui, confusément, espérait se faire tuer sur la

---

1. Le rouge est la couleur symbole de la révolution populaire.

2. Père-Lachaise : cimetière de Paris.

3. Pourpre : couleur rouge foncé.

tombe de son fils. Il ne put même aller jusque-là. Des obus arri-
230 vaient, écornaient les grands tombeaux. Entre les ormes, cachés
derrière les marbres qui blanchissaient au soleil, quelques gardes
nationaux lâchaient encore des coups de feu sur les soldats, dont
on voyait les pantalons rouges monter. Et Damour arriva juste à
point pour être pris. On fusilla trente-sept de ses compagnons. Ce
235 fut miracle s'il échappa à cette justice sommaire[1]. Comme sa
femme venait de lui laver les mains et qu'il n'avait pas tiré, peut-
être voulut-on lui faire grâce. D'ailleurs, dans la stupeur de sa
lassitude, assommé par tant d'horreurs, jamais il ne s'était rappelé
les journées qui avaient suivi. Cela restait en lui à l'état de cauche-
240 mars confus : de longues heures passées dans des endroits obscurs,
des marches accablantes au soleil, des cris, des coups, des foules
béantes[2] au travers desquelles il passait. Lorsqu'il sortit de cette
imbécillité[3], il était à Versailles, prisonnier.

Félicie vint le voir, toujours pâle et calme. Quand elle lui eut
245 appris que Louise allait mieux, ils restèrent muets, ne trouvant
plus rien à se dire. En se retirant, pour lui donner du courage,
elle ajouta qu'on s'occupait de son affaire et qu'on le tirerait de
là. Il demanda :

« Et Berru ?

250 — Oh ! répondit-elle, Berru est en sûreté… Il a filé trois jours
avant l'entrée des troupes, on ne l'inquiétera même pas. »

Un mois plus tard, Damour partait pour la Nouvelle-
Calédonie. Il était condamné à la déportation simple. Comme il
n'avait eu aucun grade, le conseil de guerre l'aurait peut-être
255 acquitté, s'il n'avait avoué d'un air tranquille qu'il faisait le coup
de feu depuis le premier jour. À leur dernière entrevue, il dit à
Félicie :

« Je reviendrai. Attends-moi avec la petite. »

---

1. **Sommaire** : expéditive, rapide.
2. **Béantes** : frappées de stupeur.
3. **Imbécillité** : état de faiblesse intellectuelle et morale.

Et c'était cette parole que Damour entendait le plus nette-
260   ment, dans la confusion de ses souvenirs, lorsqu'il s'appesantis-
sait, la tête lourde, devant l'horizon vide de la mer. La nuit qui
tombait le surprenait là parfois. Au loin, une tache claire restait
longtemps, comme un sillage de navire, trouant les ténèbres
croissantes ; et il lui semblait qu'il devait se lever et marcher sur
265   les vagues, pour s'en aller par cette route blanche, puisqu'il avait
promis de revenir.

II

À Nouméa, Damour se conduisait bien. Il avait trouvé du
travail, on lui faisait espérer sa grâce. C'était un homme très
doux, qui aimait à jouer avec les enfants. Il ne s'occupait plus de
270   politique, fréquentait peu ses compagnons, vivait solitaire ; on
ne pouvait lui reprocher que de boire de loin en loin, et encore
avait-il l'ivresse bonne enfant, pleurant à chaudes larmes, allant
se coucher de lui-même. Sa grâce paraissait donc certaine,
lorsqu'un jour il disparut. On fut stupéfait d'apprendre qu'il
275   s'était évadé avec quatre de ses compagnons. Depuis deux ans, il
avait reçu plusieurs lettres de Félicie, d'abord régulières, bientôt
plus rares et sans suite [1]. Lui-même écrivait assez souvent. Trois
mois se passèrent sans nouvelles. Alors, un désespoir l'avait pris,
devant cette grâce qu'il lui faudrait peut-être attendre deux
280   années encore ; et il avait tout risqué, dans une de ces heures de
fièvre dont on se repent le lendemain. Une semaine plus tard, on
trouva sur la côte, à quelques lieues, une barque brisée et les
cadavres de trois des fugitifs, nus et décomposés déjà, parmi
lesquels des témoins affirmèrent qu'ils reconnaissaient Damour.
285   C'étaient la même taille et la même barbe. Après une enquête

---

1. Félicie cesse de lui écrire.

sommaire, les formalités eurent lieu, un acte de décès fut dressé, puis envoyé en France sur la demande de la veuve, que l'Administration avait avertie. Toute la presse s'occupa de l'aventure, un récit très dramatique de l'évasion et de son dénouement
290 tragique passa dans les journaux du monde entier.

Cependant, Damour vivait. On l'avait confondu avec un de ses compagnons, et cela d'une façon d'autant plus surprenante que les deux hommes ne se ressemblaient pas. Tous deux, simplement, portaient leur barbe longue. Damour et le quatrième évadé, qui
295 avait survécu comme par miracle, se séparèrent, dès qu'ils furent arrivés sur une terre anglaise ; ils ne se revirent jamais, sans doute l'autre mourut de la fièvre jaune, qui faillit emporter Damour lui-même. Sa première pensée avait été de prévenir Félicie par une lettre. Mais un journal étant tombé entre ses mains, il y trouva le
300 récit de son évasion et la nouvelle de sa mort. Dès ce moment, une lettre lui parut imprudente ; on pouvait l'intercepter, la lire, arriver ainsi à la vérité. Ne valait-il pas mieux rester mort pour tout le monde ? Personne ne s'inquiéterait plus de lui, il rentrerait librement en France, où il attendrait l'amnistie[1] pour se faire
305 reconnaître. Et ce fut alors qu'une terrible attaque de fièvre jaune le retint pendant des semaines, dans un hôpital perdu.

Lorsque Damour entra en convalescence, il éprouva une paresse invincible. Pendant plusieurs mois, il resta très faible encore et sans volonté. La fièvre l'avait comme vidé de tous ses
310 désirs anciens. Il ne souhaitait rien, il se demandait à quoi bon. Les images de Félicie et de Louise s'étaient effacées. Il les voyait bien toujours, mais très loin, dans un brouillard, où il hésitait parfois à les reconnaître. Sans doute, dès qu'il serait fort, il partirait pour les rejoindre. Puis, quand il fut enfin debout, un autre
315 plan l'occupa tout entier. Avant d'aller retrouver sa femme et sa fille, il rêva de gagner une fortune. Que ferait-il à Paris ? il crève-

---

1. **Amnistie** : grâce, acte par lequel une condamnation est supprimée.

rait de faim, il serait obligé de se remettre à son étau, et peut-être même ne trouverait-il plus de travail, car il se sentait terriblement vieilli. Au contraire, s'il passait en Amérique, en quelques
320 mois il amasserait une centaine de mille francs, chiffre modeste auquel il s'arrêtait, au milieu des histoires prodigieuses de millions dont bourdonnaient ses oreilles. Dans une mine d'or qu'on lui indiquait, tous les hommes, jusqu'aux plus humbles terrassiers[1], roulaient carrosse[2] au bout de six mois. Et il arran-
325 geait déjà sa vie : il rentrait en France avec ses cent mille francs, achetait une petite maison du côté de Vincennes, vivait là de trois ou quatre mille francs de rente, entre Félicie et Louise, oublié, heureux, débarrassé de la politique. Un mois plus tard, Damour était en Amérique.
330 Alors, commença une existence trouble qui le roula au hasard, dans un flot d'aventures à la fois étranges et vulgaires. Il connut toutes les misères, il toucha à toutes les fortunes. Trois fois, il crut avoir enfin ses cent mille francs ; mais tout coulait entre ses doigts ; on le volait, il se dépouillait lui-même dans un dernier effort. En
335 somme, il souffrit, travailla beaucoup, et resta sans une chemise. Après des courses aux quatre points du monde, les événements le jetèrent en Angleterre. De là, il tomba à Bruxelles, à la frontière même de la France. Seulement, il ne songeait plus à y rentrer. Dès son arrivée en Amérique, il avait fini par écrire à Félicie. Trois
340 lettres étant restées sans réponse, il en était réduit aux supposi-tions : ou l'on interceptait ses lettres, ou sa femme était morte, ou elle avait elle-même quitté Paris. À un an de distance, il fit encore une tentative inutile. Pour ne pas se vendre[3], si l'on ouvrait ses lettres, il écrivait sous un nom supposé, entretenant Félicie
345 d'une affaire imaginaire, comptant bien qu'elle reconnaîtrait son écriture et qu'elle comprendrait. Ce grand silence avait comme

---

1. Terrassiers : ouvriers qui remuent le sol et entassent de la terre.
2. Roulaient carrosse : étaient riches.
3. Se vendre : se trahir.

endormi ses souvenirs. Il était mort, il n'avait personne au monde, plus rien n'importait. Pendant près d'un an, il travailla dans une mine de charbon, sous terre, ne voyant plus le soleil, absolument
350 supprimé, mangeant et dormant, sans rien désirer au-delà.

Un soir, dans un cabaret, il entendit un homme dire que l'amnistie venait d'être votée et que tous les communards[1] rentraient. Cela l'éveilla. Il reçut une secousse, il éprouva un besoin de partir avec les autres, d'aller revoir là-bas la rue où il
355 avait logé. Ce fut d'abord une simple poussée instinctive. Puis, dans le wagon qui le ramenait, sa tête travailla[2], il songea qu'il pouvait maintenant reprendre sa place au soleil, s'il parvenait à découvrir Félicie et Louise. Des espoirs lui remontaient au cœur ; il était libre, il les chercherait ouvertement ; et il finissait par
360 croire qu'il allait les retrouver bien tranquilles, dans leur logement de la rue des Envierges, la nappe mise, comme si elles l'avaient attendu. Tout s'expliquerait, quelque malentendu très simple. Il irait à sa mairie, se nommerait, et le ménage recommencerait sa vie d'autrefois.

365 À Paris, la gare du Nord était pleine d'une foule tumultueuse. Des acclamations s'élevèrent, dès que les voyageurs parurent, un enthousiasme fou, des bras qui agitaient des chapeaux, des bouches ouvertes qui hurlaient un nom. Damour eut peur un instant : il ne comprenait pas, il s'imaginait que tout ce monde
370 était venu là pour le huer au passage. Puis, il reconnut le nom qu'on acclamait, celui d'un membre de la Commune qui se trouvait justement dans le même train, un contumace[3] illustre auquel le peuple faisait une ovation. Damour le vit passer, très engraissé, l'œil humide, souriant, ému de cet accueil. Quand le
375 héros fut monté dans un fiacre[4], la foule parla de dételer le

1. Communards : partisans de la Commune de Paris.
2. Sa tête travailla : il réfléchit.
3. Contumace : condamné en son absence.
4. Fiacre : voiture à cheval, qu'on peut louer.

cheval. On s'écrasait, le flot humain s'engouffra dans la rue La Fayette, une mer de têtes, au-dessus desquelles on aperçut longtemps le fiacre rouler lentement, comme un char de triomphe. Et Damour, bousculé, écrasé, eut beaucoup de peine 380 à gagner les boulevards extérieurs. Personne ne faisait attention à lui. Toutes ses souffrances, Versailles, la traversée, Nouméa, lui revinrent, dans un hoquet d'amertume.

Mais, sur les boulevards extérieurs, un attendrissement le prit. Il oublia tout, il lui semblait qu'il venait de reporter du travail 385 dans Paris, et qu'il rentrait tranquillement rue des Envierges. Dix années de son existence se comblaient, si pleines et si confuses, qu'elles lui semblaient, derrière lui, n'être plus que le simple prolongement du trottoir. Pourtant, il éprouvait quelque étonnement, dans ces habitudes d'autrefois où il rentrait avec tant d'ai-390 sance. Les boulevards extérieurs devaient être plus larges ; il s'arrêta pour lire des enseignes, surpris de les voir là. Ce n'était pas la joie franche de poser le pied sur ce coin de terre regretté ; c'était un mélange de tendresse, où chantaient des refrains de romance, et d'inquiétude sourde, l'inquiétude de l'inconnu, devant ces vieilles 395 choses connues qu'il retrouvait. Son trouble grandit encore, lorsqu'il approcha de la rue des Envierges. Il se sentait mollir, il avait des envies de ne pas aller plus loin, comme si une catastrophe l'attendait. Pourquoi revenir ? Qu'allait-il faire là ?

Enfin, rue des Envierges, il passa trois fois devant la maison, 400 sans pouvoir entrer. En face, la boutique du charbonnier avait disparu ; c'était maintenant une boutique de fruitière ; et la femme qui était sur la porte lui sembla si bien portante, si carrément chez elle, qu'il n'osa pas l'interroger, comme il en avait eu l'idée d'abord. Il préféra risquer tout, en marchant droit à la loge 405 de la concierge. Que de fois il avait ainsi tourné à gauche, au bout de l'allée, et frappé au petit carreau !

« Mme Damour, s'il vous plaît ?

— Connais pas… Nous n'avons pas ça ici. »

Il était resté immobile. À la place de la concierge d'autrefois,
410 une femme énorme, il avait devant lui une petite femme sèche,
hargneuse, qui le regardait d'un air soupçonneux. Il reprit :

« Mme Damour demeurait au fond, il y a dix ans.

— Dix ans ! cria la concierge. Ah ! bien ! il a passé de l'eau sous
les ponts !… Nous ne sommes ici que du mois de janvier.

415 — Mme Damour a peut-être laissé son adresse.

— Non. Connais pas. »

Et, comme il s'entêtait, elle se fâcha, elle menaça d'appeler
son mari.

« Ah ! çà, finirez-vous de moucharder[1] dans la maison !… Il y
420 a un tas de gens qui s'introduisent… »

Il rougit et se retira en balbutiant, honteux de son pantalon
effiloqué[2] et de sa vieille blouse sale. Sur le trottoir, il s'en alla, la
tête basse ; puis, il revint, car il ne pouvait se décider à partir ainsi.
C'était comme un adieu éternel qui le déchirait. On aurait pitié
425 de lui, on lui donnerait quelque renseignement. Et il levait les
yeux, regardait les fenêtres, examinait les boutiques, cherchant à
se reconnaître. Dans ces maisons pauvres où les congés[3] tombent
dru[4] comme grêle, dix années avaient suffi pour changer presque
tous les locataires. D'ailleurs, une prudence lui restait, mêlée de
430 honte, une sorte de sauvagerie effrayée, qui le faisait trembler à
l'idée d'être reconnu. Comme il redescendait la rue, il aperçut
enfin des figures de connaissance, la marchande de tabac, un
épicier, une blanchisseuse, la boulangère où ils se fournissaient
autrefois. Alors, pendant un quart d'heure, il hésita, se promena
435 devant les boutiques, en se demandant dans laquelle il oserait
entrer, pris d'une sueur, tellement il souffrait du combat qui se

---

1. Moucharder : surveiller pour dénoncer, espionner.

2. Effiloqué : effiloché.

3. Congés : rupture du bail (contrat d'occupation d'un logement) entre un
locataire et un propriétaire.

4. Dru : en grande quantité, très nombreux.

livrait en lui. Ce fut le cœur défaillant[1] qu'il se décida pour la boulangère, une femme endormie, toujours blanche comme si elle sortait d'un sac de farine. Elle le regarda et ne bougea pas de son comptoir. Certainement, elle ne le reconnaissait pas, avec sa peau hâlée[2], son crâne nu, cuit par les grands soleils, sa longue barbe dure qui lui mangeait la moitié du visage. Cela lui rendit quelque hardiesse, et en payant un pain d'un sou, il se hasarda à demander :

« Est-ce que vous n'avez pas, parmi vos clientes, une femme avec une petite fille ?... Mme Damour ? »

La boulangère resta songeuse ; puis, de sa voix molle :

« Ah ! oui, autrefois, c'est possible… Mais il y a longtemps. Je ne sais plus… On voit tant de monde ! »

Il dut se contenter de cette réponse. Les jours suivants, il revint, plus hardi[3], questionnant les gens ; mais partout il trouva la même indifférence, le même oubli, avec des renseignements contradictoires qui l'égaraient davantage. En somme, il paraissait certain que Félicie avait quitté le quartier environ deux ans après son départ pour Nouméa, au moment même où il s'évadait. Et personne ne connaissait son adresse, les uns parlaient du Gros-Caillou[4], les autres de Bercy[5]. On ne se souvenait même plus de la petite Louise. C'était fini, il s'assit un soir sur un banc du boulevard extérieur et se mit à pleurer, en se disant qu'il ne chercherait pas davantage. Qu'allait-il devenir ? Paris lui semblait vide. Les quelques sous qui lui avaient permis de rentrer en France s'épuisaient. Un instant, il résolut de retourner en Belgique dans sa mine de charbon, où il faisait si noir et où il avait vécu sans un souvenir, heureux comme une bête, dans l'écrasement du sommeil de la terre. Pourtant, il resta, et il resta misérable, affamé, sans

---

1. Défaillant : faible.
2. Hâlée : bronzée.
3. Hardi : courageux, audacieux.
4. Gros-Caillou : nom donné à la Nouvelle-Calédonie.
5. Bercy : quartier de Paris.

465 pouvoir se procurer du travail. Partout on le repoussait, on le trouvait trop vieux. Il n'avait que cinquante-cinq ans ; mais on lui en donnait soixante-dix, dans le décharnement[1] de ses dix années de souffrance. Il rôdait comme un loup, il allait voir les chantiers des monuments brûlés par la Commune, cherchait les besognes
470 que l'on confie aux enfants et aux infirmes. Un tailleur de pierre qui travaillait à l'Hôtel de ville promettait de lui faire avoir la garde de leurs outils ; mais cette promesse tardait à se réaliser, et il crevait de faim.

Un jour que, sur le pont Notre-Dame, il regardait couler l'eau
475 avec le vertige des pauvres que le suicide attire, il s'arracha violemment du parapet et, dans ce mouvement, faillit renverser un passant, un grand gaillard en blouse blanche, qui se mit à l'injurier.

« Sacrée brute ! »

480 Mais Damour était demeuré béant[2], les yeux fixés sur l'homme.

« Berru ! » cria-t-il enfin.

C'était Berru en effet, Berru qui n'avait changé qu'à son avantage, la mine fleurie[3], l'air plus jeune. Depuis son retour, Damour avait souvent songé à lui ; mais où trouver le camarade qui démé-
485 nageait de garni[4] tous les quinze jours ? Cependant le peintre écarquillait les yeux, et quand l'autre se fut nommé, la voix tremblante, il refusa de le croire.

« Pas possible ! Quelle blague ! »

Pourtant il finit par le reconnaître, avec des exclamations qui
490 commençaient à ameuter le trottoir.

« Mais tu étais mort !... Tu sais, si je m'attendais à celle-là ! On ne se fiche pas du monde de la sorte... Voyons, voyons, est-ce bien vrai que tu es vivant ? »

---

1. Décharnement : état d'une personne très amaigrie.
2. Béant : stupéfait, muet d'étonnement.
3. Fleurie : épanouie.
4. Garni : location meublée.

Damour parlait bas, le suppliant de se taire. Berru, qui trouvait ça très farce[1] au fond, finit par le prendre sous le bras et l'emmena chez un marchand de vin de la rue Saint-Martin. Et il l'accablait de questions, il voulait savoir.

« Tout à l'heure, dit Damour, quand ils furent attablés dans un cabinet. Avant tout, et ma femme ? »

Berru le regarda d'un air stupéfait.

« Comment, ta femme ?

– Oui, où est-elle ? Sais-tu son adresse ? »

La stupéfaction du peintre augmentait. Il dit lentement :

« Sans doute, je sais son adresse… Mais toi tu ne sais donc pas l'histoire ?

– Quoi ? Quelle histoire ? »

Alors, Berru éclata.

« Ah ! celle-là est plus forte, par exemple ! Comment ! tu ne sais rien ?… Mais ta femme est remariée, mon vieux ! »

Damour, qui tenait son verre, le reposa sur la table, pris d'un tel tremblement, que le vin coulait entre ses doigts. Il les essuyait à sa blouse, et répétait d'une voix sourde :

« Qu'est-ce que tu dis ? remariée, remariée… Tu es sûr ?

– Parbleu[2] ! tu étais mort, elle s'est remariée ; ça n'a rien d'étonnant… Seulement, c'est drôle, parce que voilà que tu ressuscites. »

Et, pendant que le pauvre homme restait pâle, les lèvres balbutiantes, le peintre lui donna des détails. Félicie, maintenant, était très heureuse. Elle avait épousé un boucher de la rue des Moines, aux Batignolles, un veuf dont elle conduisait joliment les affaires. Sagnard, le boucher s'appelait Sagnard, était un gros homme de soixante ans, mais parfaitement conservé. À l'angle de la rue Nollet, la boutique, une des mieux achalandées du quartier, avait

---

1. Farce : comique, drôle.
2. Parbleu : juron (atténuation de « Par Dieu »).

des grilles peintes en rouge, avec des têtes de bœuf dorées, aux
525 deux coins de l'enseigne.

« Alors, qu'est-ce que tu vas faire ? » répétait Berru, après chaque
détail.

Le malheureux, que la description de la boutique étourdissait,
répondait d'un geste vague de la main. Il fallait voir.

530 « Et Louise ? demanda-t-il tout d'un coup.

– La petite ? ah ! je ne sais pas… Ils l'auront mise quelque part
pour s'en débarrasser, car je ne l'ai pas vue avec eux… C'est vrai, ça,
ils pourraient toujours te rendre l'enfant, puisqu'ils n'en font rien.
Seulement, qu'est-ce que tu deviendrais, avec une gaillarde[1] de
535 vingt ans, toi qui n'as pas l'air d'être à la noce[2] ? Hein ? sans te
blesser, on peut bien dire qu'on te donnerait deux sous dans la rue. »

Damour avait baissé la tête, étranglé, ne trouvant plus un
mot. Berru commanda un second litre et voulut le consoler.

« Voyons, que diable ! puisque tu es en vie, rigole un peu.
540 Tout n'est pas perdu, ça s'arrangera… Que vas-tu faire ? »

Et les deux hommes s'enfoncèrent dans une discussion inter-
minable, où les mêmes arguments revenaient sans cesse. Ce que
le peintre ne disait pas, c'était que, tout de suite après le départ
du déporté, il avait tâché de se mettre avec Félicie, dont les fortes
545 épaules le séduisaient. Aussi gardait-il contre elle une sourde
rancune de ce qu'elle lui avait préféré le boucher Sagnard, à cause
de sa fortune sans doute. Quand il eut fait venir un troisième
litre, il cria :

« Moi, à ta place, j'irais chez eux, et je m'installerais, et je
550 flanquerais le Sagnard à la porte, s'il m'embêtait… Tu es le
maître, après tout. La loi est pour toi. »

Peu à peu, Damour se grisait, le vin faisait monter des flammes
à ses joues blêmes[3]. Il répétait qu'il faudrait voir. Mais Berru le

---

1. **Gaillarde** : jeune fille.
2. **Être à la noce** : être dans une bonne situation.
3. **Blêmes** : très pâles.

poussait toujours, lui tapait sur les épaules, en lui demandant s'il
555 était un homme. Bien sûr qu'il était un homme ; et il l'avait tant
aimée, cette femme ! Il l'aimait encore à mettre le feu à Paris, pour
la ravoir. Eh bien ! alors, qu'est-ce qu'il attendait ? Puisqu'elle était
à lui, il n'avait qu'à la reprendre. Les deux hommes, très gris[1], se
parlaient violemment dans le nez.

560 « J'y vais ! dit tout d'un coup Damour en se mettant péniblement debout.

– À la bonne heure ! c'était trop lâche ! cria Berru. J'y vais avec
toi. »

Et ils partirent pour les Batignolles[2].

---

1. Gris : ivres.
2. Batignolles : quartier de Paris.

Jacques Damour
chapitre II

De retour d'exil

Le retour de Damour chez lui est-il un vrai retour à la vie ?

- Damour décide de rentrer chez lui sans attendre sa grâce, car tout le monde le croit **mort**.
- Mais lorsqu'il revient en France, il est un **étranger**. Désespéré, il songe même au suicide.
- La rencontre avec Berru, qui veut l'aider (adjuvant), est un **coup de théâtre** qui le rappelle à la vie.

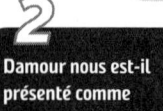

Damour nous est-il présenté comme un héros ?

- Damour est en exil au bout du monde, parce qu'il a pris position pour la république. Il est **victime** de la répression du pouvoir.
- Damour est aussi un **aventurier**. Il s'évade, puis se fait passer pour mort, avant de revenir en France en passant par de nombreux pays.
- Mais Damour est **orgueilleux**, en mal de reconnaissance. Il se croit héroïque, inspiré par un certain romantisme de la révolution, ce que Zola regarde avec ironie.

Comment Zola nous montre-t-il que la Commune appartient au passé, au moment où Damour rentre en France ?

- Pour les Parisiens, la Commune n'est plus qu'un **souvenir** : le peuple fait une ovation à un contumace, et les monuments brûlés par la Commune sont en train d'être reconstruits.
- Les retrouvailles entre Damour et Berru sont celles de **deux anciens combattants** qui veulent encore se prouver qu'ils peuvent gagner des batailles.

DÉFINITION CLÉ

Le rôle des personnages

- Dans le récit, les personnages ont différentes fonctions (qui peuvent parfois aussi être assumées par des objets, des forces naturelles, des abstractions...).

- Le **sujet** (personnage principal) est l'acteur d'une quête, qui a pour objectif d'atteindre un **objet**.

- Les **adjuvants** aident le sujet, alors que les **opposants** constituent un obstacle dans sa quête.

- Le **destinateur** est ce qui fait agir le sujet. Le **destinataire** est celui qui bénéficie de l'action du sujet.

III

565 Au coin de la rue des Moines et de la rue Nollet, la boutique, avec ses grilles rouges et ses têtes de bœuf dorées, avait un air riche. Des quartiers de bêtes pendaient sur des nappes blanches, tandis que des files de gigots, dans des cornets de papier à bordure de dentelle, comme des bouquets, faisaient des guir-
570 landes. Il y avait des entassements de chair, sur les tables de marbre, des morceaux coupés et parés[1], le veau rose, le mouton pourpre[2], le bœuf écarlate, dans les marbrures de la graisse. Des bassins de cuivre, le fléau d'une balance, les crochets d'un râte-lier, luisaient. Et c'était une abondance, un épanouissement de
575 santé dans la boutique claire, pavée de marbre, ouverte au grand jour, une bonne odeur de viande fraîche qui semblait mettre du sang aux joues de tous les gens de la maison.

Au fond, en plein dans le coup de clarté de la rue, Félicie occu-pait un haut comptoir, où des glaces la protégeaient des courants
580 d'air. Là-dedans, dans les gais reflets, dans la lueur rose de la boutique, elle était très fraîche, de cette fraîcheur pleine et mûre des femmes qui ont passé la quarantaine. Propre, lisse de peau, avec ses bandeaux noirs et son col blanc, elle avait la gravité souriante et affairée d'une bonne commerçante, qui, une plume à la main,
585 l'autre main dans la monnaie du comptoir, représente l'honnêteté et la prospérité d'une maison. Des garçons coupaient, pesaient, criaient des chiffres ; des clientes défilaient devant la caisse ; et elle recevait leur argent, en échangeant d'une voix aimable les nouvelles du quartier. Justement, une petite femme, au visage maladif, payait
590 deux côtelettes, qu'elle regardait d'un œil dolent[3].

« Quinze sous, n'est-ce pas ? dit Félicie. Ça ne va donc pas mieux, madame Vernier ?

---

1. Parés : préparés, dont on a ôté la peau et la graisse superflue.
2. Pourpre : rouge foncé.
3. Dolent : mélancolique.

– Non, ça ne va pas mieux, toujours l'estomac. Je rejette tout ce que je prends. Enfin, le médecin dit qu'il me faut de la viande ; mais c'est si cher !... Vous savez que le charbonnier est mort.

– Pas possible !

– Lui, ce n'était pas l'estomac, c'était le ventre... Deux côte-lettes, quinze sous ! La volaille est moins chère.

– Dame ! ce n'est pas notre faute, madame Vernier. Nous ne savons plus comment nous en tirer nous-mêmes... Qu'y a-t-il, Charles ? »

Tout en causant et en rendant la monnaie, elle avait l'œil à la boutique, et elle venait d'apercevoir un garçon qui causait avec deux hommes sur le trottoir. Comme le garçon ne l'entendait pas, elle éleva la voix davantage.

« Charles, que demande-t-on ? »

Mais elle n'attendit pas la réponse. Elle avait reconnu l'un des deux hommes qui entraient, celui qui marchait le premier.

« Ah ! c'est vous, monsieur Berru. »

Et elle ne paraissait guère contente, les lèvres pincées dans une légère moue de mépris. Les deux hommes, de la rue Saint-Martin aux Batignolles, avaient fait plusieurs stations chez des marchands de vin, car la course était longue, et ils avaient la bouche sèche, causant très haut, discutant toujours. Aussi paraissaient-ils forte-ment allumés [1]. Damour avait reçu un coup au cœur, sur le trottoir d'en face, lorsque Berru, d'un geste brusque, lui avait montré Félicie, si belle et si jeune, dans les glaces du comptoir, en disant : « Tiens ! la v'là ! » Ce n'était pas possible, ça devait être Louise qui ressemblait ainsi à sa mère ; car, pour sûr, Félicie était plus vieille. Et toute cette boutique riche, les viandes qui saignaient, les cuivres qui luisaient, puis cette femme bien mise, l'air bourgeois, la main dans un tas d'argent, lui enlevaient sa colère et son audace, en lui causant une véritable peur. Il avait une envie de se sauver à

----

1. **Allumés** : éméchés, ivres.

toutes jambes, pris de honte, pâlissant à l'idée d'entrer là-dedans. Jamais cette dame ne consentirait maintenant à le reprendre, lui qui avait une si fichue mine, avec sa grande barbe et sa blouse sale. Il tournait les talons, il allait enfiler la rue des Moines, pour qu'on ne l'aperçût même pas, lorsque Berru le retint.

« Tonnerre de Dieu ! tu n'as donc pas de sang dans les veines[1] !... Ah ! bien ! à ta place, c'est moi qui ferais danser la bourgeoise ! Et je ne m'en irais pas sans partager ; oui, la moitié des gigots et du reste... Veux-tu bien marcher, poule mouillée ! »

Et il avait forcé Damour à traverser la rue. Puis, après avoir demandé à un garçon si M. Sagnard était là, et ayant appris que le boucher se trouvait à l'abattoir, il était entré le premier, pour brusquer les choses. Damour le suivait, étranglé, l'air imbécile.

« Qu'y a-t-il pour votre service, monsieur Berru ? reprit Félicie de sa voix peu engageante.

— Ce n'est pas moi, répondit le peintre, c'est le camarade qui a quelque chose à vous dire. »

Il s'était effacé, et maintenant Damour se trouvait face à face avec Félicie. Elle le regardait ; lui, affreusement gêné, souffrant une torture, baissait les yeux. D'abord, elle eut sa moue de dégoût, son calme et heureux visage exprima une répulsion pour ce vieil ivrogne, ce misérable, qui sentait la pauvreté. Mais elle le regardait toujours ; et, brusquement, sans qu'elle eût échangé un mot avec lui, elle devint blanche, étouffant un cri, lâchant la monnaie qu'elle tenait, et dont on entendit le tintement clair dans le tiroir.

« Quoi donc ? vous êtes malade ? » demanda Mme Vernier, qui était restée curieusement.

Félicie eut un geste de la main, pour écarter tout le monde. Elle ne pouvait parler. D'un mouvement pénible, elle s'était mise debout et marchait vers la salle à manger, au fond de la

---

1. Sang dans les veines : courage.

655 boutique. Sans qu'elle leur eût dit de la suivre, les deux hommes disparurent derrière elle, Berru ricanant, Damour les yeux toujours fixés sur les dalles couvertes de sciure[1], comme s'il avait craint de tomber.

« Eh bien ! c'est drôle tout de même ! » murmura Mme Vernier,
660 quand elle fut seule avec les garçons.

Ceux-ci s'étaient arrêtés de couper et de peser, échangeant des regards surpris. Mais ils ne voulurent pas se compromettre, et ils se remirent à la besogne, l'air indifférent, sans répondre à la cliente, qui s'en alla avec ses deux côtelettes sur la main, en les
665 étudiant d'un regard maussade.

Dans la salle à manger, Félicie parut ne pas se trouver encore assez seule. Elle poussa une seconde porte et fit entrer les deux hommes dans sa chambre à coucher. C'était une chambre très soignée, close, silencieuse, avec des rideaux blancs au lit et à la
670 fenêtre, une pendule dorée, des meubles d'acajou dont le vernis luisait, sans un grain de poussière. Félicie se laissa tomber dans un fauteuil de reps[2] bleu, et elle répétait ces mots :

« C'est vous… C'est vous… »

Damour ne trouva pas une phrase. Il examinait la chambre, et
675 il n'osait s'asseoir, parce que les chaises lui semblaient trop belles. Aussi fut-ce encore Berru qui commença.

« Oui, il y a quinze jours qu'il vous cherche… Alors, il m'a rencontré, et je l'ai amené. »

Puis, comme s'il eût éprouvé le besoin de s'excuser auprès d'elle :
680 « Vous comprenez, je n'ai pu faire autrement. C'est un ancien camarade, et ça m'a retourné le cœur, quand je l'ai vu à ce point dans la crotte. »

Pourtant, Félicie se remettait un peu. Elle était la plus raisonnable, la mieux portante aussi. Quand elle n'étrangla plus[3], elle

---

1. Sciure : poussière de bois.

2. Reps : tissu à côtes.

3. N'étrangla plus : n'étouffa plus, sous l'effet de la stupeur et de l'angoisse.

685 voulut sortir d'une situation intolérable et entama la terrible explication.

« Voyons, Jacques, que viens-tu demander ? »

Il ne répondit pas.

« C'est vrai, continua-t-elle, je me suis remariée. Mais il n'y a
690 pas de ma faute, tu le sais. Je te croyais mort, et tu n'as rien fait pour me tirer d'erreur. »

Damour parla enfin.

« Si, je t'ai écrit.

– Je te jure que je n'ai pas reçu tes lettres. Tu me connais, tu
695 sais que je n'ai jamais menti… Et, tiens ! j'ai l'acte ici, dans un tiroir. »

Elle ouvrit un secrétaire, en tira fiévreusement un papier et le donna à Damour, qui se mit à le lire d'un air hébété[1]. C'était son acte de décès. Elle ajoutait :

700 « Alors, je me suis vue toute seule, j'ai cédé à l'offre d'un homme qui voulait me sortir de ma misère et de mes tourments… Voilà toute ma faute. Je me suis laissé tenter par l'idée d'être heureuse. Ce n'est pas un crime, n'est-ce pas ? »

Il l'écoutait, la tête basse, plus humble et plus gêné qu'elle-
705 même. Pourtant il leva les yeux.

« Et ma fille ? » demanda-t-il.

Félicie s'était remise à trembler. Elle balbutia :

« Ta fille ?… Je ne sais pas, je ne l'ai plus.

– Comment ?

710 – Oui, je l'avais placée chez ma tante… Elle s'est sauvée, elle a mal tourné. »

Damour, un instant, resta muet, l'air très calme, comme s'il n'avait pas compris. Puis, brusquement, lui si embarrassé, donna un coup de poing sur la commode, d'une telle violence, qu'une
715 boîte en coquillages dansa au milieu du marbre. Mais il n'eut pas

---

1. Hébété : frappé de stupeur.

le temps de parler, car deux enfants, un petit garçon de six ans et une fillette de quatre, venaient d'ouvrir la porte et de se jeter au cou de Félicie, avec toute une explosion de joie.

720 « Bonjour, petite mère, nous sommes allés au jardin, là-bas, au bout de la rue... Françoise a dit comme ça qu'il fallait rentrer... Oh! si tu savais, il y a du sable, et il y a des poulets dans l'eau...

– C'est bien, laissez-moi », dit la mère rudement.

Et, appelant la bonne :

« Françoise, remmenez-les... C'est stupide, de rentrer à cette
725 heure-ci. »

Les enfants se retirèrent, le cœur gros, tandis que la bonne, blessée du ton de Madame, se fâchait, en les poussant tous deux devant elle. Félicie avait eu la peur folle que Jacques ne volât les petits ; il pouvait les jeter sur son dos et se sauver. Berru,
730 qu'on n'invitait point à s'asseoir, s'était allongé tranquillement dans le second fauteuil, après avoir murmuré à l'oreille de son ami :

« Les petits Sagnard... Hein ? ça pousse vite, la graine de mioches ! »

735 Quand la porte fut refermée, Damour donna un autre coup de poing sur la commode, en criant :

« Ce n'est pas tout ça, il me faut ma fille, et je viens pour te reprendre. »

Félicie était toute glacée.

740 « Assieds-toi et causons, dit-elle. Ça n'avancera rien, de faire du bruit... Alors, tu viens me chercher ?

– Oui, tu vas me suivre et tout de suite... Je suis ton mari, le seul bon. Oh! je connais mon droit... N'est-ce pas, Berru, que c'est mon droit ?... Allons, mets un bonnet, sois gentille, si tu
745 ne veux pas que tout le monde connaisse nos affaires. »

Elle le regardait, et malgré elle son visage bouleversé disait qu'elle ne l'aimait plus, qu'il l'effrayait et la dégoûtait, avec sa vieillesse affreuse de misérable. Quoi! elle si blanche, si dodue, accoutumée maintenant à toutes les douceurs bourgeoises, recommencerait sa vie rude et pauvre d'autrefois, en compagnie de cet homme qui lui semblait un spectre[1] !

« Tu refuses, reprit Damour qui lisait sur son visage. Oh ! je comprends, tu es habituée à faire la dame[2] dans un comptoir ; et moi, je n'ai pas de belle boutique, ni de tiroir plein de monnaie, où tu puisses tripoter à ton aise… Puis, il y a les petits de tout à l'heure, que tu m'as l'air de mieux garder que Louise. Quand on a perdu la fille, on se fiche bien du père !… Mais tout ça m'est égal. Je veux que tu viennes, et tu viendras, ou bien je vais aller chez le commissaire de police, pour qu'il te ramène chez moi avec les gendarmes… C'est mon droit, n'est-ce pas, Berru ? »

Le peintre appuya de la tête. Cette scène l'amusait beaucoup. Pourtant, quand il vit Damour furieux, grisé de ses propres phrases, et Félicie à bout de force, près de sangloter et de défaillir, il crut devoir jouer un beau rôle. Il intervint, en disant d'un ton sentencieux[3] :

« Oui, oui, c'est ton droit ; mais il faut voir, il faut réfléchir… Moi, je me suis toujours conduit proprement… Avant de rien décider, il serait convenable de causer avec M. Sagnard, et puisqu'il n'est pas là… »

Il s'interrompit, puis continua, la voix changée, tremblante d'une fausse émotion :

« Seulement, le camarade est pressé. C'est dur d'attendre, dans sa position… Ah ! madame, si vous saviez combien il a souffert ! Et, maintenant, pas un radis[4], il crève de faim, on le repousse de partout… Lorsque je l'ai rencontré tout à l'heure, il n'avait pas mangé depuis hier. »

---

1. Spectre : fantôme.
2. Dame : femme de condition aisée.
3. Sentencieux : solennel, grave.
4. Pas un radis : pas d'argent.

Félicie, passant de la crainte à un brusque attendrissement, ne put retenir les larmes qui l'étouffaient. C'était une tristesse immense, le regret et le dégoût de la vie. Un cri lui échappa :

« Pardonne-moi, Jacques ! »

Et, quand elle put parler :

« Ce qui est fait est fait. Mais je ne veux pas que tu sois malheureux… Laisse-moi venir à ton aide. »

Damour eut un geste violent.

« Bien sûr, dit vivement Berru, la maison est assez pleine ici, pour que ta femme ne te laisse pas le ventre vide… Mettons que tu refuses l'argent, tu peux toujours accepter un cadeau. Quand vous ne lui donneriez qu'un pot-au-feu, il se ferait un peu de bouillon, n'est-ce pas, madame ?

– Oh ! tout ce qu'il voudra, monsieur Berru. »

Mais il se remit à taper sur la commode, criant :

« Merci, je ne mange pas de ce pain-là. »

Et, venant regarder sa femme dans les yeux :

« C'est toi seule que je veux, et je t'aurai… Garde ta viande ! »

Félicie avait reculé, reprise de répugnance et d'effroi. Damour alors devint terrible, parla de tout casser, s'emporta en accusations abominables. Il voulait l'adresse de sa fille, il secouait sa femme dans le fauteuil, en lui criant qu'elle avait vendu la petite ; et elle, sans se défendre, dans la stupeur de tout ce qui lui arrivait, répétait d'une voix lente qu'elle ne savait pas l'adresse, mais que pour sûr on l'aurait à la Préfecture de police. Enfin, Damour, qui s'était installé sur une chaise, dont il jurait que le diable ne le ferait pas bouger, se leva brusquement ; et, après un dernier coup de poing, plus violent que les autres :

« Eh bien ! tonnerre de Dieu ! je m'en vais… Oui, je m'en vais, parce que ça me fait plaisir… Mais tu ne perdras pas pour attendre, je reviendrai quand ton homme sera là, et je vous arrangerai, lui, toi, les mioches, toute ta sacrée baraque… Attends-moi, tu verras ! »

Il sortit en la menaçant du poing. Au fond, il était soulagé d'en finir ainsi. Berru, resté en arrière, dit d'un ton conciliant, enchanté d'être dans ces histoires :

« N'ayez pas peur, je ne le quitte pas... Il faut éviter un malheur. »

Même il s'enhardit jusqu'à lui saisir la main et à la baiser. Elle le laissa faire, elle était rompue[1] ; si son mari l'avait prise par le bras, elle serait partie avec lui. Pourtant, elle écouta les pas des deux hommes qui traversaient la boutique. Un garçon, à grands coups de couperet, taillait un carré de mouton. Des voix criaient des chiffres. Alors, son instinct de bonne commerçante la ramena dans son comptoir, au milieu des glaces claires, très pâle, mais très calme, comme si rien ne s'était passé.

« Combien à recevoir ? demanda-t-elle.

— Sept francs cinquante, madame. »

Et elle rendit la monnaie.

IV

Le lendemain, Damour eut une chance : le tailleur de pierre le fit entrer comme gardien au chantier de l'Hôtel de ville. Et il veilla ainsi sur le monument qu'il avait aidé à brûler, dix années plus tôt. C'était, en somme, un travail doux, une de ces besognes d'abrutissement qui engourdissent. La nuit, il rôdait au pied des échafaudages, écoutant les bruits, s'endormant parfois sur des sacs à plâtre. Il ne parlait plus de retourner aux Batignolles. Un jour pourtant, Berru étant venu lui payer à déjeuner, il avait crié au troisième litre que le grand coup était pour le lendemain. Le lendemain, il n'avait pas bougé du chantier. Et, dès lors, ce fut réglé, il ne s'emportait et ne réclamait ses droits que dans l'ivresse.

---

1. **Rompue** : brisée, sans volonté.

Quand il était à jeun, il restait sombre, préoccupé et comme honteux. Le peintre avait fini par le plaisanter, en répétant qu'il n'était pas un homme. Mais lui, demeurait grave. Il murmurait :

« Faut les tuer alors !… J'attends que ça me dise. »

Un soir, il partit, alla jusqu'à la place Moncey ; puis, après être resté une heure sur un banc, il redescendit à son chantier. Dans la journée, il croyait avoir vu passer sa fille devant l'Hôtel de Ville, étalée sur les coussins d'un landau[1] superbe. Berru lui offrait de faire des recherches, certain de trouver l'adresse de Louise au bout de vingt-quatre heures. Mais il refusait. À quoi bon savoir ? Cependant, cette pensée que sa fille pouvait être la belle personne, si bien mise, qu'il avait entrevue, au trot de deux grands chevaux blancs, lui retournait le cœur. Sa tristesse en augmenta. Il acheta un couteau et le montra à son camarade, en disant que c'était pour saigner le boucher. La phrase lui plaisait, il la répétait continuellement, avec un rire de plaisanterie.

« Je saignerai le boucher… Chacun son tour, pas vrai ? »

Berru, alors, le tenait des heures entières chez un marchand de vin de la rue du Temple, pour le convaincre qu'on ne devait saigner personne. C'était bête, parce que d'abord on vous raccourcissait[2]. Et il lui prenait les mains, il exigeait de lui le serment de ne pas se coller sur le dos une vilaine affaire. Damour répétait avec un ricanement obstiné :

« Non, non, chacun son tour… Je saignerai le boucher. »

Les jours passaient, il ne le saignait pas.

Un événement se produisit, qui parut devoir hâter la catastrophe. On le renvoya du chantier, comme incapable : pendant une nuit d'orage, il s'était endormi et avait laissé voler une pelle. Dès lors, il recommença à crever la faim, se traînant par les rues, trop fier encore pour mendier, regardant avec des yeux luisants

---

1. **Landau** : voiture à chevaux.
2. **On vous raccourcissait** : on vous guillotinait.

les boutiques des rôtisseurs. Mais la misère, au lieu de l'exciter, l'hébétait. Il pliait le dos, l'air enfoncé dans des réflexions tristes. On aurait dit qu'il n'osait plus se présenter aux Batignolles, maintenant qu'il n'avait pas à se mettre une blouse propre.

Aux Batignolles, Félicie vivait dans de continuelles alarmes. Le soir de la visite de Damour, elle n'avait pas voulu raconter l'histoire à Sagnard ; puis, le lendemain, tourmentée de son silence de la veille, elle s'était senti un remords et n'avait plus trouvé la force de parler. Aussi tremblait-elle toujours, croyant voir entrer son premier mari à chaque heure, s'imaginant des scènes atroces. Le pis était qu'on devait se douter de quelque chose dans la boutique, car les garçons ricanaient, et quand Mme Vernier, régulièrement, venait chercher ses deux côtelettes, elle avait une façon inquiétante de ramasser sa monnaie. Enfin, un soir, Félicie se jeta au cou de Sagnard, et lui avoua tout, en sanglotant. Elle répéta ce qu'elle avait dit à Damour : ce n'était pas sa faute, car lorsque les gens sont morts, ils ne devraient pas revenir. Sagnard, encore très vert[1] pour ses soixante ans, et qui était un brave homme, la consola. Mon Dieu ! ça n'avait rien de drôle, mais ça finirait par s'arranger. Est-ce que tout ne s'arrangeait pas ? Lui, en gaillard qui avait de l'argent et qui était carrément planté[2] dans la vie, éprouvait surtout de la curiosité. On le verrait, ce revenant, on lui parlerait. L'histoire l'intéressait, et cela au point que, huit jours plus tard, l'autre ne paraissant pas, il dit à sa femme :

« Eh bien ! quoi donc ? il nous lâche ?... Si tu savais son adresse, j'irais le trouver, moi. »

Puis, comme elle le suppliait de se tenir tranquille, il ajouta :

« Mais, ma bonne[3], c'est pour te rassurer... Je vois bien que tu te mines[4]. Il faut en finir. »

---

1. Vert : vigoureux.
2. Planté : solidement installé.
3. Ma bonne : terme d'affection du mari pour son épouse.
4. Tu te mines : tu te fais du souci.

Félicie maigrissait en effet, sous la menace du drame dont l'attente augmentait son angoisse. Un jour enfin, le boucher s'emportait contre un garçon qui avait oublié de changer l'eau d'une tête de veau, lorsqu'elle arriva, blême[1], balbutiant :

« Le voilà !

– Ah ! très bien ! dit Sagnard en se calmant tout de suite. Fais-le entrer dans la salle à manger. »

Et, sans se presser, se tournant vers le garçon :

« Lavez-la à grande eau, elle empoisonne. »

Il passa dans la salle à manger, où il trouva Damour et Berru. C'était un hasard, s'ils venaient ensemble. Berru avait rencontré Damour rue de Clichy ; il ne le voyait plus autant, ennuyé de sa misère. Mais, quand il avait su que le camarade se rendait rue des Moines, il s'était emporté en reproches, car cette affaire était aussi la sienne. Aussi avait-il recommencé à le sermonner, criant qu'il l'empêcherait bien d'aller là-bas faire des bêtises ; et il barrait le trottoir, il voulait le forcer à lui remettre son couteau. Damour haussait les épaules, l'air entêté, ayant son idée qu'il ne disait point. À toutes les observations, il répondait :

« Viens, si tu veux, mais ne m'embête pas. »

Dans la salle à manger, Sagnard laissa les deux hommes debout. Félicie s'était sauvée dans sa chambre, en emportant les enfants ; et, derrière la porte fermée à double tour, elle restait assise, éperdue, elle serrait de ses bras les petits contre elle, comme pour les défendre et les garder. Cependant, l'oreille tendue et bourdonnante d'anxiété, elle n'entendait encore rien ; car les deux maris, dans la pièce voisine, éprouvaient un embarras et se regardaient en silence.

« Alors, c'est vous ? finit par demander Sagnard, pour dire quelque chose.

– Oui, c'est moi », répondit Damour.

---

1. **Blême** : pâle.

Il trouvait Sagnard très bien et se sentait diminué. Le boucher ne paraissait guère plus de cinquante ans ; c'était un bel homme, à figure fraîche, les cheveux coupés ras, et sans barbe. En manches de chemise, enveloppé d'un grand tablier blanc, d'un éclat de neige, il avait un air de gaieté et de jeunesse.

« C'est que, reprit Damour hésitant, ce n'est pas à vous que je veux parler, c'est à Félicie. »

Alors, Sagnard retrouva tout son aplomb.

« Voyons, mon camarade, expliquons-nous. Que diable ! nous n'avons rien à nous reprocher ni l'un ni l'autre. Pourquoi se dévorer, lorsqu'il n'y a de la faute de personne ? »

Damour, la tête baissée, regardait obstinément un des pieds de la table. Il murmura d'une voix sourde :

« Je ne vous en veux pas, laissez-moi tranquille, allez-vous-en… C'est à Félicie que je désire parler.

— Pour ça, non, vous ne lui parlerez pas, dit tranquillement le boucher. Je n'ai pas envie que vous me la rendiez malade, comme l'autre fois. Nous pouvons causer sans elle… D'ailleurs, si vous êtes raisonnable, tout ira bien. Puisque vous dites l'aimer encore, voyez la position, réfléchissez, et agissez pour son bonheur à elle.

— Taisez-vous ! interrompit l'autre, pris d'une rage brusque. Ne vous occupez de rien ou ça va mal tourner ! »

Berru, s'imaginant qu'il allait tirer son couteau de sa poche, se jeta entre les deux hommes, en faisant du zèle. Mais Damour le repoussa.

« Fiche-moi la paix, toi aussi !… De quoi as-tu peur ? Tu es idiot !

— Du calme ! répétait Sagnard. Quand on est en colère, on ne sait plus ce qu'on fait… Écoutez, si j'appelle Félicie, promettez-moi d'être sage, parce qu'elle est très sensible, vous le savez comme moi. Nous ne voulons la tuer ni l'un ni l'autre, n'est-ce pas ?… Vous conduirez-vous bien ?

— Eh ! si j'étais venu pour mal me conduire, j'aurais commencé par vous étrangler, avec toutes vos phrases [1] ! »

Il dit cela d'un ton si profond et si douloureux, que le boucher en parut très frappé.

965 « Alors, déclara-t-il, je vais appeler Félicie… Oh ! moi, je suis très juste, je comprends que vous vouliez discuter la chose avec elle. C'est votre droit. »

Il marcha vers la porte de la chambre, et frappa.

« Félicie ! Félicie ! »

970 Puis, comme rien ne bougeait, comme Félicie, glacée à l'idée de cette entrevue, restait clouée sur sa chaise, en serrant plus fort ses enfants contre sa poitrine, il finit par s'impatienter.

« Félicie, viens donc… C'est bête, ce que tu fais là. Il promet d'être raisonnable. »

975 Enfin, la clé tourna dans la serrure, elle parut et referma soigneusement la porte, pour laisser ses enfants à l'abri. Il y eut un nouveau silence, plein d'embarras. C'était le coup de chien [2], ainsi que le disait Berru.

Damour parla en phrases lentes qui se brouillaient, tandis que
980 Sagnard, debout devant la fenêtre, soulevant du doigt un des petits rideaux blancs, affectait de regarder dehors, afin de bien montrer qu'il était large en affaires [3].

« Écoute, Félicie, tu sais que je n'ai jamais été méchant. Ça, tu peux le dire… Eh bien ! ce n'est pas aujourd'hui que je
985 commencerai à l'être. D'abord, j'ai voulu vous massacrer tous ici. Puis, je me suis demandé à quoi ça m'avancerait… J'aime mieux te laisser maîtresse de choisir. Nous ferons ce que tu voudras. Oui, puisque les tribunaux ne peuvent rien pour nous avec leur justice, c'est toi qui décideras ce qui te plaît le mieux. Réponds…
990 Avec lequel veux-tu aller, Félicie ? »

---

1. **Phrases** : grands mots, discours pompeux.
2. **Coup de chien** : calme avant la tempête.
3. **Qu'il était large en affaires** : qu'il était conciliant, qu'il acceptait la discussion.

Mais elle ne put répondre. L'émotion l'étranglait.

« C'est bien, reprit Damour de la même voix sourde, je comprends, c'est avec lui que tu vas… En venant ici, je savais comment ça tournerait… Et je ne t'en veux point, je te donne raison, après tout. Moi, je suis fini, je n'ai rien, enfin tu ne m'aimes plus ; tandis que lui, il te rend heureuse, sans compter qu'il y a encore les deux petits… »

Félicie pleurait, bouleversée.

« Tu as tort de pleurer, ce ne sont pas des reproches. Les choses ont tourné comme ça, voilà tout… Et, alors, j'ai eu l'idée de te voir encore une fois, pour te dire que tu pouvais dormir tranquille. Maintenant que tu as choisi, je ne te tourmenterai plus… C'est fait, tu n'entendras jamais parler de moi. »

Il se dirigeait vers la porte, mais Sagnard, très remué, l'arrêta en criant :

« Ah ! vous êtes un brave homme, vous, par exemple !… Ce n'est pas possible qu'on se quitte comme ça. Vous allez dîner avec nous.

– Non, merci », répondit Damour.

Berru, surpris, trouvant que ça finissait drôlement, parut tout à fait scandalisé, quand le camarade refusa l'invitation.

« Au moins, nous boirons un coup, reprit le boucher. Vous voulez bien accepter un verre de vin chez nous, que diable ? »

Damour n'accepta pas tout de suite. Il promena un lent regard autour de la salle à manger, propre et gaie avec ses meubles de chêne blanc ; puis, les yeux arrêtés sur Félicie qui le suppliait de son visage baigné de larmes, il dit :

« Oui, tout de même. »,

Alors, Sagnard fut enchanté. Il criait :

« Vite, Félicie, des verres ! Nous n'avons pas besoin de la bonne… Quatre verres. Il faut que tu trinques, toi aussi… Ah ! mon camarade, vous êtes bien gentil d'accepter, vous ne savez pas le plaisir que vous me faites, car moi j'aime les bons cœurs ; et vous êtes un bon cœur, vous, j'en réponds ! »

1025 Cependant, Félicie, les mains nerveuses, cherchait des verres et un litre dans le buffet. Elle avait la tête perdue, elle ne trouvait plus rien. Il fallut que Sagnard l'aidât. Puis, quand les verres furent pleins, la société autour de la table trinqua.

« À la vôtre ! »

1030 Damour, en face de Félicie, dut allonger le bras pour toucher son verre. Tous deux se regardaient, muets, le passé dans les yeux. Elle tremblait tellement, qu'on entendit le cristal tinter, avec le petit claquement de dents des grosses fièvres. Ils ne se tutoyaient plus, ils étaient comme morts, ne vivant désormais que dans le souvenir.

1035 « À la vôtre ! »

Et, pendant qu'ils buvaient tous les quatre, les voix des enfants vinrent de la pièce voisine, au milieu du grand silence. Ils s'étaient mis à jouer, ils se poursuivaient, avec des cris et des rires. Puis, ils tapèrent à la porte, ils appelèrent : « Maman !
1040 Maman ! »

« Voilà ! adieu tout le monde ! » dit Damour, en reposant le verre sur la table.

Il s'en alla. Félicie, toute droite, toute pâle, le regarda partir, pendant que Sagnard accompagnait poliment ces messieurs
1045 jusqu'à la porte.

V

Dans la rue, Damour se mit à marcher si vite, que Berru avait de la peine à le suivre. Le peintre enrageait. Au boulevard des Batignolles, quand il vit son compagnon, les jambes cassées[1], se laisser tomber sur un banc et rester là, les joues blanches, les yeux
1050 fixes, il lâcha tout ce qu'il avait sur le cœur. Lui, aurait au moins

---

1. Les jambes cassées : les jambes douloureuses, suite à un effort physique important. Damour est également découragé, fatigué moralement.

giflé le bourgeois et la bourgeoise. Ça le révoltait, de voir un mari céder ainsi sa femme à un autre, sans faire seulement des réserves. Il fallait être joliment godiche[1] ; oui, godiche, pour ne pas dire un autre mot ! Et il citait un exemple, un autre communard qui avait trouvé sa femme collée[2] avec un particulier ; eh bien ! les deux hommes et la femme vivaient ensemble, très d'accord. On s'arrange, on ne se laisse pas dindonner[3], car enfin c'était lui le dindon, dans tout cela !

« Tu ne comprends pas, répondait Damour. Va-t'en aussi, puisque tu n'es pas mon ami.

— Moi, pas ton ami ! quand je me suis mis en quatre !... Raisonne donc un peu. Que vas-tu devenir ? Tu n'as personne, te voilà sur le pavé ainsi qu'un chien, et tu crèveras, si je ne te tire d'affaire... Pas ton ami ! mais si je t'abandonne là, tu n'as plus qu'à mettre la tête sous ta patte, comme les poules qui ont assez de l'existence. »

Damour eut un geste désespéré. C'était vrai, il ne lui restait qu'à se jeter à l'eau ou à se faire ramasser par les agents.

« Eh bien ! continua le peintre, je suis tellement ton ami, que je vais te conduire chez quelqu'un où tu auras la niche et la pâtée. »

Et il se leva, comme pris d'une résolution subite. Puis, il emmena de force son compagnon, qui balbutiait :

« Où donc ? Où donc ?

— Tu le verras... Puisque tu n'as pas voulu dîner chez ta femme, tu dîneras ailleurs... Mets-toi bien dans la caboche[4] que je ne te laisserai pas faire deux bêtises en un jour. »

Il marchait vivement, descendant la rue d'Amsterdam. Rue de Berlin, il s'arrêta devant un petit hôtel[5], sonna et demanda

---

1. **Godiche** : maladroit, pas malin (familier).
2. **Collée** : en ménage.
3. **Dindonner** : tromper, rouler dans la farine.
4. **Caboche** : tête (terme familier).
5. **Hôtel** : maison bourgeoise.

au valet de pied[1] qui vint ouvrir, si Mme de Souvigny était chez
elle. Et, comme le valet hésitait, il ajouta :

« Allez lui dire que c'est Berru. »

Damour le suivait machinalement. Cette visite inattendue,
cet hôtel luxueux achevaient de lui troubler la tête. Il monta.
Puis, tout à coup, il se trouva dans les bras d'une petite femme
blonde, très jolie, à peine vêtue d'un peignoir de dentelle. Et elle
criait :

« Papa, c'est papa !... Ah ! que vous êtes gentil de l'avoir décidé ! »

Elle était bonne fille, elle ne s'inquiétait point de la blouse
noire du vieil homme, enchantée, battant des mains, dans une
crise soudaine de tendresse filiale. Son père, saisi, ne la reconnaissait même pas.

« Mais c'est Louise ! » dit Berru.

Alors, il balbutia :

« Ah ! oui... Vous êtes trop aimable... »

Il n'osait la tutoyer. Louise le fit asseoir sur un canapé, puis
elle sonna pour défendre sa porte[2]. Lui, pendant ce temps, regardait la pièce tendue de cachemire, meublée avec une richesse
délicate qui l'attendrissait. Et Berru triomphait, lui tapait sur
l'épaule, en répétant :

« Hein ? diras-tu encore que je ne suis pas un ami ?... Je savais
bien, moi, que tu aurais besoin de ta fille. Alors, je me suis
procuré son adresse et je suis venu lui conter ton histoire. Tout
de suite, elle m'a dit : "Amenez-le !"

— Mais sans doute, ce pauvre père ! murmura Louise d'une
voix câline. Oh ! tu sais, je l'ai en horreur, ta République ! Tous
des sales gens, les communards, et qui ruineraient le monde, si
on les laissait faire !... Mais toi, tu es mon cher papa. Je me
souviens comme tu étais bon, quand j'étais malade, toute petite.

---

1. **Valet de pied** : domestique attaché au service d'un maître.
2. **Défendre sa porte** : dire à ses domestiques d'empêcher les visiteurs d'entrer.

Tu verras, nous nous entendrons très bien, pourvu que nous ne parlions jamais politique… D'abord, nous allons dîner tous les trois. Ah ! que c'est gentil ! »

Elle s'était assise presque sur les genoux de l'ouvrier, riant de ses yeux clairs, ses fins cheveux pâles envolés autour des oreilles. Lui, sans force, se sentait envahi par un bien-être délicieux. Il aurait voulu refuser, parce que cela ne lui paraissait pas honnête, de s'attabler dans cette maison. Mais il ne retrouvait plus son énergie de tout à l'heure, lorsqu'il était parti de chez la bouchère, sans même retourner la tête, après avoir trinqué une dernière fois. Sa fille était trop douce, et ses petites mains blanches, posées sur les siennes, l'attachaient.

« Voyons, tu acceptes ? répétait Louise.

– Oui », dit-il enfin, pendant que deux larmes coulaient sur ses joues creusées par la misère.

Berru le trouva très raisonnable. Comme on passait dans la salle à manger, un valet vint prévenir Madame que Monsieur était là.

« Je ne puis le recevoir, répondit-elle tranquillement. Dites-lui que je suis avec mon père… Demain à six heures, s'il veut. »

Le dîner fut charmant. Berru l'égaya par toutes sortes de mots drôles, dont Louise riait aux larmes. Elle se retrouvait rue des Envierges, et c'était un régal. Damour mangeait beaucoup, alourdi de fatigue et de nourriture ; mais il avait un sourire d'une tendresse exquise, chaque fois que le regard de sa fille rencontrait le sien. Au dessert, ils burent un vin sucré et mousseux comme du champagne, qui les grisa[1] tous les trois. Alors, quand les domestiques ne furent plus là, les coudes posés sur la table, ils parlèrent du passé, avec la mélancolie de leur ivresse. Berru avait roulé une cigarette, que Louise fumait, les yeux demi-clos, le visage noyé. Elle s'embrouillait dans ses souvenirs, en venait

---

1. **Grisa** : enivra.

à parler de ses amants, du premier, un grand jeune homme qui avait très bien fait les choses. Puis, elle laissa échapper sur sa mère des jugements pleins de sévérité.

« Tu comprends, dit-elle à son père, je ne peux plus la voir, elle se conduit trop mal… Si tu veux, j'irai lui dire ce que je pense de la façon malpropre dont elle t'a lâché. »

Mais Damour, gravement, déclara qu'elle n'existait plus. Tout à coup, Louise se leva, en criant :

« À propos, je vais te montrer quelque chose qui te fera plaisir. »

Elle disparut, revint aussitôt, sa cigarette toujours aux lèvres, et elle remit à son père une vieille photographie jaunie, cassée aux angles. Ce fut une secousse pour l'ouvrier, qui, fixant ses yeux troubles sur le portrait, bégaya :

« Eugène, mon pauvre Eugène. »

Il passa la carte à Berru, et celui-ci, pris d'émotion, murmura de son côté :

« C'est bien ressemblant. »

Puis, ce fut le tour de Louise. Elle garda la photographie un instant ; mais des larmes l'étouffèrent, elle la rendit en disant :

« Oh ! je me le rappelle… Il était si gentil ! »

Tous les trois, cédant à leur attendrissement, pleurèrent ensemble. Deux fois encore, le portrait fit le tour de la table, au milieu des réflexions les plus touchantes. L'air l'avait beaucoup pâli : le pauvre Eugène, vêtu de son uniforme de garde national, semblait une ombre d'émeutier, perdu dans la légende. Mais, ayant retourné la carte, le père lut ce qu'il avait écrit là, autrefois : « Je te vengerai » ; et, agitant un couteau à dessert au-dessus de sa tête, il refit son serment :

« Oui, oui, je te vengerai !

– Quand j'ai vu que maman tournait mal, raconta Louise, je n'ai pas voulu lui laisser le portrait de mon pauvre frère. Un soir, je le lui ai chipé… C'est pour toi, papa. Je te le donne. »

Damour avait posé la photographie contre son verre, et il la regardait toujours. Cependant, on finit par causer raison. Louise, le cœur sur la main, voulait tirer son père d'embarras. Un instant, elle parla de le prendre avec elle ; mais ce n'était guère possible. Enfin, elle eut une idée : elle lui demanda s'il consentirait à garder une propriété, qu'un monsieur venait de lui acheter, près de Mantes[1]. Il y avait là un pavillon, où il vivrait très bien, avec deux cents francs par mois.

« Comment donc ! mais c'est le paradis ! cria Berru qui acceptait pour son camarade. S'il s'ennuie, j'irai le voir. »

La semaine suivante, Damour était installé au Bel-Air, la propriété de sa fille, et c'est là qu'il vit maintenant, dans un repos que la Providence lui devait bien, après tous les malheurs dont elle l'a accablé. Il engraisse, il refleurit[2], bourgeoisement vêtu, ayant la mine bon enfant et honnête d'un ancien militaire. Les paysans le saluent très bas. Lui, chasse et pêche à la ligne. On le rencontre au soleil, dans les chemins, regardant pousser les blés, avec la conscience tranquille d'un homme qui n'a volé personne et qui mange des rentes[3] rudement gagnées. Lorsque sa fille vient avec des messieurs, il sait garder son rang. Ses grandes joies sont les jours où elle s'échappe et où ils déjeunent ensemble, dans le petit pavillon. Alors, il lui parle avec des bégaiements de nourrice, il regarde ses toilettes d'un air d'adoration ; et ce sont des déjeuners délicats, toutes sortes de bonnes choses qu'il fait cuire lui-même, sans compter le dessert, des gâteaux et des bonbons, que Louise apporte dans ses poches.

Damour n'a jamais cherché à revoir sa femme. Il n'a plus que sa fille, qui a eu pitié de son vieux père, et qui fait son orgueil et sa joie. Du reste, il s'est également refusé à tenter la moindre démarche pour rétablir son état civil[4]. À quoi bon déranger les écritures du gouvernement ? Cela augmente la tranquillité autour

---

1. Mantes : commune de la région parisienne.
2. Il refleurit : il retrouve de la vigueur.
3. Rentes : revenus tirés d'un capital ou d'un bien, et non du travail.
4. Un acte de décès avait en effet été établi.

de lui. Il est dans son trou, perdu, oublié, n'étant personne, ne rougissant pas des cadeaux de son enfant ; tandis que, si on le ressuscitait, peut-être bien que des envieux parleraient mal de sa
1205 situation, et que lui-même finirait par en souffrir.

Parfois, pourtant, on mène grand tapage dans le pavillon. C'est Berru qui vient passer des quatre et cinq jours à la campagne. Il a enfin trouvé, chez Damour, le coin qu'il rêvait pour se goberger[1]. Il chasse, il pêche avec son ami ; il vit des journées sur le dos, au
1210 bord de la rivière. Puis, le soir, les deux camarades causent politique. Berru apporte de Paris les journaux anarchistes[2] ; et, après les avoir lus, tous deux s'entendent sur les mesures radicales qu'il y aurait à prendre : fusiller le gouvernement, pendre les bourgeois, brûler Paris pour rebâtir une autre ville, la vraie ville du peuple.
1215 Ils en sont toujours au bonheur universel, obtenu par une extermination générale. Enfin, au moment de monter se coucher, Damour, qui a fait encadrer la photographie d'Eugène, s'approche, la regarde, brandit sa pipe en criant :

« Oui, oui, je te vengerai ! »
1220 Et, le lendemain, le dos rond, la face reposée, il retourne à la pêche, tandis que Berru, allongé sur la berge, dort le nez dans l'herbe.

---

1. Se goberger : faire bonne chère, profiter de la vie.
2. Anarchistes : qui ne reconnaissent pas le pouvoir de l'État, au nom d'une conception absolue de la liberté.

La tragédie évitée

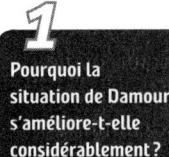

Pourquoi la situation de Damour s'améliore-t-elle considérablement ?

• Damour renonce à toute amertume et accepte de faire la **paix** avec son passé. Il abandonne le projet fou de reconquérir sa femme.
• Il abandonne aussi toute révolte politique. Il fait le choix d'une **existence confortable et tranquille**.

Comment Zola décrit-il le monde bourgeois qui est devenu celui de Damour ?

• L'univers bourgeois découvert par Damour est presque exclusivement tourné vers le **confort matériel**.
• Damour s'abandonne, dans sa nouvelle existence, aux **plaisirs du corps**. Il boit beaucoup et il mange bien. Il a de l'argent. Tout idéalisme a disparu de ses préoccupations.

Zola approuve-t-il la nouvelle existence de Damour ?

• Damour a probablement fait un **choix raisonnable**. En vieillissant, il n'avait plus assez d'énergie pour son idéalisme et ne pouvait plus être esclave de sa jalousie et de son orgueil.
• Mais Zola regarde avec **ironie** le destin de ce révolutionnaire. L'argent et l'aisance matérielle ont eu raison de ses idéaux de liberté. La politique n'est plus pour Berru et pour lui que des mots, dont la radicalité tranche avec leur existence très paisible et embourgeoisée.

DÉFINITION CLÉ

L'ironie

• L'ironie est le fruit d'un **décalage** entre le sens explicite d'un propos (ce qui est dit) et son sens implicite (ce qui est sous-entendu).

• L'ironie repose sur divers procédés : l'**hyperbole** (figure d'exagération), la **litote** (figure d'atténuation feinte), l'**antiphrase** (figure qui consiste à dire le contraire de ce que l'on pense)...

• L'ironie suppose qu'une **cible** soit visée et qu'un l**ecteur compétent**, capable de déchiffrer l'implicite d'un texte, la comprenne.

L'inondation

I

Je m'appelle Louis Roubieu. J'ai soixante-dix ans, et je suis né au village de Saint-Jory, à quelques lieues de Toulouse, en amont de la Garonne. Pendant quatorze ans, je me suis battu avec la terre, pour manger du pain. Enfin, l'aisance est venue, et le mois dernier, j'étais encore le plus riche fermier de la commune.

Notre maison semblait bénie. Le bonheur y poussait ; le soleil était notre frère, et je ne me souviens pas d'une récolte mauvaise. Nous étions près d'une douzaine à la ferme, dans ce bonheur. Il y avait moi, encore gaillard[1], menant les enfants au travail ; puis mon cadet Pierre, un vieux garçon, un ancien sergent ; puis, ma sœur Agathe, qui s'était retirée chez nous après la mort de son mari, une maîtresse femme, énorme et gaie, dont les rires s'entendaient à l'autre bout du village. Ensuite venait toute la nichée[2] : mon fils Jacques, sa femme Rose, et leurs trois filles, Aimée, Véronique et Marie ; la première mariée à Cyprien Bouisson, un grand gaillard, dont elle avait deux petits, l'un de deux ans, l'autre de dix mois ; la seconde, fiancée d'hier, et qui devait épouser Gaspard Rabuteau ; la troisième, enfin, une vraie demoiselle, si blanche, si blonde, qu'elle avait l'air d'être née à la ville. Ça faisait dix, en comptant tout le monde. J'étais grand-père et arrière-grand-père. Quand nous étions à table, j'avais ma

---

1. **Gaillard** : jeune et vigoureux.
2. **Nichée** : enfants du même « nid », c'est-à-dire de la même famille.

sœur Agathe à ma droite, mon frère Pierre à ma gauche ; les
enfants fermaient le cercle, par rang d'âge, une file où les têtes se
rapetissaient jusqu'au bambin de dix mois, qui mangeait déjà sa
soupe comme un homme. Allez, on entendait les cuillers dans
25   les assiettes ! La nichée mangeait dur. Et quelle belle gaieté,
entre deux coups de dents ! Je me sentais de l'orgueil et de la joie
dans les veines, lorsque les petits tendaient les mains vers moi,
en criant :

30   « Grand-père, donne-nous donc du pain !… Un gros morceau,
hein ! grand-père ! »

Les bonnes journées ! Notre ferme en travail chantait par toutes
ses fenêtres, Pierre, le soir, inventait des jeux, racontait des
histoires de son régiment. Tante Agathe, le dimanche, faisait des
35   galettes pour nos filles. Puis, c'étaient des cantiques[1] que savait
Marie, des cantiques qu'elle filait avec une voix d'enfant de chœur ;
elle ressemblait à une sainte, ses cheveux blonds tombant dans son
cou, ses mains nouées sur son tablier. Je m'étais décidé à élever la
maison d'un étage, lorsque Aimée avait épousé Cyprien ; et je
40   disais en riant qu'il faudrait l'élever d'un autre, après le mariage
de Véronique et de Gaspard ; si bien que la maison aurait fini par
toucher le ciel, si l'on avait continué à chaque ménage nouveau.
Nous ne voulions pas nous quitter. Nous aurions plutôt bâti une
ville, derrière la ferme, dans notre enclos. Quand les familles sont
45   d'accord, il est si bon de vivre et de mourir où l'on a grandi !

Le mois de mai a été magnifique, cette année. Depuis longtemps, les récoltes ne s'étaient annoncées aussi belles. Ce jour-là,
justement, j'avais fait une tournée avec mon fils Jacques. Nous
étions partis vers trois heures. Nos prairies, au bord de la
50   Garonne, s'étendaient, d'un vert encore tendre ; l'herbe avait
bien trois pieds de haut, et une oseraie[2], plantée l'année dernière,

---

1. **Cantiques** : chants religieux.
2. **Oseraie** : plantation d'osiers, petits arbres dont les rameaux souples servent
à faire des paniers, des corbeilles…

donnait déjà des pousses d'un mètre. De là, nous avions visité nos blés et nos vignes, des champs achetés un par un, à mesure que la fortune venait : les blés poussaient dru, les vignes, en
55 pleine fleur, promettaient une vendange superbe. Et Jacques riait de son bon rire, en me tapant sur l'épaule.

« Eh bien ? père, nous ne manquerons plus de pain ni de vin. Vous avez donc rencontré le bon Dieu, pour qu'il fasse maintenant pleuvoir de l'argent sur vos terres ? »

60 Souvent nous plaisantions entre nous de la misère passée. Jacques avait raison, je devais avoir gagné là-haut l'amitié de quelque saint ou du bon Dieu lui-même, car toutes les chances dans le pays étaient pour nous. Quand il grêlait, la grêle s'arrêtait juste au bord de nos champs. Si les vignes des voisins
65 tombaient malades, il y avait autour des nôtres comme un mur de protection. Et cela finissait par me paraître juste. Ne faisant de mal à personne, je pensais que ce bonheur m'était dû.

En rentrant, nous avions traversé les terres que nous possédions de l'autre côté du village. Des plantations de mûriers y
70 prenaient à merveille. Il y avait aussi des amandiers en plein rapport[1]. Nous causions joyeusement, nous bâtissions des projets. Quand nous aurions l'argent nécessaire, nous achèterions certains terrains qui devaient relier nos pièces les unes aux autres et nous faire les propriétaires de tout un coin de la commune. Les
75 récoltes de l'année, si elles tenaient leurs promesses, allaient nous permettre de réaliser ce rêve.

Comme nous approchions de la maison, Rose, de loin, nous adressa de grands gestes, en criant :

« Arrivez donc ! »

80 C'était une de nos vaches qui venait d'avoir un veau. Cela mettait tout le monde en l'air. Tante Agathe roulait sa masse énorme. Les filles regardaient le petit. Et la naissance de cette

---

1. En plein rapport : qui donnaient beaucoup de fruits.

bête semblait comme une bénédiction de plus. Nous avions dû récemment agrandir les étables, où se trouvaient près de cent têtes de bétail, des vaches, des moutons surtout, sans compter les chevaux.

« Allons, bonne journée ! m'écriai-je. Nous boirons ce soir une bouteille de vin cuit[1]. »

Cependant, Rose nous prit à l'écart et nous annonça que Gaspard, le fiancé de Véronique, était venu pour s'entendre sur le jour de la noce. Elle l'avait retenu à dîner. Gaspard, le fils aîné d'un fermier de Moranges, était un grand garçon de vingt ans, connu de tout le pays pour sa force prodigieuse ; dans une fête, à Toulouse, il avait vaincu Martial, le Lion du Midi. Avec cela, bon enfant, un cœur d'or, trop timide même, et qui rougissait quand Véronique le regardait tranquillement en face.

Je priai Rose de l'appeler. Il restait au fond de la cour, à aider nos servantes, qui étendaient le linge de la lessive du trimestre. Quand il fut entré dans la salle à manger, où nous nous tenions, Jacques se tourna vers moi, en disant :

« Parlez, mon père.

– Eh bien ? dis-je, tu viens donc, mon garçon, pour que nous fixions le grand jour ?

– Oui, c'est cela, père Roubieu, répondit-il, les joues très rouges.

– Il ne faut pas rougir, mon garçon, continuai-je. Ce sera, si tu veux, pour la Sainte-Félicité, le 10 juillet. Nous sommes le 23 juin, ça ne fait pas vingt jours à attendre… Ma pauvre défunte femme s'appelait Félicité, et ça vous portera bonheur… Hein ? est-ce entendu ?

– Oui, c'est cela, le jour de la Sainte-Félicité, père Roubieu. »

Et il nous allongea dans la main, à Jacques et à moi, une tape qui aurait assommé un bœuf. Puis, il embrassa Rose, en l'appe-

---

1. **Vin cuit** : vin concentré, parce qu'on l'a chauffé, et auquel on a ajouté des épices.

lant sa mère. Ce grand garçon, aux poings terribles, aimait
Véronique à en perdre le boire et le manger. Il nous avoua qu'il
115 aurait fait une maladie, si nous la lui avions refusée.

« Maintenant, repris-je, tu restes à dîner, n'est-ce pas ?…
Alors, à la soupe tout le monde ! J'ai une faim du tonnerre de
Dieu, moi ! »

Ce soir-là, nous fûmes onze à table. On avait mis Gaspard près
120 de Véronique, et il restait à la regarder, oubliant son assiette, si
ému de la sentir à lui, qu'il avait par moments de grosses larmes
au bord des yeux. Cyprien et Aimée, mariés depuis trois ans
seulement, souriaient. Jacques et Rose, qui avaient déjà vingt-
cinq ans de ménage, demeuraient plus graves ; et, pourtant, à la
125 dérobée[1], ils échangeaient des regards, humides de leur vieille
tendresse. Quant à moi, je croyais revivre dans ces deux amoureux, dont le bonheur mettait, à notre table, un coin de paradis.
Quelle bonne soupe nous mangeâmes, ce soir-là ! Tante Agathe,
ayant toujours le mot pour rire, risqua des plaisanteries. Alors,
130 ce brave Pierre voulut raconter ses amours avec une demoiselle
de Lyon. Heureusement, on était au dessert, et tout le monde
parlait à la fois. J'avais monté de la cave deux bouteilles de vin
cuit. On trinqua à la bonne chance de Gaspard et de Véronique ;
cela se dit ainsi chez nous : la bonne chance, c'est de ne jamais se
135 battre, d'avoir beaucoup d'enfants et d'amasser des sacs d'écus.
Puis, on chanta. Gaspard savait des chansons d'amour en patois.
Enfin, on demanda un cantique à Marie : elle s'était mise debout,
elle avait une voix de flageolet[2], très fine, et qui vous chatouillait
les oreilles.

140 Pourtant, j'étais allé devant la fenêtre. Comme Gaspard
venait m'y rejoindre, je lui dis :

« Il n'y a rien de nouveau, par chez vous ?

---

1. À la dérobée : sans qu'on les voie.
2. Voix de flageolet : voix très aiguë. Le flageolet est une petite flûte à bec, au
son un peu strident.

– Non, répondit-il. On parle des grandes pluies de ces jours derniers, on prétend que ça pourrait bien amener des malheurs. »

145 En effet, les jours précédents, il avait plu pendant soixante heures, sans discontinuer. La Garonne était très grosse[1] depuis la veille ; mais nous avions confiance en elle ; et, tant qu'elle ne débordait pas, nous ne pouvions la croire mauvaise voisine. Elle nous rendait de si bons services ! Elle avait une nappe d'eau si

150 large et si douce ! Puis, les paysans ne quittent pas aisément leur trou, même quand le toit est près de crouler.

« Bah ! m'écriai-je en haussant les épaules, il n'y aura rien. Tous les ans, c'est la même chose : la rivière fait le gros dos, comme si elle était furieuse, et elle s'apaise en une nuit, elle

155 rentre chez elle, plus innocente qu'un agneau. Tu verras, mon garçon ; ce sera encore pour rire, cette fois… Tiens, regarde donc le beau temps ! »

Et, de la main, je lui montrais le ciel. Il était sept heures, le soleil se couchait. Ah ! que de bleu ! Le ciel n'était que du bleu,

160 une nappe bleue immense, d'une pureté profonde, où le soleil couchant volait comme une poussière d'or. Il tombait de là-haut une joie lente, qui gagnait tout l'horizon. Jamais je n'avais vu le village s'assoupir dans une paix si douce. Sur les tuiles, une teinte rose se mourait. J'entendais le rire d'une

165 voisine, puis des voix d'enfants au tournant de la route, devant chez nous. Plus loin, montaient, adoucis par la distance, des bruits de troupeaux rentrant à l'étable. La grosse voix de la Garonne ronflait, continue ; mais elle me semblait la voix même du silence, tant j'étais habitué à son grondement. Peu à

170 peu, le ciel blanchissait, le village s'endormait davantage. C'était le soir d'un beau jour, et je pensais que tout notre bonheur, les grandes récoltes, la maison heureuse, les fiançailles de Véronique, pleuvant de là-haut, nous arrivaient dans la

---

1. **Grosse** : avec un haut niveau d'eau.

pureté même de la lumière. Une bénédiction s'élargissait sur
175 nous, avec l'adieu du soir.

Cependant, j'étais revenu au milieu de la pièce. Nos filles
bavardaient. Nous les écoutions en souriant, lorsque, tout à
coup, dans la grande sérénité de la campagne, un cri terrible
retentit, un cri de détresse et de mort :
180 « La Garonne ! La Garonne ! »

II

Nous nous précipitâmes dans la cour.

Saint-Jory se trouve au fond d'un pli de terrain, en contrebas
de la Garonne, à cinq cents mètres environ. Des rideaux de hauts
peupliers, qui coupent les prairies, cachent la rivière complète-
185 ment.

Nous n'apercevions rien. Et toujours le cri retentissait :
« La Garonne ! La Garonne ! »

Brusquement, du large chemin, devant nous, débouchèrent
deux hommes et trois femmes ; une d'elles tenait un enfant entre
190 les bras. C'étaient eux qui criaient, affolés, galopant à toutes
jambes sur la terre dure. Ils se tournaient parfois, ils regardaient
derrière eux, le visage terrifié, comme si une bande de loups les
eût poursuivis.

« Eh bien, qu'ont-ils donc ? demanda Cyprien. Est-ce que
195 vous distinguez quelque chose, grand-père ?

— Non, non, dis-je. Les feuillages ne bougent même pas. »

En effet, la ligne basse de l'horizon, paisible, dormait. Mais je
parlais encore, lorsqu'une exclamation nous échappa. Derrière
les fuyards, entre les troncs des peupliers, au milieu des grandes
200 touffes d'herbe, nous venions de voir apparaître comme une
meute de bêtes grises, tachées de jaune, qui se ruaient. De toutes
parts, elles pointaient à la fois, des vagues poussant des vagues,

une débandade de masses d'eau moutonnant sans fin, secouant des baves blanches, ébranlant le sol du galop sourd de leur foule.

205 À notre tour nous jetâmes le cri désespéré :

« La Garonne ! La Garonne ! »

Sur le chemin, les deux hommes et les trois femmes couraient toujours. Ils entendaient le terrible galop gagner le leur. Maintenant les vagues arrivaient en une seule ligne, roulantes,
210 s'écroulant avec le tonnerre d'un bataillon qui charge. Sous leur premier choc, elles avaient cassé trois peupliers, dont les hauts feuillages s'abattirent et disparurent. Une cabane de planches fut engloutie ; un mur creva ; des charrettes dételées s'en allèrent, pareilles à des brins de paille. Mais les eaux semblaient surtout
215 poursuivre les fuyards. Au coude de la route, très en pente à cet endroit, elles tombèrent brusquement en une nappe immense et leur coupèrent toute retraite. Ils couraient encore cependant, éclaboussant la mare à grandes enjambées, ne criant plus, fous de terreur. Les eaux les prenaient aux genoux. Une vague énorme
220 se jeta sur la femme qui portait l'enfant. Tout s'engouffra.

« Vite ! vite ! criai-je. Il faut rentrer… La maison est solide. Nous ne craignons rien. »

Par prudence, nous nous réfugiâmes tout de suite au second étage. On fit passer les filles les premières. Je m'entêtais à ne
225 monter que le dernier. La maison était bâtie sur un tertre[1], au-dessus de la route. L'eau envahissait la cour, doucement, avec un petit bruit. Nous n'étions pas très effrayés.

« Bah ! disait Jacques pour rassurer son monde, ce ne sera rien… Vous vous rappelez, mon père, en 1855, l'eau est comme ça venue
230 dans la cour. Il y en a eu un pied[2] ; puis, elle s'en est allée.

— C'est fâcheux pour les récoltes tout de même, murmura Cyprien, à demi-voix.

_____

1. **Tertre** : butte, monticule.
2. **Pied** : environ 32 centimètres.

— Non, non, ce ne sera rien », repris-je à mon tour, en voyant les grands yeux suppliants de nos filles.

Aimée avait couché ses deux enfants dans son lit. Elle se tenait au chevet, assise, en compagnie de Véronique et de Marie. Tante Agathe parlait de faire chauffer du vin qu'elle avait monté, pour nous donner du courage à tous. Jacques et Rose, à la même fenêtre, regardaient. J'étais devant l'autre fenêtre, avec mon frère, Cyprien et Gaspard.

« Montez donc ! criai-je à nos deux servantes, qui pataugeaient au milieu de la cour. Ne restez pas à vous mouiller les jambes.

— Mais les bêtes ? dirent-elles. Elles ont peur, elles se tuent dans l'étable.

— Non, non, montez… Tout à l'heure. Nous verrons. »

Le sauvetage du bétail était impossible, si le désastre devait grandir. Je croyais inutile d'épouvanter nos gens. Alors, je m'efforçai de montrer une grande liberté d'esprit[1]. Accoudé à la fenêtre, je causais, j'indiquais les progrès de l'inondation. La rivière, après s'être ruée à l'assaut du village, le possédait jusque dans ses plus étroites ruelles. Ce n'était plus une charge de vagues galopantes, mais un étouffement lent et invincible. Le creux, au fond duquel Saint-Jory est bâti, se changeait en lac. Dans notre cour, l'eau atteignit bientôt un mètre. Je la voyais monter ; mais j'affirmais qu'elle restait stationnaire, j'allais même jusqu'à prétendre qu'elle baissait.

« Te voilà forcé de coucher ici, mon garçon, dis-je en me tournant vers Gaspard. À moins que les chemins ne soient libres dans quelques heures… C'est bien possible. »

Il me regarda, sans répondre, la figure toute pâle ; et je vis ensuite son regard se fixer sur Véronique, avec une angoisse inexprimable.

----

1. Liberté d'esprit : décontraction.

Il était huit heures et demie. Au-dehors, il faisait jour
encore, un jour blanc, d'une tristesse profonde sous le ciel pâle.
Les servantes, avant de monter, avaient eu la bonne idée d'aller
prendre deux lampes. Je les fis allumer, pensant que leur
lumière égaierait un peu la chambre déjà sombre, où nous nous
étions réfugiés. Tante Agathe, qui avait roulé une table au
milieu de la pièce, voulait organiser une partie de cartes. La
digne femme, dont les yeux cherchaient par moments les
miens, songeait surtout à distraire les enfants. Sa belle humeur
gardait une vaillance superbe ; et elle riait pour combattre
l'épouvante qu'elle sentait grandir autour d'elle. La partie eut
lieu. Tante Agathe plaça de force à la table Aimée, Véronique
et Marie. Elle leur mit les cartes dans les mains, joua elle-même
d'un air de passion, battant, coupant, distribuant le jeu, avec
une telle abondance de paroles, qu'elle étouffait presque le
bruit des eaux. Mais nos filles ne pouvaient s'étourdir ; elles
demeuraient toutes blanches, les mains fiévreuses, l'oreille
tendue. À chaque instant, la partie s'arrêtait. Une d'elles se
tournait, me demandait à demi-voix :

« Grand-père, ça monte toujours ? »

L'eau montait avec une rapidité effrayante. Je plaisantais, je
répondais :

« Non, non, jouez tranquillement. Il n'y a pas de danger. »

Jamais je n'avais eu le cœur serré par une telle angoisse. Tous
les hommes s'étaient placés devant les fenêtres, pour cacher le
terrifiant spectacle. Nous tâchions de sourire, tournés vers l'intérieur de la chambre, en face des lampes paisibles, dont le rond de
clarté tombait sur la table, avec une douceur de veillée. Je me
rappelais nos soirées d'hiver, lorsque nous nous réunissions autour
de cette table. C'était le même intérieur endormi, plein d'une
bonne chaleur d'affection. Et, tandis que la paix était là, j'écoutais
derrière mon dos le rugissement de la rivière lâchée, qui montait
toujours.

« Louis, me dit mon frère Pierre, l'eau est à trois pieds de la fenêtre. Il faudrait aviser[1]. »

Je le fis taire, en lui serrant le bras. Mais il n'était plus possible de cacher le péril. Dans nos étables, les bêtes se tuaient. Il y eut tout d'un coup des bêlements, des beuglements de troupeaux affolés ; et les chevaux poussaient ces cris rauques, qu'on entend de si loin, lorsqu'ils sont en danger de mort.

« Mon Dieu ! Mon Dieu ! » dit Aimée, qui se mit debout, les poings aux tempes, secouée d'un grand frisson.

Toutes s'étaient levées, et on ne put les empêcher de courir aux fenêtres. Elles y restèrent, droites, muettes, avec leurs cheveux soulevés par le vent de la peur. Le crépuscule était venu. Une clarté louche[2] flottait au-dessus de la nappe limoneuse[3]. Le ciel pâle avait l'air d'un drap blanc jeté sur la terre. Au loin, des fumées traînaient. Tout se brouillait, c'était une fin de jour épouvantée s'éteignant dans une nuit de mort. Et pas un bruit humain, rien que le ronflement de cette mer élargie à l'infini, rien que les beuglements et les hennissements des bêtes !

« Mon Dieu ! Mon Dieu ! » répétaient à demi-voix les femmes, comme si elles avaient craint de parler tout haut.

Un craquement terrible leur coupa la parole. Les bêtes furieuses venaient d'enfoncer les portes des étables. Elles passèrent dans les flots jaunes, roulées, emportées par le courant. Les moutons étaient charriés comme des feuilles mortes, en bandes, tournoyant au milieu des remous. Les vaches et les chevaux luttaient, marchaient, puis perdaient pied. Notre grand cheval gris surtout ne voulait pas mourir ; il se cabrait, tendait le cou, soufflait avec un bruit de forge ; mais les eaux acharnées le prirent à la croupe, et nous le vîmes, abattu, s'abandonner.

---

1. Aviser : réfléchir et prendre une décision.
2. Louche : suspecte, inquiétante.
3. Limoneuse : boueuse.

Alors, nous poussâmes nos premiers cris. Cela nous vint à la gorge, malgré nous. Nous avions besoin de crier. Les mains tendues vers toutes ces chères bêtes qui s'en allaient, nous nous lamentions, sans nous entendre les uns les autres, jetant au-dehors les pleurs et les sanglots que nous avions contenus jusque-là. Ah! c'était bien la ruine! les récoltes perdues, le bétail noyé, la fortune changée en quelques heures! Dieu n'était pas juste; nous ne lui avions rien fait, et il nous reprenait tout. Je montrai le poing à l'horizon. Je parlai de notre promenade de l'après-midi, de ces prairies, de ces blés, de ces vignes, que nous avions trouvés si pleins de promesses. Tout cela mentait donc? Le bonheur mentait. Le soleil mentait, quand il se couchait si doux et si calme, au milieu de la grande sérénité du soir.

L'eau montait toujours. Pierre, qui la surveillait, me cria :

« Louis, méfions-nous, l'eau touche à la fenêtre ! »

Cet avertissement nous tira de notre crise de désespoir. Je revins à moi, je dis en haussant les épaules :

« L'argent n'est rien. Tant que nous serons tous là, il n'y aura pas de regret à avoir… On en sera quitte pour se remettre au travail.

— Oui, oui, vous avez raison, mon père, reprit Jacques fiévreusement. Et nous ne courons aucun danger, les murs sont bons… Nous allons monter sur le toit. »

Il ne nous restait que ce refuge. L'eau, qui avait gravi l'escalier marche à marche, avec un clapotement obstiné, entrait déjà par la porte. On se précipita vers le grenier, ne se lâchant pas d'une enjambée, par ce besoin qu'on a, dans le péril, de se sentir les uns contre les autres. Cyprien avait disparu. Je l'appelai, et je le vis revenir des pièces voisines, la face bouleversée. Alors, comme je m'apercevais également de l'absence de nos deux servantes et que je voulais les attendre, il me regarda étrangement, il me dit tout bas :

« Mortes. Le coin du hangar, sous leur chambre, vient de s'écrouler. »

360   Les pauvres filles devaient être allées chercher leurs économies, dans leurs malles. Il me raconta, toujours à demi-voix,
qu'elles s'étaient servies d'une échelle, jetée en manière de pont,
pour gagner le bâtiment voisin. Je lui recommandai de ne rien
dire. Un grand froid avait passé sur ma nuque. C'était la mort
365 qui entrait dans la maison.

    Quand nous montâmes à notre tour, nous ne songeâmes pas
même à éteindre les lampes. Les cartes restèrent étalées sur la
table. Il y avait déjà un pied[1] d'eau dans la chambre.

---

1. Pied : environ 32 centimètres.

Le déclenchement de la catastrophe

Comment Zola met-il progressivement en évidence le danger qui pèse sur les personnages ?

• Les personnages n'entendent d'abord qu'un cri, mais ils ne voient rien. Lorsque la vague déferle sur eux, elle est **soudaine** et d'une grande **violence**.

• Zola souligne la peur que la Garonne déchaînée inspire. Le narrateur veut d'abord croire que sa maison constituera un rempart contre le fleuve. Mais, du fait de l'**inexorable montée des eaux**, les personnages doivent trouver refuge toujours plus haut.

Pourquoi peut-on dire qu'il s'agit d'un tragique retournement de fortune ?

• Les personnages vivaient bien et brusquement ils perdent tout. Ils doivent **renoncer à l'aisance matérielle** et ne plus penser qu'à sauver leur vie. La mort de leurs deux servantes consacre la **perte de leur statut social**.

• Le narrateur en tire une **leçon de morale** : c'est pour lui un avertissement sur les illusions de la fortune et du bonheur.

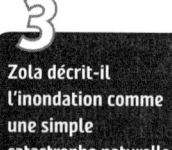

Zola décrit-il l'inondation comme une simple catastrophe naturelle ?

• Cette inondation est d'une **ampleur historique**. Les personnages n'ont jamais vu une telle violence.

• Elle est certainement plus proche du **déluge** que d'une simple inondation. Le narrateur montre d'ailleurs son poing à Dieu : la catastrophe serait un châtiment divin.

DÉFINITION CLÉ

Le schéma narratif

On distingue divers éléments constitutifs de la structure d'un récit :

• la **situation initiale** ou **incipit**, qui présente les éléments essentiels à la compréhension de l'intrigue ;

• l'**élément perturbateur**, qui bouleverse la situation initiale ;

• les **péripéties**, qui témoignent des actions des personnages pour poursuivre leur but ;

• l'**élément de résolution**, qui introduit la **situation finale**.

III

Le toit, heureusement, était vaste et de pente douce. On y
370   montait par une fenêtre à tabatière[1], au-dessus de laquelle se trouvait une sorte de plate-forme. Ce fut là que tout notre monde se
réfugia. Les femmes s'étaient assises. Les hommes allaient tenter
des reconnaissances sur les tuiles, jusqu'aux grandes cheminées,
qui se dressaient, aux deux bouts de la toiture. Moi, appuyé à la
375   lucarne par où nous étions sortis, j'interrogeais les quatre points
de l'horizon.

« Des secours ne peuvent manquer d'arriver, disais-je bravement. Les gens de Saintin ont des barques. Ils vont passer par
ici… Tenez ! là-bas, n'est-ce pas une lanterne sur l'eau ? »

380   Mais personne ne me répondait. Pierre, sans trop savoir ce
qu'il faisait, avait allumé sa pipe, et il fumait si rudement, qu'à
chaque bouffée il crachait des bouts de tuyau. Jacques et Cyprien
regardaient au loin, la face morne ; tandis que Gaspard, serrant
les poings, continuait de tourner sur le toit, comme s'il eût
385   cherché une issue. À nos pieds, les femmes en tas, muettes,
grelottantes, se cachaient la face pour ne plus voir. Pourtant,
Rose leva la tête, jeta un coup d'œil autour d'elle, en demandant :

« Et les servantes, où sont-elles ? Pourquoi ne montent-elles
390   pas ? » J'évitai de répondre. Elle m'interrogea alors directement,
les yeux sur les miens.

« Où donc sont les servantes ? »

Je me détournai, ne pouvant mentir. Et je sentis ce froid de la
mort, qui m'avait déjà effleuré, passer sur nos femmes et sur nos
395   chères filles. Elles avaient compris. Marie se leva toute droite, eut
un gros soupir, puis s'abattit, prise d'une crise de larmes. Aimée
tenait serrés dans ses jupes ses deux enfants, qu'elle cachait

---

1. Fenêtre à tabatière : fenêtre dont l'inclinaison est la même que celle du toit
et qui s'ouvre grâce à une charnière fixée dans sa partie haute.

comme pour les défendre. Véronique, la face entre les mains, ne bougeait plus. Tante Agathe, elle-même, toute pâle, faisait de grands signes de croix, en balbutiant des *Pater* et des *Ave*[1].

Cependant, autour de nous, le spectacle devenait d'une grandeur souveraine. La nuit, tombée complètement, gardait une limpidité de nuit d'été. C'était un ciel sans lune, mais un ciel criblé d'étoiles, d'un bleu si pur, qu'il emplissait l'espace d'une lumière bleue. Il semblait que le crépuscule se continuait, tant l'horizon restait clair. Et la nappe immense s'élargissait encore sous cette douceur du ciel, toute blanche, comme lumineuse elle-même d'une clarté propre, d'une phosphorescence[2] qui allumait de petites flammes à la crête de chaque flot. On ne distinguait plus la terre, la plaine devait être envahie. Par moments, j'oubliais le danger. Un soir, du côté de Marseille, j'avais aperçu ainsi la mer, j'étais resté devant elle béant[3] d'admiration.

« L'eau monte, l'eau monte », répétait mon frère Pierre, en cassant toujours entre ses dents le tuyau de sa pipe, qu'il avait laissée s'éteindre.

L'eau n'était plus qu'à un mètre du toit. Elle perdait sa tranquillité de nappe dormante. Des courants s'établissaient. À une certaine hauteur, nous cessions d'être protégés par le pli de terrain, qui se trouve en avant du village. Alors, en moins d'une heure, l'eau devint menaçante, jaune, se ruant sur la maison, charriant des épaves, tonneaux défoncés, pièces de bois, paquets d'herbes. Au loin, il y avait maintenant des assauts contre des murs, dont nous entendions les chocs retentissants. Des peupliers tombaient avec un craquement de mort, des maisons s'écroulaient, pareilles à des charretées de cailloux vidées au bord d'un chemin.

---

1. *Pater*, *Ave* : prières à Dieu et à la Vierge.
2. Phosphorescence : capacité à émettre de la lumière, même la nuit.
3. Béant : ébahi, sidéré.

Jacques, déchiré par les sanglots des femmes, répétait :

« Nous ne pouvons demeurer ici. Il faut tenter quelque
430 chose… Mon père, je vous en supplie, tentons quelque chose. »

Je balbutiais, je disais après lui :

« Oui, oui, tentons quelque chose. »

Et nous ne savions quoi. Gaspard offrait de prendre Véronique
sur son dos, de l'emporter à la nage. Pierre parlait d'un radeau.
435 C'était fou. Cyprien dit enfin :

« Si nous pouvions seulement atteindre l'église. »

Au-dessus des eaux, l'église restait debout, avec son petit
clocher carré. Nous en étions séparés par sept maisons. Notre
ferme, la première du village, s'adossait à un bâtiment plus haut,
440 qui lui-même était appuyé au bâtiment voisin. Peut-être, par les
toits, pourrait-on en effet gagner le presbytère, d'où il était aisé
d'entrer dans l'église. Beaucoup de monde déjà devait s'y être
réfugié ; car les toitures voisines se trouvaient vides, et nous
entendions des voix qui venaient sûrement du clocher. Mais que
445 de dangers pour arriver jusque-là !

« C'est impossible, dit Pierre. La maison des Raimbeau est
trop haute. Il faudrait des échelles.

– Je vais toujours voir, reprit Cyprien. Je reviendrai, si la route
est impraticable. Autrement, nous nous en irions tous, nous
450 porterions les filles. »

Je le laissai aller. Il avait raison. On devait tenter l'impossible.
Il venait, à l'aide d'un crampon de fer, fixé dans une cheminée,
de monter sur la maison voisine, lorsque sa femme Aimée, en
levant la tête, vit qu'il n'était plus là. Elle cria :

455 « Où est-il ? Je ne veux pas qu'il me quitte. Nous sommes
ensemble, nous mourrons ensemble. »

Quand elle l'aperçut en haut de la maison, elle courut sur les
tuiles, sans lâcher ses enfants. Et elle disait :

« Cyprien, attends-moi. Je vais avec toi, je veux mourir
460 avec toi. »

Elle s'entêta. Lui, penché, la suppliait, en lui affirmant qu'il reviendrait, que c'était pour notre salut à tous. Mais, d'un air égaré, elle hochait la tête, elle répétait :

« Je vais avec toi, je vais avec toi. Qu'est-ce que ça te fait ? Je
465   vais avec toi. »

Il dut prendre les enfants. Puis, il l'aida à monter. Nous pûmes les suivre sur la crête de la maison. Ils marchaient lentement. Elle avait repris dans ses bras les enfants qui pleuraient ; et lui, à chaque pas, se retournait, la soutenait.

470   « Mets-la en sûreté, reviens tout de suite ! » criai-je.

Je l'aperçus qui agitait la main, mais le grondement des eaux m'empêcha d'entendre sa réponse. Bientôt, nous ne les vîmes plus. Ils étaient descendus sur l'autre maison, plus basse que la première. Au bout de cinq minutes, ils reparurent sur la troi-
475   sième, dont le toit devait être très en pente, car ils se traînaient à genoux le long du faîte[1]. Une épouvante soudaine me saisit. Je me mis à crier, les mains aux lèvres, de toutes mes forces :

« Revenez ! Revenez ! »

Et tous, Pierre, Jacques, Gaspard, leur criaient aussi de
480   revenir. Nos voix les arrêtèrent une minute. Mais ils continuèrent ensuite d'avancer. Maintenant, ils se trouvaient au coude formé par la rue, en face de la maison Raimbeau, une haute bâtisse dont le toit dépassait celui des maisons voisines de trois mètres au moins. Un instant, ils hésitèrent. Puis, Cyprien monta
485   le long d'un tuyau de cheminée, avec une agilité de chat. Aimée, qui avait dû consentir à l'attendre, restait debout au milieu des tuiles. Nous la distinguions nettement, serrant ses enfants contre sa poitrine, toute noire sur le ciel clair, comme grandie. Et c'est alors que l'épouvantable malheur commença.

490   La maison des Raimbeau, destinée d'abord à une exploitation industrielle, était très légèrement bâtie. En outre, elle recevait

---

1. **Faîte** : sommet.

en pleine façade le courant de la rue. Je croyais la voir trembler
sous les attaques de l'eau ; et, la gorge serrée, je suivais Cyprien,
qui traversait le toit. Tout à coup, un grondement se fit entendre.
495 La lune se levait, une lune ronde ; libre dans le ciel, et dont la face
jaune éclairait le lac immense d'une lueur vive de lampe. Pas un
détail de la catastrophe ne fut perdu pour nous. C'était la maison
des Raimbeau qui venait de s'écrouler. Nous avions jeté un cri
de terreur, en voyant Cyprien disparaître. Dans l'écroulement,
500 nous ne distinguions qu'une tempête, un rejaillissement de
vagues sous les débris de la toiture. Puis, le calme se fit, la nappe
reprit son niveau, avec le trou noir de la maison engloutie, héris-
sant hors de l'eau la carcasse de ses planchers fendus. Il y avait là
un amas de poutres enchevêtrées, une charpente de cathédrale à
505 demi détruite. Et, entre ces poutres, il me sembla voir un corps
remuer, quelque chose de vivant tenter des efforts surhumains.

« Il vit ! criai-je. Ah ! Dieu soit loué, il vit !… Là, au-dessus de
cette nappe blanche que la lune éclaire ! »

Un rire nerveux nous secouait. Nous tapions dans nos mains
510 de joie, comme sauvés nous-mêmes.

« Il va remonter, disait Pierre.

— Oui, oui, tenez ! expliquait Gaspard, le voilà qui tâche de
saisir la poutre, à gauche. »

Mais nos rires cessèrent. Nous n'échangeâmes plus un mot,
515 la gorge serrée par l'anxiété. Nous venions de comprendre la
terrible situation où était Cyprien. Dans la chute de la maison,
ses pieds se trouvaient pris entre deux poutres ; et il demeurait
pendu, sans pouvoir se dégager, la tête en bas, à quelques centimètres de l'eau. Ce fut une agonie effroyable. Sur le toit de la
520 maison voisine, Aimée était toujours debout, avec ses deux
enfants. Un tremblement convulsif la secouait. Elle assistait à la
mort de son mari, elle ne quittait pas du regard le malheureux,
sous elle, à quelques mètres d'elle. Et elle poussait un hurlement
continu, un hurlement de chien, fou d'horreur.

525 « Nous ne pouvons le laisser mourir ainsi, dit Jacques éperdu. Il faut aller là-bas.

— On pourrait peut-être encore descendre le long des poutres, fit remarquer Pierre. On le dégagerait. »

Et ils se dirigeaient vers les toits voisins, lorsque la deuxième
530 maison s'écroula à son tour. La route se trouvait coupée. Alors, un froid nous glaça. Nous nous étions pris les mains, machinalement ; nous nous les serrions à les broyer, sans pouvoir détacher nos regards de l'affreux spectacle.

Cyprien avait d'abord tâché de se raidir. Avec une force extraor-
535 dinaire, il s'était écarté de l'eau, il maintenait son corps dans une position oblique. Mais la fatigue le brisait. Il lutta pourtant, voulut se rattraper aux poutres, lança les mains autour de lui, pour voir s'il ne rencontrerait rien où s'accrocher. Puis, acceptant la mort, il retomba, il pendit de nouveau, inerte. La mort fut lente à
540 venir. Ses cheveux trempaient à peine dans l'eau, qui montait avec patience. Il devait en sentir la fraîcheur au sommet du crâne. Une première vague lui mouilla le front. D'autres fermèrent les yeux. Lentement, nous vîmes la tête disparaître.

Les femmes, à nos pieds, avaient enfoncé leur visage entre leurs
545 mains jointes. Nous-mêmes, nous tombâmes à genoux, les bras tendus, pleurant, balbutiant des supplications. Sur la toiture, Aimée toujours debout, avec ses enfants serrés contre elle, hurlait plus fort dans la nuit.

IV

J'ignore combien de temps nous restâmes dans la stupeur de
550 cette crise. Quand je revins à moi, l'eau avait grandi encore. Maintenant, elle atteignait les tuiles ; le toit n'était plus qu'une île étroite, émergeant de la nappe immense. À droite, à gauche, les maisons avaient dû s'écrouler. La mer s'étendait.

« Nous marchons », murmurait Rose qui se cramponnait aux tuiles.

Et nous avions tous, en effet, une sensation de roulis[1], comme si la toiture emportée se fût changée en radeau. Le grand ruissellement semblait nous charrier. Puis, quand nous regardions le clocher de l'église, immobile en face de nous, ce vertige cessait ; nous nous retrouvions à la même place, dans la houle des vagues.

L'eau, alors, commença l'assaut. Jusque-là, le courant avait suivi la rue ; mais les décombres qui la barraient à présent, le faisaient refluer. Ce fut une attaque en règle. Dès qu'une épave, une poutre, passait à la portée du courant, il la prenait, la balançait, puis la précipitait contre la maison comme un bélier[2]. Et il ne la lâchait plus, il la retirait en arrière, pour la lancer de nouveau, en battait les murs à coups redoublés, régulièrement. Bientôt, dix, douze poutres nous attaquèrent ainsi à la fois, de tous les côtés. L'eau rugissait. Des crachements d'écume mouillaient nos pieds. Nous entendions le gémissement sourd de la maison pleine d'eau, sonore, avec ses cloisons qui craquaient déjà. Par moments, à certaines attaques plus rudes, lorsque les poutres tapaient d'aplomb, nous pensions que c'était fini[3], que les murailles s'ouvraient et nous livraient à la rivière, par leurs brèches béantes[4].

Gaspard s'était risqué au bord même du toit. Il parvint à saisir une poutre, la tira de ses gros bras de lutteur.

« Il faut nous défendre », criait-il.

Jacques, de son côté, s'efforçait d'arrêter au passage une longue perche. Pierre l'aida. Je maudissais l'âge, qui me laissait sans force, aussi faible qu'un enfant. Mais la défense s'organisait, un duel, trois hommes contre un fleuve. Gaspard, tenant sa poutre en arrêt,

---

1. Roulis : mouvement latéral d'un bateau.

2. Bélier : ancienne machine de guerre destinée à abattre les murs.

3. Que c'était fini : que nous allions mourir.

4. Béantes : grandes ouvertes.

attendait les pièces de bois dont le courant faisait des béliers ; et,
rudement, il les arrêtait, à une courte distance des murs. Parfois,
585 le choc était si violent, qu'il tombait. À côté de lui, Jacques et
Pierre manœuvraient la longue perche, de façon à écarter également
les épaves. Pendant près d'une heure, cette lutte inutile dura.
Peu à peu, ils perdaient la tête, jurant, tapant, insultant l'eau.
Gaspard la sabrait[1], comme s'il se fût pris corps à corps avec elle,
590 la trouait de coups de pointe ainsi qu'une poitrine. Et l'eau gardait
sa tranquille obstination, sans une blessure, invincible. Alors,
Jacques et Pierre s'abandonnèrent[2] sur le toit, exténués ; tandis
que Gaspard, dans un dernier élan, se laissait arracher par le
courant sa poutre, qui, à son tour, nous battit en brèche[3]. Le
595 combat était impossible.

Marie et Véronique s'étaient jetées dans les bras l'une de
l'autre. Elles répétaient, d'une voix déchirée, toujours la même
phrase, une phrase d'épouvante que j'entends encore sans cesse à
mes oreilles :

600 « Je ne veux pas mourir !... Je ne veux pas mourir ! »

Rose les entourait de ses bras. Elle cherchait à les consoler, à
les rassurer ; et elle-même, toute grelottante, levait sa face et
criait malgré elle :

« Je ne veux pas mourir ! »

605 Seule, tante Agathe ne disait rien. Elle ne priait plus, ne faisait
plus le signe de la croix. Hébétée[4], elle promenait ses regards, et
tâchait encore de sourire, quand elle rencontrait mes yeux.

L'eau battait les tuiles, maintenant. Aucun secours n'était à
espérer. Nous entendions toujours des voix, du côté de l'église ;
610 deux lanternes, un moment, avaient passé au loin ; et le silence
de nouveau s'élargissait, la nappe jaune étalait son immensité

---

1. **Sabrait** : frappait, comme s'il s'agissait d'un combat au sabre.
2. **S'abandonnèrent** : se laissèrent aller, renoncèrent à combattre.
3. **Battit en brèche** : attaqua pour ouvrir une brèche.
4. **Hébétée** : frappée de stupeur, privée de toute lucidité.

nue. Les gens de Saintin, qui possédaient des barques, devaient avoir été surpris avant nous.

Gaspard, cependant, continuait à rôder sur le toit. Tout d'un coup, il nous appela. Et il disait :

« Attention !... Aidez-moi. Tenez-moi ferme. »

Il avait repris une perche, il guettait une épave, énorme, noire, dont la masse nageait doucement vers la maison. C'était une large toiture de hangar, faite de planches solides, que les eaux avaient arrachée tout entière, et qui flottait, pareille à un radeau. Quand cette toiture fut à sa portée, il l'arrêta avec sa perche ; et, comme il se sentait emporté, il nous criait de l'aider. Nous l'avions saisi par la taille, nous le tenions ferme. Puis, dès que l'épave entra dans le courant, elle vint d'elle-même aborder contre notre toit, si rudement même, que nous eûmes peur un instant de la voir voler en éclats.

Gaspard avait hardiment sauté sur ce radeau que le hasard nous envoyait. Il le parcourait en tous sens, pour s'assurer de sa solidité, pendant que Pierre et Jacques le maintenaient au bord du toit ; et il riait, il disait joyeusement :

« Grand-père, nous voilà sauvés... Ne pleurez plus, les femmes !... Un vrai bateau. Tenez ! mes pieds sont à sec. Et il nous portera bien tous. Nous allons être comme chez nous, là-dessus ! »

Pourtant, il crut devoir le consolider. Il saisit les poutres qui flottaient, les lia avec des cordes, que Pierre avait emportées à tout hasard, en quittant les chambres du bas. Il tomba même dans l'eau ; mais, au cri qui nous échappa, il répondit par de nouveaux rires. L'eau le connaissait[1], il faisait une lieue[2] de Garonne à la nage. Remonté sur le toit, il se secoua, en s'écriant :

« Voyons, embarquez, ne perdons pas de temps. »

---

1. L'eau le connaissait : il était bon nageur, l'eau était pour lui un élément familier.

2. Lieue : distance de 4 kilomètres.

Les femmes s'étaient mises à genoux. Gaspard dut porter Véronique et Marie au milieu du radeau, où il les fit asseoir. Rose et tante Agathe glissèrent d'elles-mêmes sur les tuiles et allèrent
645 se placer auprès des jeunes filles. À ce moment, je regardai du côté de l'église. Aimée était toujours là. Elle s'adossait maintenant contre une cheminée, et elle tenait ses enfants en l'air, au bout des bras, ayant déjà de l'eau jusqu'à la ceinture.

« Ne vous affligez pas, grand-père, me dit Gaspard. Nous allons
650 la prendre en passant, je vous le promets. »

Pierre et Jacques étaient montés sur le radeau. J'y sautai à mon tour. Il penchait un peu d'un côté, mais il était réellement assez solide pour nous porter tous. Enfin, Gaspard quitta le toit le dernier, en nous disant de prendre des perches, qu'il avait
655 préparées et qui devaient nous servir de rames. Lui-même en tenait une très longue, dont il se servait avec une grande habileté. Nous nous laissions commander par lui. Sur un ordre qu'il nous donna, nous appuyâmes tous nos perches contre les tuiles pour nous éloigner. Mais il semblait que le radeau fût collé au
660 toit. Malgré tous nos efforts, nous ne pouvions l'en détacher. À chaque nouvel essai, le courant nous ramenait vers la maison, violemment. Et c'était là une manœuvre des plus dangereuses, car le choc menaçait chaque fois de briser les planches sur lesquelles nous nous trouvions.

665 Alors, de nouveau, nous eûmes le sentiment de notre impuissance. Nous nous étions crus sauvés, et nous appartenions toujours à la rivière. Même, je regrettais que les femmes ne fussent plus sur le toit ; car, à chaque minute, je les voyais précipitées, entraînées dans l'eau furieuse. Mais, quand je parlai de
670 regagner notre refuge, tous crièrent :

« Non, non, essayons encore. Plutôt mourir ici ! »

Gaspard ne riait plus. Nous renouvelions nos efforts, pesant sur les perches avec un redoublement d'énergie. Pierre eut enfin l'idée de remonter la pente des tuiles et de nous tirer vers la

675 gauche, à l'aide d'une corde ; il put ainsi nous mener en dehors du courant ; puis, quand il eut de nouveau sauté sur le radeau, quelques coups de perche nous permirent de gagner le large. Mais Gaspard se rappela la promesse qu'il m'avait faite d'aller recueillir notre pauvre Aimée, dont le hurlement plaintif ne
680 cessait pas. Pour cela, il fallait traverser la rue, où régnait ce terrible courant, contre lequel nous venions de lutter. Il me consulta du regard. J'étais bouleversé, jamais un pareil combat ne s'était livré en moi. Nous allions exposer huit existences. Et pourtant, si j'hésitai un instant, je n'eus pas la force de résister à
685 l'appel lugubre[1].

« Oui, oui, dis-je à Gaspard. C'est impossible, nous ne pouvons nous en aller sans elle. »

Il baissa la tête, sans une parole, et se mit, avec sa perche, à se servir de tous les murs restés debout. Nous longions la maison
690 voisine, nous passions par-dessus nos étables. Mais, dès que nous débouchâmes dans la rue, un cri nous échappa. Le courant, qui nous avait ressaisis, nous emportait de nouveau, nous ramenait contre notre maison. Ce fut un vertige de quelques secondes. Nous étions roulés comme une feuille, si rapidement, que notre
695 cri s'acheva dans le choc épouvantable du radeau sur les tuiles. Il y eut un déchirement, les planches déclouées tourbillonnèrent, nous fûmes tous précipités. J'ignore ce qui se passa alors. Je me souviens qu'en tombant je vis tante Agathe à plat sur l'eau, soutenue par ses jupes ; et elle s'enfonçait, la tête en arrière, sans
700 se débattre.

Une vive douleur me fit ouvrir les yeux. C'était Pierre qui me tirait par les cheveux, le long des tuiles. Je restai couché, stupide, regardant. Pierre venait de replonger. Et, dans l'étourdissement où je me trouvais, je fus surpris d'apercevoir tout d'un coup
705 Gaspard, à la place où mon frère avait disparu : le jeune homme

---

1. **Lugubre** : sinistre, qui fait penser à la mort.

portait Véronique dans ses bras. Quand il l'eut déposée près de moi, il se jeta de nouveau, il retira Marie, la face d'une blancheur de cire, si raide et si immobile, que je la crus morte. Puis, il se jeta encore. Mais, cette fois, il chercha inutilement. Pierre l'avait

710 rejoint. Tous deux se parlaient, se donnaient des indications que je n'entendais pas. Comme ils remontaient sur le toit, épuisés :

« Et tante Agathe ! criai-je, et Jacques ! et Rose ! »

Ils secouèrent la tête. De grosses larmes roulaient dans leurs yeux. Aux quelques mots qu'ils me dirent, je compris que

715 Jacques avait eu la tête fracassée par le heurt[1] d'une poutre. Rose s'était cramponnée au cadavre de son mari, qui l'avait emportée. Tante Agathe n'avait pas reparu. Nous pensâmes que son corps, poussé par le courant, était entré dans la maison, au-dessous de nous, par une fenêtre ouverte.

720 Et, me soulevant, je regardai vers la toiture où Aimée se cramponnait quelques minutes auparavant. Mais l'eau montait toujours. Aimée ne hurlait plus. J'aperçus seulement ses deux bras raidis, qu'elle levait pour tenir ses enfants hors de l'eau. Puis, tout s'abîma, la nappe se referma, sous la lueur dormante

725 de la lune.

V

Nous n'étions plus que cinq sur le toit. L'eau nous laissait à peine une étroite bande libre, le long du faîtage[2]. Une des cheminées venait d'être emportée. Il nous fallut soulever Véronique et Marie évanouies, les tenir presque debout, pour

730 que le flot ne leur mouillât pas les jambes. Elles reprirent enfin connaissance, et notre angoisse s'accrut, à les voir trempées,

---

1. **Heurt** : choc.
2. **Faîtage** : sommet d'un toit.

frissonnantes, crier de nouveau qu'elles ne voulaient pas mourir. Nous les rassurions comme on rassure les enfants, en leur disant qu'elles ne mourraient pas, que nous empêcherions bien la mort de les prendre. Mais elles ne nous croyaient plus, elles savaient bien qu'elles allaient mourir. Et, chaque fois que ce mot « mourir » tombait comme un glas[1], leurs dents claquaient, une angoisse les jetait au cou l'une de l'autre.

C'était la fin. Le village détruit ne montrait plus, autour de nous, que quelques pans de murailles. Seule, l'église dressait son clocher intact, d'où venaient toujours des voix, un murmure de gens à l'abri. Au loin, ronflait la coulée énorme des eaux. Nous n'entendions même plus ces éboulements de maisons, pareils à des charrettes de cailloux brusquement déchargées. C'était un abandon, un naufrage en plein océan, à mille lieues des terres.

Un instant, nous crûmes surprendre à gauche un bruit de rames. On aurait dit un battement, doux, cadencé[2], de plus en plus net. Ah! quelle musique d'espoir, et comme nous nous dressâmes tous pour interroger l'espace! Nous retenions notre haleine. Et nous n'apercevions rien. La nappe jaune s'étendait, tachée d'ombres noires; mais aucune de ces ombres, cimes d'arbres, restes de murs écroulés, ne bougeait. Des épaves, des herbes, des tonneaux vides, nous causèrent des fausses joies; nous agitions nos mouchoirs, jusqu'à ce que, notre erreur reconnue, nous retombions dans l'anxiété de ce bruit qui frappait toujours nos oreilles, sans que nous pussions découvrir d'où il venait.

« Ah! je la vois, cria Gaspard, brusquement. Tenez! là-bas, une grande barque! »

Et il nous désignait, le bras tendu, un point éloigné. Moi, je ne voyais rien; Pierre, non plus. Mais Gaspard s'entêtait. C'était bien une barque. Les coups de rames nous arrivaient plus distincts.

---

1. Glas : tintement des cloches pour annoncer la mort de quelqu'un.
2. Cadencé : rythmé.

Alors, nous finîmes aussi par l'apercevoir. Elle filait lentement, ayant l'air de tourner autour de nous, sans approcher. Je me souviens qu'à ce moment nous fûmes comme fous. Nous levions les bras avec fureur, nous poussions des cris, à nous briser la gorge. Et nous insultions la barque, nous la traitions de lâche. Elle, toujours noire et muette, tournait plus lentement. Était-ce réellement une barque ? je l'ignore encore. Quand nous crûmes la voir disparaître, elle emporta notre dernière espérance.

Désormais, à chaque seconde, nous nous attendions à être engloutis, dans la chute de la maison. Elle se trouvait minée[1], elle n'était sans doute portée que par quelque gros mur, qui allait l'entraîner tout entière, en s'écroulant. Mais ce dont je tremblais surtout, c'était de sentir la toiture fléchir sous notre poids. La maison aurait peut-être tenu toute la nuit ; seulement, les tuiles s'affaissaient, battues et trouées par les poutres. Nous nous étions réfugiés vers la gauche, sur des chevrons[2] solides encore. Puis, ces chevrons eux-mêmes parurent faiblir. Certainement, ils s'enfonceraient, si nous restions tous les cinq entassés sur un si petit espace.

Depuis quelques minutes, mon frère Pierre avait remis sa pipe à ses lèvres, d'un geste machinal. Il tordait sa moustache de vieux soldat, les sourcils froncés, grognant de sourdes paroles. Ce danger croissant qui l'entourait et contre lequel son courage ne pouvait rien commençait à l'impatienter fortement. Il avait craché deux ou trois fois dans l'eau, d'un air de colère méprisante. Puis, comme nous enfoncions toujours, il se décida, il descendit la toiture.

« Pierre ! Pierre ! » criai-je, ayant peur de comprendre.

Il se retourna et me dit tranquillement :

« Adieu, Louis... Vois-tu, c'est trop long pour moi. Ça vous fera de la place. »

---

1. **Elle se trouvait minée** : ses fondations étaient fragilisées.
2. **Chevrons** : pièces de bois qui soutiennent la toiture.

Et, après avoir jeté sa pipe la première, il se précipita lui-même, en ajoutant :

« Bonsoir, j'en ai assez ! »

795 Il ne reparut pas. Il était nageur médiocre. D'ailleurs, il s'abandonna sans doute, le cœur crevé par notre ruine et par la mort de tous les nôtres, ne voulant pas leur survivre.

Deux heures du matin sonnèrent à l'église. La nuit allait finir, cette horrible nuit déjà si pleine d'agonies et de larmes. Peu à 800 peu, sous nos pieds, l'espace encore sec se rétrécissait ; c'était un murmure d'eau courante, de petits flots caressants qui jouaient et se poussaient. De nouveau, le courant avait changé ; les épaves passaient à droite du village, flottant avec lenteur, comme si les eaux, près d'atteindre leur plus haut niveau, se fussent reposées, 805 lasses et paresseuses.

Gaspard, brusquement, retira ses souliers et sa veste. Depuis un instant, je le voyais joindre les mains, s'écraser les doigts. Et, comme je l'interrogeais :

« Écoutez, grand-père, dit-il, je meurs, à attendre. Je ne puis 810 plus rester… Laissez-moi faire, je la sauverai. »

Il parlait de Véronique. Je voulus combattre son idée. Jamais il n'aurait la force de porter la jeune fille jusqu'à l'église. Mais lui, s'entêtait.

« Si ! si ! j'ai de bons bras, je me sens fort… Vous allez voir ! »

815 Et il ajoutait qu'il préférait tenter ce sauvetage tout de suite, qu'il devenait faible comme un enfant, à écouter ainsi la maison s'émietter sous nos pieds.

« Je l'aime, je la sauverai », répétait-il.

Je demeurai silencieux, j'attirai Marie contre ma poitrine. 820 Alors, il crut que je lui reprochais son égoïsme d'amoureux, il balbutia :

« Je reviendrai prendre Marie, je vous le jure. Je trouverai bien un bateau, j'organiserai un secours quelconque… Ayez confiance, grand-père. »

825 Il ne conserva que son pantalon. Et, à demi-voix, rapidement, il adressait des recommandations à Véronique : elle ne se débattrait pas, elle s'abandonnerait sans un mouvement, elle n'aurait pas peur surtout. La jeune fille, à chaque phrase, répondait oui, d'un air égaré. Enfin, après avoir fait un signe de croix, bien qu'il
830 ne fût guère dévot[1] d'habitude, il se laissa glisser sur le toit, en tenant Véronique par une corde qu'il lui avait nouée sous les bras. Elle poussa un grand cri, battit l'eau de ses membres, puis, suffoquée, s'évanouit.

« J'aime mieux ça, me cria Gaspard. Maintenant, je réponds
835 d'elle[2]. »

On s'imagine avec quelle angoisse je les suivis des yeux. Sur l'eau blanche, je distinguais les moindres mouvements de Gaspard. Il soutenait la jeune fille, à l'aide de la corde, qu'il avait enroulée autour de son propre cou ; et il la portait ainsi, à demi
840 jetée sur son épaule droite. Ce poids écrasant l'enfonçait par moments ; pourtant, il avançait, nageant avec une force surhumaine. Je ne doutais plus, il avait déjà parcouru un tiers de la distance, lorsqu'il se heurta à quelque mur caché sous l'eau. Le choc fut terrible. Tous deux disparurent. Puis, je le vis reparaître
845 seul ; la corde devait s'être rompue. Il plongea à deux reprises. Enfin, il revint, il ramenait Véronique, qu'il reprit sur son dos. Mais il n'avait plus de corde pour la tenir, elle l'écrasait davantage. Cependant, il avançait toujours. Un tremblement me secouait, à mesure qu'ils approchaient de l'église. Tout à coup,
850 je voulus crier, j'apercevais des poutres qui arrivaient de biais. Ma bouche resta grande ouverte : un nouveau choc les avait séparés, les eaux se refermèrent.

À partir de ce moment, je demeurai stupide. Je n'avais plus qu'un instinct de bête veillant à sa conservation. Quand l'eau

---

1. Dévot : croyant, très religieux.
2. Je réponds d'elle : je vous garantis que tout se passera bien pour elle.

855 avançait, je reculais. Dans cette stupeur, j'entendis longtemps
un rire, sans m'expliquer qui riait ainsi près de moi. Le jour se
levait, une grande aurore blanche. Il faisait bon, très frais et très
calme, comme au bord d'un étang dont la nappe s'éveille avant
le lever du soleil. Mais le rire sonnait toujours ; et, en me tour-
860 nant, je trouvai Marie, debout dans ses vêtements mouillés.
C'était elle qui riait.

Ah ! la pauvre chère créature, comme elle était douce et jolie, à
cette heure matinale ! Je la vis se baisser, prendre dans le creux de
sa main un peu d'eau, dont elle se lava la figure. Puis, elle tordit
865 ses beaux cheveux blonds, elle les noua derrière sa tête. Sans doute,
elle faisait sa toilette, elle semblait se croire dans sa petite chambre,
le dimanche, lorsque la cloche sonnait gaiement. Et elle continuait
à rire, de son rire enfantin, les yeux clairs, la face heureuse.

Moi, je me mis à rire comme elle, gagné par sa folie. La terreur
870 l'avait rendue folle, et c'était une grâce du Ciel, tant elle paraissait ravie de la pureté de cette aube printanière.

Je la laissais se hâter, ne comprenant pas, hochant la tête
tendrement. Elle se faisait toujours belle. Puis, quand elle se
crut prête à partir, elle chanta un de ses cantiques de sa fine
875 voix de cristal. Mais, bientôt, elle s'interrompit, elle cria,
comme si elle avait répondu à une voix qui l'appelait et qu'elle
entendait seule :

« J'y vais ! J'y vais ! »

Elle reprit son cantique, elle descendit la pente du toit, elle
880 entra dans l'eau, qui la recouvrit doucement, sans secousse.
Je n'avais pas cessé de sourire. Je regardais d'un air heureux la
place où elle venait de disparaître.

Ensuite, je ne me souviens plus. J'étais tout seul sur le toit.
L'eau avait encore monté. Une cheminée restait debout, et je
885 crois que je m'y cramponnais de toutes mes forces, comme un
animal qui ne veut pas mourir. Ensuite, rien, rien, un trou noir,
le néant.

Vers l'excipit

3 QUESTIONS

Comment Zola met-il en évidence la dimension tragique de cette conclusion ?

• La conclusion du récit est marquée par l'omniprésence de la **mort** (champ lexical). Les personnages n'ont plus qu'à attendre leur fin. Deux d'entre eux choisissent même le suicide.

• Les personnages doivent faire face à de derniers **espoirs déçus**. Ils ont pensé pouvoir bénéficier d'une barque. Gaspard tente de sauver Véronique.

• La **vanité du combat** contre les éléments est un signe du tragique. Les hommes, même courageux, ne peuvent rien contre l'acharnement du destin.

Pourquoi peut-on dire que la situation révèle la vraie nature des personnages ?

• Pierre se sacrifie parce qu'il espère donner ainsi une chance aux autres. Gaspard mène un **combat héroïque** contre la fureur des flots.

• Le grand-père, narrateur, perd progressivement toute sa famille. Il se montre **prudent** et angoissé. Son attente solitaire le réduit à l'état d'« animal qui ne veut pas mourir ».

3

Quelle leçon Zola nous délivre-t-il en montrant le comportement des personnages face à la mort ?

• La peur de la mort fait glisser certains personnages vers la **folie**. Marie est présentée comme folle ; elle s'en remet toutefois à Dieu.

• Quelle est donc l'attitude de **sagesse** à adopter ? Le grand-père, qui est le seul à survivre, s'appuie sur sa raison et sur son instinct de survie. La mort choisit d'épargner celui qui n'a jamais tenté de la défier.

DÉFINITION CLÉ

Qu'est-ce qu'un excipit ?

• L'excipit est la **conclusion d'un récit**.

• Il permet de **résoudre les problèmes** posés par l'intrigue. La situation des personnages doit se dénouer. La conclusion peut toutefois être ouverte et laisser la possibilité au lecteur d'imaginer une suite.

• Il propose également la **leçon** (morale, philosophique…) du récit.

VI

Pourquoi suis-je encore là ? On m'a dit que les gens de Saintin étaient venus vers six heures, avec des barques, et qu'ils m'avaient trouvé couché sur une cheminée, évanoui. Les eaux ont eu la cruauté de ne pas m'emporter après tous les miens, pendant que je ne sentais plus mon malheur.

C'est moi, le vieux, qui me suis entêté à vivre. Tous les autres sont partis, les enfants au maillot[1], les filles à marier, les jeunes ménages, les vieux ménages. Et moi, je vis ainsi qu'une herbe mauvaise, rude et séchée, enracinée aux cailloux ! Si j'avais du courage, je ferais comme Pierre, je dirais : « J'en ai assez, bonsoir ! » et je me jetterais dans la Garonne, pour m'en aller par le chemin que tous ont suivi. Je n'ai plus un enfant, ma maison est détruite, mes champs sont ravagés. Oh ! le soir, quand nous étions tous à table, les vieux au milieu, les plus jeunes à la file, et que cette gaieté m'entourait et me tenait chaud ! Oh ! les grands jours de la moisson et de la vendange, quand nous étions tous au travail, et que nous rentrions gonflés de l'orgueil de notre richesse ! Oh ! les beaux enfants et les belles vignes, les belles filles et les beaux blés, la joie de ma vieillesse, la vivante récompense de ma vie entière ! Puisque tout cela est mort, mon Dieu ! pourquoi voulez-vous que je vive ?

Il n'y a pas de consolation. Je ne veux pas de secours. Je donnerai mes champs aux gens du village qui ont encore leurs enfants. Eux, trouveront le courage de débarrasser la terre des épaves et de la cultiver de nouveau. Quand on n'a plus d'enfants, un coin suffit pour mourir.

J'ai eu une seule envie, une dernière envie. J'aurais voulu retrouver les corps des miens, afin de les faire enterrer dans notre cimetière, sous une dalle où je serais allé les rejoindre. On racontait

---

1. **Enfants au maillot** : nourrissons.

qu'on avait repêché, à Toulouse, une quantité de cadavres emportés par le fleuve. Je me suis décidé à tenter le voyage.

920 Quel épouvantable désastre ! Près de deux mille maisons écroulées ; sept cents morts ; tous les ponts emportés ; un quartier rasé, noyé sous la boue ; des drames atroces ; vingt mille misérables demi-nus et crevant la faim ; la ville empestée par les cadavres, terrifiée par la crainte du typhus[1] ; le deuil partout, les rues pleines de convois funèbres, les aumônes[2] impuissantes à
925 panser les plaies. Mais je marchais sans rien voir, au milieu de ces ruines. J'avais mes ruines, j'avais mes morts, qui m'écrasaient.

On me dit qu'en effet beaucoup de corps avaient pu être repêchés. Ils étaient déjà ensevelis, en longues files, dans un coin du cimetière. Seulement, on avait eu le soin de photographier les
930 inconnus. Et c'est parmi ces portraits lamentables que j'ai trouvé ceux de Gaspard et de Véronique. Les deux fiancés étaient demeurés liés l'un à l'autre, par une étreinte passionnée, échangeant dans la mort leur baiser de noces. Ils se serraient encore si puissamment, les bras raidis, la bouche collée sur la bouche, qu'il
935 aurait fallu leur casser les membres pour les séparer. Aussi les avait-on photographiés ensemble, et ils dormaient ensemble sous la terre.

Je n'ai plus qu'eux, cette image affreuse, ces deux beaux enfants gonflés par l'eau, défigurés, gardant encore sur leurs faces
940 livides[3] l'héroïsme de leur tendresse. Je les regarde, et je pleure.

---

1. Typhus : maladie infectieuse.

2. Aumônes : dons faits par charité.

3. Livides : blanches.

La mort d'Olivier Bécaille

I

C'est un samedi, à six heures du matin, que je suis mort, après trois jours de maladie. Ma pauvre femme fouillait depuis un instant dans la malle, où elle cherchait du linge. Lorsqu'elle s'est relevée et qu'elle m'a vu rigide, les yeux ouverts, sans un souffle, elle est accourue, croyant à un évanouissement, me touchant les mains, se penchant sur mon visage. Puis, la terreur l'a prise ; et, affolée, elle a bégayé, en éclatant en larmes :

« Mon Dieu ! mon Dieu ! il est mort ! »

J'entendais tout, mais les sons affaiblis semblaient venir de très loin. Seul, mon œil gauche percevait encore une lueur confuse, une lumière blanchâtre où les objets se fondaient ; l'œil droit se trouvait complètement paralysé. C'était une syncope[1] de mon être entier, comme un coup de foudre qui m'avait anéanti. Ma volonté était morte, plus une fibre de ma chair ne m'obéissait. Et, dans ce néant, au-dessus de mes membres inertes, la pensée seule demeurait, lente et paresseuse, mais d'une netteté parfaite.

Ma pauvre Marguerite pleurait, tombée à genoux devant le lit, répétant d'une voix déchirée :

« Il est mort, mon Dieu ! il est mort ! »

Était-ce donc la mort, ce singulier état de torpeur, cette chair frappée d'immobilité, tandis que l'intelligence fonctionnait

---

1. **Syncope** : malaise, perte de connaissance.

toujours ? Était-ce mon âme qui s'attardait ainsi dans mon crâne, avant de prendre son vol ? Depuis mon enfance, j'étais sujet à des
25 crises nerveuses. Deux fois, tout jeune, des fièvres aiguës avaient failli m'emporter. Puis, autour de moi, on s'était habitué à me voir maladif ; et moi-même j'avais défendu à Marguerite d'aller chercher un médecin, lorsque je m'étais couché le matin de notre arrivée à Paris, dans cet hôtel meublé de la rue Dauphine. Un
30 peu de repos suffirait, c'était la fatigue du voyage qui me cour- baturait ainsi. Pourtant, je me sentais plein d'une angoisse affreuse. Nous avions quitté brusquement notre province, très pauvres, ayant à peine de quoi attendre les appointements[1] de mon premier mois, dans l'administration où je m'étais assuré
35 une place. Et voilà qu'une crise subite m'emportait !

Était-ce bien la mort ? Je m'étais imaginé une nuit plus noire, un silence plus lourd. Tout petit, j'avais déjà peur de mourir. Comme j'étais débile[2] et que les gens me caressaient avec compassion, je pensais constamment que je ne vivrais pas, qu'on m'enterrerait de
40 bonne heure. Et cette pensée de la terre me causait une épouvante, à laquelle je ne pouvais m'habituer, bien qu'elle me hantât nuit et jour. En grandissant, j'avais gardé cette idée fixe. Parfois, après des journées de réflexion, je croyais avoir vaincu ma peur. Eh bien ! on mourait, c'était fini ; tout le monde mourait un jour ; rien ne devait
45 être plus commode ni meilleur. J'arrivais presque à être gai, je regar- dais la mort en face. Puis, un frisson brusque me glaçait, me rendait à mon vertige, comme si une main géante m'eût balancé au-dessus d'un gouffre noir. C'était la pensée de la terre qui revenait et empor- tait mes raisonnements. Que de fois, la nuit, je me suis réveillé en
50 sursaut, ne sachant quel souffle avait passé sur mon sommeil, joignant les mains avec désespoir, balbutiant : « Mon Dieu ! mon Dieu ! il faut mourir ! » Une anxiété me serrait la poitrine, la néces- sité de la mort me paraissait plus abominable, dans l'étourdissement

---

1. Appointements : salaires, revenus.
2. Débile : faible, malade.

du réveil. Je ne me rendormais qu'avec peine, le sommeil m'inquiétait, tellement il ressemblait à la mort. Si j'allais dormir toujours !
Si je fermais les yeux pour ne les rouvrir jamais !

J'ignore si d'autres ont souffert ce tourment. Il a désolé ma vie.
La mort s'est dressée entre moi et tout ce que j'ai aimé. Je me
souviens des plus heureux instants que j'ai passés avec Marguerite.
Dans les premiers mois de notre mariage, lorsqu'elle dormait la nuit
à mon côté, lorsque je songeais à elle en faisant des rêves d'avenir,
sans cesse l'attente d'une séparation fatale gâtait mes joies, détruisait
mes espoirs. Il faudrait nous quitter, peut-être demain, peut-être
dans une heure. Un immense découragement me prenait, je me
demandais à quoi bon le bonheur d'être ensemble, puisqu'il devait
aboutir à un déchirement si cruel. Alors, mon imagination se plaisait dans le deuil. Qui partirait le premier, elle ou moi ? Et l'une
ou l'autre alternative m'attendrissait aux larmes, en déroulant le
tableau de nos vies brisées. Aux meilleures époques de mon existence, j'ai eu ainsi des mélancolies soudaines que personne ne
comprenait. Lorsqu'il m'arrivait une bonne chance, on s'étonnait de
me voir sombre. C'était que, tout d'un coup, l'idée de mon néant
avait traversé ma joie. Le terrible : « À quoi bon ? » sonnait comme
un glas[1] à mes oreilles. Mais le pis de ce tourment, c'est qu'on
l'endure dans une honte secrète. On n'ose dire son mal à personne.
Souvent le mari et la femme, couchés côte à côte, doivent frissonner
du même frisson, quand la lumière est éteinte ; et ni l'un ni l'autre
ne parle, car on ne parle pas de la mort, pas plus qu'on ne prononce
certains mots obscènes[2]. On a peur d'elle jusqu'à ne point la
nommer, on la cache comme on cache son sexe.

Je réfléchissais à ces choses, pendant que ma chère Marguerite
continuait à sangloter. Cela me faisait grand-peine de ne savoir
comment calmer son chagrin, en lui disant que je ne souffrais pas.
Si la mort n'était que cet évanouissement de la chair, en vérité

---

1. Glas : tintement des cloches d'une église pour annoncer une mort.
2. Obscènes : vulgaires.

85 j'avais eu tort de la tant redouter. C'était un bien-être égoïste, un repos dans lequel j'oubliais mes soucis. Ma mémoire surtout avait pris une vivacité extraordinaire. Rapidement, mon existence entière passait devant moi, ainsi qu'un spectacle auquel je me sentais désormais étranger. Sensation étrange et curieuse qui

90 m'amusait : on aurait dit une voix lointaine qui me racontait mon histoire.

Il y avait un coin de campagne, près de Guérande[1], sur la route de Piriac, dont le souvenir me poursuivait. La route tourne, un petit bois de pins descend à la débandade[2] une pente

95 rocheuse. Lorsque j'avais sept ans, j'allais là avec mon père, dans une maison à demi écroulée, manger des crêpes chez les parents de Marguerite, des paludiers[3] qui vivaient déjà péniblement des salines[4] voisines. Puis, je me rappelais le collège de Nantes où j'avais grandi, dans l'ennui des vieux murs, avec le continuel

100 désir du large horizon de Guérande, les marais salants à perte de vue, au bas de la ville, et la mer immense, étalée sous le ciel. Là, un trou noir se creusait : mon père mourait, j'entrais à l'administration de l'hôpital comme employé, je commençais une vie monotone, ayant pour unique joie mes visites du dimanche à la

105 vieille maison de la route de Piriac. Les choses y marchaient de mal en pis, car les salines ne rapportaient presque plus rien, et le pays tombait à une grande misère. Marguerite n'était encore qu'une enfant. Elle m'aimait, parce que je la promenais dans une brouette. Mais, plus tard, le matin où je la demandai en mariage,

110 je compris, à son geste effrayé, qu'elle me trouvait affreux. Les parents me l'avaient donnée tout de suite ; ça les débarrassait. Elle, soumise, n'avait pas dit non. Quand elle se fut habituée à l'idée d'être ma femme, elle ne parut plus trop ennuyée. Le jour

---

1. Guérande : commune de l'ouest de la France, connue pour ses marais salants.
2. À la débandade : en désordre.
3. Paludiers : personnes qui travaillent dans les marais salants.
4. Salines : entreprises où l'on produit du sel.

du mariage, à Guérande, je me souviens qu'il pleuvait à torrents ;
115 et, quand nous rentrâmes, elle dut se mettre en jupon, car sa robe
était trempée.

Voilà toute ma jeunesse. Nous avons vécu quelque temps
là-bas. Puis, un jour, en rentrant, je surpris ma femme pleurant à
chaudes larmes. Elle s'ennuyait, elle voulait partir. Au bout de six
120 mois, j'avais des économies, faites sou à sou, à l'aide de travaux
supplémentaires ; et, comme un ancien ami de ma famille s'était
occupé de me trouver une place à Paris, j'emmenai la chère enfant,
pour qu'elle ne pleurât plus. En chemin de fer, elle riait. La nuit,
la banquette des troisièmes classes[1] étant très dure, je la pris sur
125 mes genoux, afin qu'elle pût dormir mollement.

C'était là le passé. Et, à cette heure, je venais de mourir sur cette
couche étroite d'hôtel meublé, tandis que ma femme, tombée à
genoux sur le carreau, se lamentait. La tache blanche que percevait
mon œil gauche pâlissait peu à peu ; mais je me rappelais très
130 nettement la chambre. À gauche était la commode ; à droite, la
cheminée, au milieu de laquelle une pendule détraquée, sans
balancier, marquait dix heures six minutes. La fenêtre s'ouvrait sur
la rue Dauphine, noire et profonde. Tout Paris passait là, et dans
un tel vacarme, que j'entendais les vitres trembler.

135 Nous ne connaissions personne à Paris. Comme nous avions
pressé notre départ, on ne m'attendait que le lundi suivant à mon
administration. Depuis que j'avais dû prendre le lit, c'était une
étrange sensation que cet emprisonnement dans cette chambre,
où le voyage venait de nous jeter, encore effarés de quinze heures
140 de chemin de fer, étourdis du tumulte des rues. Ma femme
m'avait soigné avec sa douceur souriante ; mais je sentais
combien elle était troublée. De temps à autre, elle s'approchait
de la fenêtre, donnait un coup d'œil à la rue, puis revenait toute
pâle, effrayée par ce grand Paris dont elle ne connaissait pas une

---

1. **Troisièmes classes** : catégorie de places au confort minimal.

145 pierre et qui grondait si terriblement. Et qu'allait-elle faire, si je
ne me réveillais plus ? Qu'allait-elle devenir dans cette ville
immense, seule, sans un soutien, ignorante de tout ?

Marguerite avait pris une de mes mains qui pendait, inerte au
bord du lit ; et elle la baisait [1], et elle répétait follement :

150 « Olivier, réponds-moi… Mon Dieu ! il est mort ! il est mort ! »

La mort n'était donc pas le néant, puisque j'entendais et que
je raisonnais. Seul, le néant m'avait terrifié, depuis mon enfance.
Je ne m'imaginais pas la disparition de mon être, la suppression
totale de ce que j'étais ; et cela pour toujours, pendant des siècles

155 et des siècles encore, sans que jamais mon existence pût recom-
mencer. Je frissonnais parfois, lorsque je trouvais dans un journal
une date future du siècle prochain : je ne vivrais certainement
plus à cette date, et cette année d'un avenir que je ne verrais pas,
où je ne serais pas, m'emplissait d'angoisse. N'étais-je pas le

160 monde, et tout ne croulerait-il pas, lorsque je m'en irais ?

Rêver de la vie dans la mort, tel avait toujours été mon espoir.
Mais ce n'était pas la mort sans doute. J'allais certainement me
réveiller tout à l'heure. Oui, tout à l'heure, je me pencherais et
je saisirais Marguerite entre mes bras, pour sécher ses larmes.

165 Quelle joie de nous retrouver ! Et comme nous nous aimerions
davantage ! Je prendrais encore deux jours de repos, puis j'irais à
mon administration. Une vie nouvelle commencerait pour nous,
plus heureuse, plus large. Seulement, je n'avais pas de hâte. Tout
à l'heure, j'étais trop accablé. Marguerite avait tort de se déses-

170 pérer ainsi, car je ne me sentais pas la force de tourner la tête sur
l'oreiller pour lui sourire. Tout à l'heure, lorsqu'elle dirait de
nouveau : « Il est mort ! mon Dieu ! il est mort ! », je l'embrasse-
rais, je murmurerais très bas, afin de ne pas l'effrayer : « Mais
non, chère enfant. Je dormais. Tu vois bien que je vis et que

175 je t'aime. »

---

1. La baisait : l'embrassait.

Le point de vue du « mort »

Zola présente-t-il, dans cet incipit, une situation parfaitement claire ?

• La nouvelle présente une **situation invraisemblable** ou paradoxale : le personnage s'exprime, alors qu'il est censé être mort.
• Mais, en conclusion du chapitre, Zola introduit un doute : le narrateur dormirait et pourrait se réveiller. La nouvelle est-elle **fantastique ou réaliste** ?

Comment Zola nous permet-il d'apprendre à connaître le personnage ?

• Le récit de la vie du narrateur-personnage est justifié par sa volonté de **faire le bilan**, au moment où sa vie serait arrivée à son terme.
• Zola propose ainsi au lecteur un rapide **retour en arrière** (ou analepse). Le narrateur mène une vie monotone et sans passion. Sa femme a probablement des aspirations différentes des siennes. C'est pour elle qu'il déménage à Paris.

Dans quelle mesure Zola cherche-t-il, dans cet incipit, à dédramatiser la mort ?

• Le narrateur insiste sur sa **peur de la mort**. Mais son expérience lui permet de la percevoir comme moins inquiétante.
• Prendre conscience de ce qu'est la mort, sans la dramatiser, permettrait de **mieux saisir la valeur de la vie**. Le narrateur veut se réveiller pour avoir une vie nouvelle, plus heureuse.

DÉFINITION CLÉ

Auteur, narrateur, personnage

• L'auteur, qui signe le texte, ne se confond pas avec le **narrateur**, voix qui raconte l'histoire.

• Le narrateur peut être **extérieur au récit**. Dans ce cas, il peut être neutre ou intervenir de manière plus ou moins explicite (explications, commentaires...). Le récit est écrit à la 3e personne du singulier.

• Le narrateur peut être un **personnage** du récit. Il est un héros ou un témoin des événements racontés. Le récit est écrit à la 1re personne.

• Dans l'**autobiographie**, l'auteur, le narrateur et le personnage se confondent.

II

Aux cris que Marguerite poussait, la porte a été brusquement ouverte, et une voix s'est écriée :

« Qu'y a-t-il donc, ma voisine ?… Encore une crise, n'est-ce pas ? »

180 J'ai reconnu la voix. C'était celle d'une vieille femme, Mme Gabin, qui demeurait sur le même palier que nous. Elle s'était montrée très obligeante[1], dès notre arrivée, émue par notre position. Tout de suite, elle nous avait raconté son histoire. Un propriétaire intraitable[2] lui avait vendu ses meubles, l'hiver
185 dernier ; et, depuis ce temps, elle logeait à l'hôtel, avec sa fille Adèle, une gamine de dix ans. Toutes deux découpaient des abat-jour, c'était au plus si elles gagnaient quarante sous à cette besogne.

« Mon Dieu ! est-ce que c'est fini ? » demanda-t-elle en baissant la voix.

190 Je compris qu'elle s'approchait. Elle me regarda, me toucha, puis elle reprit avec pitié :

« Ma pauvre petite ! Ma pauvre petite ! »

Marguerite, épuisée, avait des sanglots d'enfant. Mme Gabin la souleva, l'assit dans le fauteuil boiteux qui se trouvait près de
195 la cheminée ; et, là, elle tâcha de la consoler.

« Vrai, vous allez vous faire du mal. Ce n'est pas parce que votre mari est parti, que vous devez vous crever de désespoir. Bien sûr, quand j'ai perdu Gabin, j'étais pareille à vous, je suis restée trois jours sans pouvoir avaler gros comme ça de nourri-
200 ture. Mais ça ne m'a avancée à rien ; au contraire, ça m'a enfoncée davantage… Voyons, pour l'amour de Dieu ! soyez raisonnable. »

Peu à peu, Marguerite se tut. Elle était à bout de force ; et, de temps à autre, une crise de larmes la secouait encore. Pendant ce

---

1. Obligeante : agréable.
2. Intraitable : dur, qui n'accepte pas les compromis.

temps, la vieille femme prenait possession de la chambre, avec
une autorité bourrue[1].

« Ne vous occupez de rien, répétait-elle. Justement, Dédé est
allée reporter l'ouvrage ; puis, entre voisins, il faut bien s'en-
traider… Dites donc, vos malles ne sont pas encore complètement
défaites ; mais il y a du linge dans la commode, n'est-ce pas ? »

Je l'entendis ouvrir la commode. Elle dut prendre une serviette,
qu'elle vint étendre sur la table de nuit. Ensuite, elle frotta une
allumette, ce qui me fit penser qu'elle allumait près de moi une
des bougies de la cheminée, en guise de cierge. Je suivais chacun
de ses mouvements dans la chambre, je me rendais compte de ses
moindres actions.

« Ce pauvre monsieur ! murmura-t-elle. Heureusement que je
vous ai entendue crier, ma chère. »

Et, tout d'un coup, la lueur vague que je voyais encore de mon
œil gauche, disparut. Mme Gabin venait de me fermer les yeux.
Je n'avais pas eu la sensation de son doigt sur ma paupière.
Quand j'eus compris, un léger froid commença à me glacer.

Mais la porte s'était rouverte. Dédé, la gamine de dix ans,
entrait en criant de sa voix flûtée[2] :

« Maman ! maman ! ah ! je savais bien que tu étais ici !…
Tiens, voilà ton compte, trois francs quatre sous… J'ai rapporté
vingt douzaines d'abat-jour…

– Chut ! chut ! tais-toi donc ! » répétait vainement la mère.

Comme la petite continuait, elle lui montra le lit. Dédé
s'arrêta, et je la sentis inquiète, reculant vers la porte.

« Est-ce que le monsieur dort ? demanda-t-elle très bas.

– Oui, va-t'en jouer », répondit Mme Gabin.

Mais l'enfant ne s'en allait pas. Elle devait me regarder de ses
yeux agrandis, effarée et comprenant vaguement. Brusquement,

---

1. Bourrue : un peu rude.
2. Flûtée : aiguë et douce.

elle parut prise d'une peur folle, elle se sauva en culbutant une
235 chaise.

« Il est mort, oh ! maman, il est mort. »

Un profond silence régna. Marguerite, accablée dans le fauteuil,
ne pleurait plus. Mme Gabin rôdait toujours par la chambre. Elle
se remit à parler entre ses dents.

240 « Les enfants savent tout, au jour d'aujourd'hui. Voyez celle-
là. Dieu sait si je l'élève bien ! Lorsqu'elle va faire une commission ou que je l'envoie reporter l'ouvrage, je calcule les minutes,
pour être sûre qu'elle ne galopine [1] pas... Ça ne fait rien, elle sait
tout, elle a vu d'un coup d'œil ce qu'il en était. Pourtant, on ne
245 lui a jamais montré qu'un mort, son oncle François et, à cette
époque, elle n'avait pas quatre ans... Enfin, il n'y a plus d'enfants [2], que voulez-vous ! »

Elle s'interrompit ; elle passa sans transition à un autre sujet.

« Dites donc, ma petite, il faut songer aux formalités, la décla-
250 ration à la mairie, puis tous les détails du convoi. Vous n'êtes pas
en état de vous occuper de ça. Moi, je ne veux pas vous laisser
seule... Hein ? si vous le permettez, je vais voir si M. Simoneau
est chez lui. »

Marguerite ne répondit pas. J'assistais à toutes ces scènes
255 comme de très loin. Il me semblait, par moments, que je volais,
ainsi qu'une flamme subtile, dans l'air de la chambre, tandis
qu'un étranger, une masse informe reposait inerte sur le lit.
Cependant, j'aurais voulu que Marguerite refusât les services de
ce Simoneau. Je l'avais aperçu trois ou quatre fois durant ma
260 courte maladie. Il habitait une chambre voisine et se montrait
très serviable. Mme Gabin nous avait raconté qu'il se trouvait
simplement de passage à Paris, où il venait recueillir d'anciennes
créances de son père, retiré en province et mort dernièrement.

---

1. Galopine : traîne, se comporte comme une fille de mauvaise éducation.
2. Il n'y a plus d'enfants : les enfants ont perdu l'innocence censée les carac-
tériser.

C'était un grand garçon, très beau, très fort. Je le détestais, peut-être parce qu'il se portait bien. La veille, il était encore entré, et j'avais souffert de le voir assis près de Marguerite. Elle était si jolie, si blanche à côté de lui !

Et il l'avait regardée si profondément, pendant qu'elle lui souriait, en disant qu'il était bien bon de venir ainsi prendre de mes nouvelles !

« Voici M. Simoneau », murmura Mme Gabin, qui rentrait.

Il poussa doucement la porte, et, dès qu'elle l'aperçut, Marguerite de nouveau éclata en larmes. La présence de cet ami, du seul homme qu'elle connût, réveillait en elle sa douleur. Il n'essaya pas de la consoler. Je ne pouvais le voir ; mais, dans les ténèbres qui m'enveloppaient, j'évoquais sa figure, et je le distinguais nettement, troublé, chagrin de trouver la pauvre femme dans un tel désespoir. Et qu'elle devait être belle pourtant, avec ses cheveux blonds dénoués, sa face pâle, ses chères petites mains d'enfant brûlantes de fièvre !

« Je me mets à votre disposition, madame, murmura Simoneau. Si vous voulez bien me charger de tout… »

Elle ne lui répondit que par des paroles entrecoupées. Mais, comme le jeune homme se retirait, Mme Gabin l'accompagna, et je l'entendis qui parlait d'argent, en passant près de moi. Cela coûtait toujours très cher ; elle craignait bien que la pauvre petite n'eût pas un sou. En tout cas, on pouvait la questionner. Simoneau fit taire la vieille femme. Il ne voulait pas qu'on tourmentât Marguerite. Il allait passer à la mairie et commander le convoi.

Quand le silence recommença, je me demandai si ce cauchemar durerait longtemps ainsi. Je vivais, puisque je percevais les moindres faits extérieurs. Et je commençais à me rendre un compte exact de mon état. Il devait s'agir d'un de ces cas de catalepsie[1] dont j'avais entendu parler. Déjà, quand j'étais

---

1. Catalepsie : rigidité pouvant rappeler la mort, incapacité à bouger.

295 enfant, à l'époque de ma grande maladie nerveuse, j'avais eu des syncopes[1] de plusieurs heures. Évidemment, c'était une crise de cette nature qui me tenait rigide, comme mort, et qui trompait tout le monde autour de moi. Mais le cœur allait reprendre ses battements, le sang circulerait de nouveau dans la détente des
300 muscles ; et je m'éveillerais, et je consolerais Marguerite. En raisonnant ainsi, je m'exhortai à la patience.

Les heures passaient. Mme Gabin avait apporté son déjeuner. Marguerite refusait toute nourriture. Puis, l'après-midi s'écoula. Par la fenêtre laissée ouverte, montaient les bruits de la rue
305 Dauphine. À un léger tintement du cuivre du chandelier sur le marbre de la table de nuit, il me sembla qu'on venait de changer la bougie. Enfin, Simoneau reparut.

« Eh bien ? lui demanda à demi-voix la vieille femme.

– Tout est réglé, répondit-il. Le convoi est pour demain onze
310 heures… Ne vous inquiétez de rien et ne parlez pas de ces choses devant cette pauvre femme. »

Mme Gabin reprit quand même :

« Le médecin des morts n'est pas venu encore. »

Simoneau alla s'asseoir près de Marguerite, l'encouragea, et se tut.
315 Le convoi était pour le lendemain onze heures : cette parole retentissait dans mon crâne comme un glas. Et ce médecin qui ne venait point, ce médecin des morts, comme le nommait Mme Gabin ! Lui, verrait bien tout de suite que j'étais simplement en léthargie[2]. Il ferait le nécessaire, il saurait m'éveiller. Je l'attendais dans une impatience affreuse.
320 Cependant, la journée s'écoula. Mme Gabin, pour ne pas perdre son temps, avait fini par apporter ses abat-jours. Même, après en avoir demandé la permission à Marguerite, elle fit venir Dédé, parce que, disait-elle, elle n'aimait guère laisser les enfants longtemps seuls.

---

1. Syncopes : malaises, pertes de connaissance.
2. Léthargie : état de sommeil profond, torpeur.

325 « Allons, entre, murmura-t-elle en amenant la petite, et ne fais pas la bête, ne regarde pas de ce côté, ou tu auras affaire à moi. »

Elle lui défendait de me regarder, elle trouvait cela plus convenable. Dédé, sûrement, glissait des coups d'œil de temps à autre, car j'entendais sa mère lui allonger des claques sur les 330 bras. Elle lui répétait furieusement :

« Travaille, ou je te fais sortir. Et, cette nuit, le monsieur ira te tirer les pieds. »

Toutes deux, la mère et la fille, s'étaient installées devant notre table. Le bruit de leurs ciseaux découpant les abat-jour me 335 parvenait distinctement ; ceux-là, très délicats, demandaient sans doute un découpage compliqué, car elles n'allaient pas vite : je les comptais un à un, pour combattre mon angoisse croissante.

Et, dans la chambre, il n'y avait que le petit bruit des ciseaux. Marguerite, vaincue par la fatigue, devait s'être assoupie. À deux 340 reprises, Simoneau se leva. L'idée abominable qu'il profitait du sommeil de Marguerite pour effleurer des lèvres ses cheveux me torturait. Je ne connaissais pas cet homme, et je sentais qu'il aimait ma femme. Un rire de la petite Dédé acheva de m'irriter.

« Pourquoi ris-tu, imbécile ? lui demanda sa mère. Je vais te 345 mettre sur le carré[1]… Voyons, réponds, qu'est-ce qui te fait rire ? »

L'enfant balbutiait. Elle n'avait pas ri, elle avait toussé. Moi, je m'imaginais qu'elle devait avoir vu Simoneau se pencher vers Marguerite, et que cela lui paraissait drôle.

La lampe était allumée, lorsqu'on frappa.

350 « Ah ! voici le médecin », dit la vieille femme.

C'était le médecin, en effet. Il ne s'excusa même pas de venir si tard. Sans doute, il avait eu bien des étages à monter, dans la journée. Comme la lampe éclairait très faiblement la chambre, il demanda :

355 « Le corps est ici ?

---

1. Sur le carré : sur le palier.

– Oui, monsieur », répondit Simoneau.

Marguerite s'était levée, frissonnante. Mme Gabin avait mis Dédé sur le palier, parce qu'un enfant n'a pas besoin d'assister à ça ; et elle s'efforçait d'entraîner ma femme vers la fenêtre, afin
360 de lui épargner un tel spectacle.

Pourtant, le médecin venait de s'approcher d'un pas rapide. Je le devinais fatigué, pressé, impatienté. M'avait-il touché la main ? Avait-il posé la sienne sur mon cœur ? Je ne saurais le dire. Mais il me sembla qu'il s'était simplement penché d'un air
365 indifférent.

« Voulez-vous que je prenne la lampe pour vous éclairer ? offrit Simoneau avec obligeance.

– Non, inutile », dit le médecin tranquillement.

Comment ! inutile ! Cet homme avait ma vie entre les mains,
370 et il jugeait inutile de procéder à un examen attentif. Mais je n'étais pas mort ! J'aurais voulu crier que je n'étais pas mort !

« À quelle heure est-il mort ? reprit-il.

– À six heures du matin », répondit Simoneau.

Une furieuse révolte montait en moi, dans les liens terribles
375 qui me liaient. Oh ! ne pouvoir parler, ne pouvoir remuer un membre !

Le médecin ajouta :

« Ce temps lourd est mauvais… Rien n'est fatigant comme ces premières journées de printemps. »

380 Et il s'éloigna. C'était ma vie qui s'en allait. Des cris, des larmes, des injures m'étouffaient, déchiraient ma gorge convulsée[1], où ne passait plus un souffle. Ah ! le misérable, dont l'habitude professionnelle avait fait une machine, et qui venait au lit des morts avec l'idée d'une simple formalité à remplir ! Il ne savait donc rien, cet homme !
385 Toute sa science était donc menteuse, puisqu'il ne pouvait d'un coup d'œil distinguer la vie de la mort ! Et il s'en allait, et il s'en allait !

---

1. **Convulsée** : contractée.

« Bonsoir, monsieur », dit Simoneau.

Il y eut un silence. Le médecin devait s'incliner devant Marguerite, qui était revenue, pendant que Mme Gabin fermait la fenêtre. Puis, il sortit de la chambre, j'entendis ses pas qui descendaient l'escalier.

Allons, c'était fini, j'étais condamné. Mon dernier espoir disparaissait avec cet homme. Si je ne m'éveillais pas avant le lendemain onze heures, on m'enterrait vivant. Et cette pensée était si effroyable, que je perdis conscience de ce qui m'entourait. Ce fut comme un évanouissement dans la mort elle-même. Le dernier bruit qui me frappa fut le petit bruit des ciseaux de Mme Gabin et de Dédé. La veillée funèbre commençait. Personne ne parlait plus. Marguerite avait refusé de dormir dans la chambre de la voisine. Elle était là, couchée à demi au fond du fauteuil, avec son beau visage pâle, ses yeux clos dont les cils restaient trempés de larmes ; tandis que, silencieux dans l'ombre, assis devant elle, Simoneau la regardait.

III

Je ne puis dire quelle fut mon agonie, pendant la matinée du lendemain. Cela m'est demeuré comme un rêve horrible, où mes sensations étaient si singulières, si troublées, qu'il me serait difficile de les noter exactement. Ce qui rendait ma torture affreuse, c'était que j'espérais toujours un brusque réveil. Et, à mesure que l'heure du convoi approchait, l'épouvante m'étranglait davantage.

Ce fut vers le matin seulement que j'eus de nouveau conscience des personnes et des choses qui m'entouraient. Un grincement de l'espagnolette[1] me tira de ma somnolence. Mme Gabin avait ouvert la fenêtre. Il devait être environ sept heures, car j'entendais des cris de marchands, dans la rue, la voix grêle[2] d'une gamine qui

---

1. Espagnolette : mécanisme servant à ouvrir ou fermer une fenêtre.
2. Grêle : fragile, aiguë.

vendait du mouron[1], une autre voix enrouée criant des carottes. Ce réveil bruyant de Paris me calma d'abord : il me semblait impossible qu'on m'enfouît dans la terre, au milieu de toute cette vie. Un souvenir achevait de me rassurer. Je me rappelais avoir vu un cas pareil au mien, lorsque j'étais employé à l'hôpital de Guérande. Un homme y avait ainsi dormi pendant vingt-huit heures, son sommeil était même si profond, que les médecins hésitaient à se prononcer ; puis, cet homme s'était assis sur son séant[2], et il avait pu se lever tout de suite. Moi, il y avait déjà vingt-cinq heures que je dormais. Si je m'éveillais vers dix heures, il serait temps encore.

Je tâchai de me rendre compte des personnes qui se trouvaient dans la chambre, et de ce qu'on y faisait. La petite Dédé devait jouer sur le carré[3], car la porte s'étant ouverte, un rire d'enfant vint du dehors. Sans doute, Simoneau n'était plus là : aucun bruit ne me révélait sa présence. Les savates de Mme Gabin traînaient seules sur le carreau. On parla enfin.

« Ma chère, dit la vieille, vous avez tort de ne pas en prendre pendant qu'il est chaud, ça vous soutiendrait. »

Elle s'adressait à Marguerite, et le léger égouttement du filtre, sur la cheminée, m'apprit qu'elle était en train de faire du café.

« Ce n'est pas pour dire, continua-t-elle, mais j'avais besoin de ça… À mon âge, ça ne vaut rien de veiller. Et c'est si triste, la nuit, quand il y a un malheur dans une maison… Prenez donc du café, ma chère, une larme[4] seulement. »

Et elle força Marguerite à en boire une tasse.

« Hein ? c'est chaud, ça vous remet. Il vous faut des forces pour aller jusqu'au bout de la journée… Maintenant, si vous étiez bien sage, vous passeriez dans ma chambre, et vous attendriez là.

---

1. Mouron : petite plante aux grains très appréciés des oiseaux.
2. Sur son séant : sur son derrière.
3. Sur le carré : sur le palier.
4. Larme : petite quantité.

– Non, je veux rester », répondit Marguerite résolument [1].

Sa voix, que je n'avais plus entendue depuis la veille, me
toucha beaucoup. Elle était changée, brisée de douleur. Ah!
chère femme! je la sentais près de moi, comme une consolation
dernière. Je savais qu'elle ne me quittait pas des yeux, qu'elle me
pleurait de toutes les larmes de son cœur.

Mais les minutes passaient. Il y eut, à la porte, un bruit que
je ne m'expliquai pas d'abord. On aurait dit l'emménagement
d'un meuble qui se heurtait contre les murs de l'escalier trop
étroit. Puis, je compris, en entendant de nouveau les larmes de
Marguerite. C'était la bière [2].

« Vous venez trop tôt, dit Mme Gabin d'un air de mauvaise
humeur. Posez ça derrière le lit. »

Quelle heure était-il donc? Neuf heures peut-être. Ainsi,
cette bière était déjà là. Et je la voyais dans la nuit épaisse, toute
neuve, avec ses planches à peine rabotées. Mon Dieu! est-ce que
tout allait finir? Est-ce qu'on m'emporterait dans cette boîte,
que je sentais à mes pieds?

J'eus pourtant une suprême joie. Marguerite, malgré sa faiblesse,
voulut me donner les derniers soins. Ce fut elle qui, aidée de la vieille
femme, m'habilla, avec une tendresse de sœur et d'épouse. Je sentais
que j'étais une fois encore entre ses bras, à chaque vêtement qu'elle
me passait. Elle s'arrêtait, succombant sous l'émotion; elle m'étrei-
gnait, elle me baignait de ses pleurs. J'aurais voulu pouvoir lui
rendre son étreinte, en lui criant : « Je vis! » et je restais impuissant,
je devais m'abandonner comme une masse inerte.

« Vous avez tort, tout ça est perdu », répétait Mme Gabin.

Marguerite répondait de sa voix entrecoupée :

« Laissez-moi, je veux lui mettre ce que nous avons de plus
beau. »

---

1. Résolument : de manière décidée.
2. Bière : cercueil.

Je compris qu'elle m'habillait comme pour le jour de nos noces. J'avais encore ces vêtements, dont je comptais ne me servir à Paris que les grands jours. Puis, elle retomba dans le fauteuil, épuisée par l'effort qu'elle venait de faire.

Alors, tout d'un coup, Simoneau parla. Sans doute, il venait d'entrer.

« Ils sont en bas, murmura-t-il.

— Bon, ce n'est pas trop tôt, répondit Mme Gabin, en baissant également la voix. Dites-leur de monter, il faut en finir.

— C'est que j'ai peur du désespoir de cette pauvre femme. »

La vieille parut réfléchir. Elle reprit :

« Écoutez, monsieur Simoneau, vous allez l'emmener de force dans ma chambre… Je ne veux pas qu'elle reste ici. C'est un service à lui rendre… Pendant ce temps, en un tour de main, ce sera bâclé[1]. »

Ces paroles me frappèrent au cœur. Et que devins-je, lorsque j'entendis la lutte affreuse qui s'engagea ! Simoneau s'était approché de Marguerite, en la suppliant de ne pas demeurer dans la pièce.

« Par pitié, implorait-il, venez avec moi, épargnez-vous une douleur inutile.

— Non, non, répétait ma femme, je resterai, je veux rester jusqu'au dernier moment. Songez donc que je n'ai que lui au monde, et que, lorsqu'il ne sera plus là, je serai seule. »

Cependant, près du lit, Mme Gabin soufflait à l'oreille du jeune homme :

« Marchez donc, empoignez-la, emportez-la dans vos bras. »

Est-ce que ce Simoneau allait prendre Marguerite et l'emporter ainsi ? Tout de suite, elle cria. D'un élan furieux, je voulus me mettre debout. Mais les ressorts de ma chair étaient brisés. Et je restais si rigide, que je ne pouvais même soulever les

---

1. Bâclé : fini, rapidement terminé (sans connotation péjorative).

paupières pour voir ce qui se passait là, devant moi. La lutte se
505 prolongeait, ma femme s'accrochait aux meubles, en répétant :

« Oh ! de grâce, de grâce, monsieur… Lâchez-moi, je ne veux
pas. »

Il avait dû la saisir dans ses bras vigoureux, car elle ne poussait
plus que des plaintes d'enfant. Il l'emporta, les sanglots se
510 perdirent, et je m'imaginais les voir, lui grand et solide, l'emme-
nant sur sa poitrine, à son cou, et elle, éplorée, brisée, s'abandon-
nant, le suivant désormais partout où il voudrait la conduire.

« Fichtre[1] ! ça n'a pas été sans peine ! murmura Mme Gabin.
Allons, houp ! maintenant que le plancher est débarrassé ! »

515 Dans la colère jalouse qui m'affolait, je regardais cet enlève-
ment comme un rapt abominable. Je ne voyais plus Marguerite
depuis la veille, mais je l'entendais encore. Maintenant, c'était
fini ; on venait de me la prendre ; un homme l'avait ravie, avant
même que je fusse dans la terre. Et il était avec elle, derrière la
520 cloison, seul à la consoler, à l'embrasser peut-être !

La porte s'était ouverte de nouveau, des pas lourds marchaient
dans la pièce.

« Dépêchons, dépêchons, répétait Mme Gabin. Cette petite
dame n'aurait qu'à revenir. »

525 Elle parlait à des gens inconnus et qui ne lui répondaient que
par des grognements.

« Moi, vous comprenez, je ne suis pas une parente, je ne suis
qu'une voisine. Je n'ai rien à gagner dans tout ça. C'est par pure
bonté de cœur que je m'occupe de leurs affaires. Et ce n'est déjà
530 pas si gai… Oui, oui, j'ai passé la nuit. Même qu'il ne faisait
guère chaud, vers quatre heures. Enfin, j'ai toujours été bête, je
suis trop bonne. »

À ce moment, on tira la bière au milieu de la chambre, et je
compris. Allons, j'étais condamné, puisque le réveil ne venait

---

1. **Fichtre** : marque l'étonnement, l'admiration.

535 pas. Mes idées perdaient de leur netteté, tout roulait en moi dans une fumée noire ; et j'éprouvais une telle lassitude, que ce fut comme un soulagement de ne plus compter sur rien.

« On n'a pas épargné le bois, dit la voix enrouée d'un croque-mort[1]. La boîte est trop longue.

540 — Eh bien ! il y sera à l'aise », ajouta un autre en s'égayant.

Je n'étais pas lourd, et ils s'en félicitaient, car ils avaient trois étages à descendre. Comme ils m'empoignaient par les épaules et par les pieds, Mme Gabin tout d'un coup se fâcha.

« Sacrée gamine ! cria-t-elle, il faut qu'elle mette son nez
545 partout… Attends, je vais te faire regarder par les fentes. »

C'était Dédé qui entrebâillait la porte et passait sa tête ébouriffée. Elle voulait voir mettre le monsieur dans la boîte. Deux claques vigoureuses retentirent, suivies d'une explosion de sanglots. Et quand la mère fut rentrée, elle causa de sa fille avec
550 les hommes qui m'arrangeaient dans la bière.

« Elle a dix ans. C'est un bon sujet ; mais elle est curieuse… Je ne la bats pas tous les jours. Seulement, il faut qu'elle obéisse.

— Oh ! vous savez, dit un des hommes, toutes les gamines sont comme ça… Lorsqu'il y a un mort quelque part, elles sont
555 toujours à tourner autour. »

J'étais allongé commodément, et j'aurais pu croire que je me trouvais encore sur le lit, sans une gêne de mon bras gauche, qui était un peu serré contre une planche. Ainsi qu'ils le disaient, je tenais très bien là-dedans, grâce à ma petite taille.

560 « Attendez, s'écria Mme Gabin, j'ai promis à sa femme de lui mettre un oreiller sous la tête. »

Mais les hommes étaient pressés, ils fourrèrent l'oreiller en me brutalisant. Un d'eux cherchait partout le marteau, avec des jurons. On l'avait oublié en bas, et il fallut descendre. Le
565 couvercle fut posé, je ressentis un ébranlement de tout mon

---

1. Croque-mort : surnom donné à l'employé des pompes funèbres.

corps, lorsque deux coups de marteau enfoncèrent le premier clou. C'en était fait, j'avais vécu. Puis, les clous entrèrent un à un, rapidement, tandis que le marteau sonnait en cadence. On aurait dit des emballeurs clouant une boîte de fruits secs, avec 570 leur adresse insouciante. Dès lors, les bruits ne m'arrivèrent plus qu'assourdis et prolongés, résonnant d'une étrange manière, comme si le cercueil de sapin s'était transformé en une grande caisse d'harmonie[1]. La dernière parole qui frappa mes oreilles, dans cette chambre de la rue Dauphine, ce fut cette phrase de 575 Mme Gabin :

« Descendez doucement, et méfiez-vous de la rampe au second, elle ne tient plus. »

On m'emportait, j'avais la sensation d'être roulé dans une mer houleuse. D'ailleurs, à partir de ce moment, mes souvenirs sont 580 très vagues. Je me rappelle pourtant que l'unique préoccupation qui me tenait encore, préoccupation imbécile et comme machinale, était de me rendre compte de la route que nous prenions pour aller au cimetière. Je ne connaissais pas une rue de Paris, j'ignorais la position exacte des grands cimetières, dont on avait 585 parfois prononcé les noms devant moi, et cela ne m'empêchait pas de concentrer les derniers efforts de mon intelligence, afin de deviner si nous tournions à droite ou à gauche. Le corbillard me cahotait sur les pavés. Autour de moi, le roulement des voitures, le piétinement des passants, faisaient une clameur confuse que 590 développait la sonorité du cercueil. D'abord, je suivis l'itinéraire avec assez de netteté. Puis, il y eut une station, on me promena, et je compris que nous étions à l'église. Mais, quand le corbillard s'ébranla de nouveau, je perdis toute conscience des lieux que nous traversions. Une volée de cloches m'avertit que nous 595 passions près d'une église ; un roulement plus doux et continu me fit croire que nous longions une promenade. J'étais comme

---

1. **Caisse d'harmonie** : caisse de résonance.

un condamné mené au lieu du supplice, hébété[1], attendant le coup suprême qui ne venait pas.

On s'arrêta, on me tira du corbillard. Et ce fut bâclé[2] tout de
600   suite. Les bruits avaient cessé, je sentais que j'étais dans un lieu désert, sous des arbres, avec le large ciel sur ma tête. Sans doute, quelques personnes suivaient le convoi, les locataires de l'hôtel, Simoneau et d'autres, car des chuchotements arrivaient jusqu'à moi. Il y eut une psalmodie, un prêtre balbutiait du latin. On
605   piétina deux minutes. Puis, brusquement, je sentis que je m'enfonçais ; tandis que des cordes frottaient comme des archets, contre les angles du cercueil, qui rendait un son de contrebasse fêlée. C'était la fin. Un choc terrible, pareil au retentissement d'un coup de canon, éclata un peu à gauche de ma tête ; un second choc se produisit à mes pieds ; un autre, plus violent encore, me tomba sur le ventre, si sonore, que je crus la bière fendue en deux. Et je m'évanouis.

610

IV

Combien de temps restai-je ainsi ? je ne saurais le dire. Une éternité et une seconde ont la même durée dans le néant. Je n'étais plus.
615   Peu à peu, confusément, la conscience d'être me revint. Je dormais toujours, mais je me mis à rêver. Un cauchemar se détacha du fond noir qui barrait mon horizon. Et ce rêve que je faisais était une imagination étrange, qui m'avait souvent tourmenté autrefois, les yeux ouverts, lorsque, avec ma nature prédisposée aux inventions
620   horribles, je goûtais l'atroce plaisir de me créer des catastrophes.

Je m'imaginais donc que ma femme m'attendait quelque part, à Guérande, je crois, et que j'avais pris le chemin de fer pour aller la rejoindre. Comme le train passait sous un tunnel, tout à coup, un

---

1. Hébété : frappé de stupeur.
2. Bâclé : fini, rapidement terminé (sans connotation péjorative).

effroyable bruit roulait avec un fracas de tonnerre. C'était un double
écroulement qui venait de se produire. Notre train n'avait pas reçu
une pierre, les wagons restaient intacts ; seulement, aux deux bouts
du tunnel, devant et derrière nous, la voûte s'était effondrée, et nous
nous trouvions ainsi au centre d'une montagne, murés par des blocs
de rocher. Alors commençait une longue et affreuse agonie. Aucun
espoir de secours ; il fallait un mois pour déblayer le tunnel ; encore
ce travail demandait-il des précautions infinies, des machines puissantes. Nous étions prisonniers dans une sorte de cave sans issue.
Notre mort à tous n'était plus qu'une question d'heures.

Souvent, je le répète, mon imagination avait travaillé sur cette
donnée terrible. Je variais le drame à l'infini. J'avais pour acteurs
des hommes, des femmes, des enfants, plus de cent personnes,
toute une foule qui me fournissait sans cesse de nouveaux épisodes.
Il se trouvait bien quelques provisions dans le train ; mais la nourriture manquait vite, et sans aller jusqu'à se manger entre eux, les
misérables affamés se disputaient férocement le dernier morceau
de pain. C'était un vieillard qu'on repoussait à coups de poing et
qui agonisait ; c'était une mère qui se battait comme une louve,
pour défendre les trois ou quatre bouchées réservées à son enfant.
Dans mon wagon, deux jeunes mariés râlaient aux bras l'un de
l'autre, et ils n'espéraient plus, ils ne bougeaient plus. D'ailleurs,
la voie était libre, les gens descendaient, rôdaient le long du train,
comme des bêtes lâchées, en quête d'une proie. Toutes les classes
se mêlaient, un homme très riche, un haut fonctionnaire, disait-
on, pleurait au cou d'un ouvrier, en le tutoyant. Dès les premières
heures, les lampes s'étaient épuisées, les feux de la locomotive
avaient fini par s'éteindre. Quand on passait d'un wagon à un
autre, on tâtait les roues de la main pour ne pas se cogner, et l'on
arrivait ainsi à la locomotive, que l'on reconnaissait à sa bielle[1]

---

1. Bielle : tige qui fait le lien entre des roues, pour leur permettre de transmettre
le mouvement.

froide, à ses énormes flancs endormis, force inutile, muette et
immobile dans l'ombre. Rien n'était plus effrayant que ce train,
ainsi muré tout entier sous terre, comme enterré vivant, avec ses
voyageurs, qui mouraient un à un.

Je me complaisais, je descendais dans l'horreur des moindres
détails. Des hurlements traversaient les ténèbres. Tout d'un
coup, un voisin qu'on ne savait pas là, qu'on ne voyait pas, s'abat-
tait contre votre épaule. Mais, cette fois, ce dont je souffrais
surtout, c'était du froid et du manque d'air. Jamais je n'avais eu
si froid ; un manteau de neige me tombait sur les épaules, une
humidité lourde pleuvait sur mon crâne. Et j'étouffais avec cela,
il me semblait que la voûte de rocher croulait sur ma poitrine,
que toute la montagne pesait et m'écrasait. Cependant, un cri de
délivrance avait retenti. Depuis longtemps, nous nous imagi-
nions entendre au loin un bruit sourd, et nous nous bercions de
l'espoir qu'on travaillait près de nous. Le salut n'arrivait point
de là pourtant. Un de nous venait de découvrir un puits dans le
tunnel ; et nous courions tous, nous allions voir ce puits d'air, en
haut duquel on apercevait une tache bleue, grande comme un
pain à cacheter[1]. Oh ! quelle joie, cette tache bleue ! C'était le
ciel, nous nous grandissions vers elle pour respirer, nous distinguions nettement des points noirs qui s'agitaient, sans doute des
ouvriers en train d'établir un treuil, afin d'opérer notre sauvetage. Une clameur furieuse : « Sauvés ! sauvés ! » sortait de toutes
les bouches, tandis que des bras tremblants se levaient vers la
petite tache d'un bleu pâle.

Ce fut la violence de cette clameur qui m'éveilla. Où étais-je ?
Encore dans le tunnel sans doute. Je me trouvais couché tout de
mon long, et je sentais, à droite et à gauche, de dures parois qui
me serraient les flancs. Je voulus me lever, mais je me cognai
violemment le crâne. Le roc m'enveloppait donc de toutes parts ?

---

1. Pain à cacheter : pâte utilisée pour fermer les lettres, en guise de cire.

685 Et la tache bleue avait disparu, le ciel n'était plus là, même lointain. J'étouffais toujours, je claquais des dents, pris d'un frisson.

Brusquement, je me souvins. Une horreur souleva mes cheveux, je sentis l'affreuse vérité couler en moi, des pieds à la tête, comme une glace. Étais-je sorti enfin de cette syncope, qui
690 m'avait frappé pendant de longues heures d'une rigidité de cadavre ? Oui, je remuais, je promenais les mains le long des planches du cercueil. Une dernière épreuve me restait à faire : j'ouvris la bouche, je parlai, appelant Marguerite, instinctivement. Mais j'avais hurlé, et ma voix, dans cette boîte de sapin,
695 avait pris un son rauque si effrayant, que je m'épouvantai moi-même. Mon Dieu ! c'était donc vrai ? je pouvais marcher, crier que je vivais, et ma voix ne serait pas entendue, et j'étais enfermé, écrasé sous la terre !

Je fis un effort suprême pour me calmer et réfléchir. N'y avait-
700 il aucun moyen de sortir de là ? Mon rêve recommençait, je n'avais pas encore le cerveau bien solide, je mêlais l'imagination du puits d'air et de sa tache de ciel avec la réalité de la fosse où je suffoquais. Les yeux démesurément ouverts, je regardais les ténèbres. Peut-être apercevrais-je un trou, une fente, une goutte
705 de lumière ! Mais des étincelles de feu passaient seules dans la nuit, des clartés rouges s'élargissaient et s'évanouissaient. Rien, un gouffre noir, insondable. Puis, la lucidité me revenait, j'écartais ce cauchemar imbécile. Il me fallait toute ma tête, si je voulais tenter le salut.

710 D'abord, le grand danger me parut être dans l'étouffement qui augmentait. Sans doute, j'avais pu rester si longtemps privé d'air, grâce à la syncope qui suspendait en moi les fonctions de l'existence ; mais, maintenant que mon cœur battait, que mes poumons soufflaient, j'allais mourir d'asphyxie, si je ne me dégageais au plus
715 tôt. Je souffrais également du froid, et je craignais de me laisser envahir par cet engourdissement mortel des hommes qui tombent dans la neige, pour ne plus se relever.

Tout en me répétant qu'il me fallait du calme, je sentais des bouffées de folie monter à mon crâne. Alors, je m'exhortais, essayant de me rappeler ce que je savais sur la façon dont on enterre. Sans doute, j'étais dans une concession de cinq ans ; cela m'ôtait un espoir, car j'avais remarqué autrefois, à Nantes, que les tranchées de la fosse commune laissaient passer, dans leur remblaiement continu, les pieds des dernières bières enfouies. Il m'aurait suffi alors de briser une planche pour m'échapper ; tandis que, si je me trouvais dans un trou comblé entièrement, j'avais sur moi toute une couche épaisse de terre, qui allait être un terrible obstacle. N'avais-je pas entendu dire qu'à Paris on enterrerait à six pieds[1] de profondeur ? Comment percer cette masse énorme ? Si même je parvenais à fendre le couvercle, la terre n'allait-elle pas entrer, glisser comme un sable fin, m'emplir les yeux et la bouche ? Et ce serait encore la mort, une mort abominable, une noyade dans de la boue.

Cependant, je tâtai soigneusement autour de moi. La bière était grande, je remuais les bras avec facilité. Dans le couvercle, je ne sentis aucune fente. À droite et à gauche, les planches étaient mal rabotées, mais résistantes et solides. Je repliai mon bras le long de ma poitrine, pour remonter vers la tête. Là, je découvris, dans la planche du bout, un nœud qui cédait légèrement sous la pression ; je travaillai avec la plus grande peine, je finis par chasser le nœud, et de l'autre côté, en enfonçant le doigt, je reconnus la terre, une terre grasse, argileuse et mouillée. Mais cela ne m'avançait à rien. Je regrettai même d'avoir ôté ce nœud, comme si la terre avait pu entrer. Une autre expérience m'occupa un instant : je tapai autour du cercueil, afin de savoir si, par hasard, il n'y aurait pas quelque vide, à droite ou à gauche. Partout, le son fut le même. Comme je donnais aussi de légers coups de pied, il me sembla pourtant que le son était plus clair au bout. Peut-être n'était-ce qu'un effet de la sonorité du bois.

---

1. **Six pieds** : environ deux mètres.

Alors, je commençai par des poussées légères, les bras en
750 avant, avec les poings. Le bois résista. J'employai ensuite les
genoux, m'arc-boutant sur les pieds et sur les reins. Il n'y eut pas
un craquement. Je finis par donner toute ma force, je poussai du
corps entier, si violemment, que mes os meurtris criaient. Et ce
fut à ce moment que je devins fou.

755 Jusque-là, j'avais résisté au vertige, aux souffles de rage qui
montaient par instants en moi, comme une fumée d'ivresse.
Surtout, je réprimais les cris, car je comprenais que, si je criais,
j'étais perdu. Tout d'un coup, je me mis à crier, à hurler. Cela était
plus fort que moi, les hurlements sortaient de ma gorge qui se
760 dégonflait. J'appelai au secours d'une voix que je ne me connaissais
pas, m'affolant davantage à chaque nouvel appel, criant que je ne
voulais pas mourir. Et j'égratignais le bois avec mes ongles, je me
tordais dans les convulsions d'un loup enfermé. Combien de temps
dura cette crise ? je l'ignore, mais je sens encore l'implacable
765 dureté du cercueil où je me débattais, j'entends encore la tempête
de cris et de sanglots dont j'emplissais ces quatre planches. Dans
une dernière lueur de raison, j'aurais voulu me retenir et je ne
pouvais pas.

Un grand accablement suivit. J'attendais la mort, au milieu
770 d'une somnolence douloureuse. Ce cercueil était de pierre ;
jamais je ne parviendrais à le fendre ; et cette certitude de ma
défaite me laissait inerte, sans courage pour tenter un nouvel
effort. Une autre souffrance, la faim, s'était jointe au froid et à
l'asphyxie. Je défaillais[1]. Bientôt, ce supplice fut intolérable.
775 Avec mon doigt, je tâchai d'attirer des pincées de terre, par le
nœud que j'avais enfoncé, et je mangeai cette terre, ce qui
redoubla mon tourment. Je mordais mes bras, n'osant aller
jusqu'au sang, tenté par ma chair, suçant ma peau avec l'envie
d'y enfoncer les dents.

---

1. **Défaillais** : m'affaiblissais.

Ah! comme je désirais la mort, à cette heure! Toute ma vie, j'avais tremblé devant le néant; et je le voulais, je le réclamais, jamais il ne serait assez noir. Quel enfantillage que de redouter ce sommeil sans rêve, cette éternité de silence et de ténèbres! La mort n'était bonne que parce qu'elle supprimait l'être d'un coup, pour toujours. Oh! dormir comme les pierres, rentrer dans l'argile, n'être plus!

Mes mains tâtonnantes continuaient machinalement à se promener contre le bois. Soudain, je me piquai au pouce gauche, et la légère douleur me tira de mon engourdissement. Qu'était-ce donc? Je cherchai de nouveau, je reconnus un clou, un clou que les croquemorts avaient enfoncé de travers, et qui n'avait pas mordu dans le bord du cercueil. Il était très long, très pointu. La tête tenait dans le couvercle, mais je sentis qu'il remuait. À partir de cet instant, je n'eus plus qu'une idée : avoir ce clou. Je passai ma main droite sur mon ventre, je commençai à l'ébranler. Il ne cédait guère, c'était un gros travail. Je changeais souvent de main, car la main gauche, mal placée, se fatiguait vite. Tandis que je m'acharnais ainsi, tout un plan s'était développé dans ma tête. Ce clou devenait le salut. Il me le fallait quand même. Mais serait-il temps encore? La faim me torturait, je dus m'arrêter, en proie à un vertige qui me laissait les mains molles, l'esprit vacillant. J'avais sucé les gouttes qui coulaient de la piqûre de mon pouce. Alors, je me mordis le bras, je bus mon sang, éperonné par la douleur, ranimé par ce vin tiède et âcre qui mouillait ma bouche. Et je me remis au clou des deux mains, je réussis à l'arracher.

Dès ce moment, je crus au succès. Mon plan était simple. J'enfonçai la pointe du clou dans le couvercle et je traçai une ligne droite, la plus longue possible, où je promenai le clou, de façon à pratiquer une entaille. Mes mains se roidissaient, je m'entêtais furieusement. Quand je pensai avoir assez entamé le bois, j'eus l'idée de me retourner, de me mettre sur le ventre, puis, en me soulevant sur les genoux et sur les coudes, de pousser des reins. Mais, si le couvercle craqua, il ne se fendit pas encore.

815 L'entaille n'était pas assez profonde. Je dus me replacer sur le dos et reprendre la besogne, ce qui me coûta beaucoup de peine. Enfin, je tentai un nouvel effort, et cette fois le couvercle se brisa, d'un bout à l'autre.

Certes, je n'étais pas sauvé, mais l'espérance m'inondait le cœur.

820 J'avais cessé de pousser, je ne bougeais plus, de peur de déterminer quelque éboulement qui m'aurait enseveli. Mon projet était de me servir du couvercle comme d'un abri, tandis que je tâcherais de pratiquer une sorte de puits dans l'argile. Malheureusement, ce travail présentait de grandes difficultés : les mottes épaisses qui se

825 détachaient embarrassaient les planches que je ne pouvais manœuvrer ; jamais je n'arriverais au sol, déjà des éboulements partiels me pliaient l'échine et m'enfonçaient la face dans la terre. La peur me reprenait, lorsqu'en m'allongeant pour trouver un point d'appui, je crus sentir que la planche qui fermait la bière, aux pieds, cédait

830 sous la pression. Je tapai alors vigoureusement du talon, songeant qu'il pouvait y avoir, à cet endroit, une fosse qu'on était en train de creuser.

Tout d'un coup, mes pieds enfoncèrent dans le vide. La prévision était juste : une fosse nouvellement ouverte se trouvait là. Je

835 n'eus qu'une mince cloison de terre à trouer pour rouler dans cette fosse. Grand Dieu ! j'étais sauvé !

Un instant, je restai sur le dos, les yeux en l'air, au fond du trou. Il faisait nuit. Au ciel, les étoiles luisaient dans un bleuissement de velours. Par moments, un vent qui se levait m'appor-

840 tait une tiédeur de printemps, une odeur d'arbres. Grand Dieu ! j'étais sauvé, je respirais, j'avais chaud, et je pleurais, et je balbutiais, les mains dévotement tendues vers l'espace. Oh ! que c'était bon de vivre !

V

845 Ma première pensée fut de me rendre chez le gardien du cimetière, pour qu'il me fît reconduire chez moi. Mais des idées, vagues encore, m'arrêtèrent. J'allais effrayer tout le monde. Pourquoi me presser, lorsque j'étais le maître de la situation ? Je me tâtai les membres, je n'avais que la légère morsure de mes dents au bras gauche ; et la petite fièvre qui en résultait m'excitait, me donnait une force inespérée. Certes, je pourrais marcher 850 sans aide.

Alors, je pris mon temps. Toutes sortes de rêveries confuses me traversaient le cerveau. J'avais senti près de moi, dans la fosse, les outils des fossoyeurs, et j'éprouvai le besoin de réparer le 855 dégât que je venais de faire, de reboucher le trou, pour qu'on ne pût s'apercevoir de ma résurrection. À ce moment, je n'avais aucune idée nette ; je trouvais seulement inutile de publier[1] l'aventure, éprouvant une honte à vivre, lorsque le monde entier me croyait mort. En une demi-heure de travail, je parvins à 860 effacer toute trace. Et je sautai hors de la fosse.

Quelle belle nuit ! Un silence profond régnait dans le cimetière. Les arbres noirs faisaient des ombres immobiles, au milieu de la blancheur des tombes. Comme je cherchais à m'orienter, je remarquai que toute une moitié du ciel flambait d'un reflet d'incendie. 865 Paris était là. Je me dirigeai de ce côté, filant le long d'une avenue, dans l'obscurité des branches. Mais, au bout de cinquante pas, je dus m'arrêter, essoufflé déjà. Et je m'assis sur un banc de pierre. Alors seulement je m'examinai : j'étais complètement habillé, chaussé même, et seul un chapeau me manquait. Combien je remerciai ma 870 chère Marguerite du pieux[2] sentiment qui l'avait fait me vêtir ! Le brusque souvenir de Marguerite me remit debout. Je voulais la voir.

---

1. **Publier** : rendre publique.
2. **Pieux** : inspiré par la foi.

Au bout de l'avenue, une muraille m'arrêta. Je montai sur une tombe, et quand je fus pendu au chaperon[1], de l'autre côté du mur, je me laissai aller. La chute fut rude. Puis, je marchai quelques minutes dans une grande rue déserte, qui tournait autour du cimetière. J'ignorais complètement où j'étais ; mais je me répétais, avec l'entêtement de l'idée fixe, que j'allais rentrer dans Paris et que je saurais bien trouver la rue Dauphine. Des gens passèrent, je ne les questionnai même pas, saisi de méfiance, ne voulant me confier à personne. Aujourd'hui, j'ai conscience qu'une grosse fièvre me secouait déjà et que ma tête se perdait. Enfin, comme je débouchais sur une grande voie, un éblouissement me prit, et je tombai lourdement sur le trottoir.

Ici, il y a un trou dans ma vie. Pendant trois semaines, je demeurai sans connaissance. Quand je m'éveillai enfin, je me trouvais dans une chambre inconnue. Un homme était là, à me soigner. Il me raconta simplement que, m'ayant ramassé un matin, sur le boulevard Montparnasse, il m'avait gardé chez lui. C'était un vieux docteur, qui n'exerçait plus. Lorsque je le remerciais, il me répondait avec brusquerie que mon cas lui avait paru curieux et qu'il avait voulu l'étudier. D'ailleurs, dans les premiers jours de ma convalescence, il ne me permit de lui adresser aucune question. Plus tard, il ne m'en fit aucune. Durant huit jours encore, je gardai le lit, la tête faible, ne cherchant pas même à me souvenir, car le souvenir était une fatigue et un chagrin. Je me sentais plein de pudeur et de crainte. Lorsque je pourrais sortir, j'irais voir. Peut-être, dans le délire de la fièvre, avais-je laissé échapper un nom ; mais jamais le médecin ne fit allusion à ce que j'avais pu dire. Sa charité resta discrète.

Cependant, l'été était venu. Un matin de juin, j'obtins enfin la permission de faire une courte promenade. C'était une matinée superbe, un de ces gais soleils qui donnent une jeunesse aux rues du vieux Paris. J'allais doucement, questionnant les promeneurs

---

1. **Chaperon** : partie supérieure, couverture d'un mur.

à chaque carrefour, demandant la rue Dauphine. J'y arrivai, et j'eus
de la peine à reconnaître l'hôtel meublé où nous étions descendus.
905 Une peur d'enfant m'agitait. Si je me présentais brusquement à
Marguerite, je craignais de la tuer. Le mieux peut-être serait de
prévenir d'abord cette vieille femme, Mme Gabin, qui logeait là.
Mais il me déplaisait de mettre quelqu'un entre nous. Je ne
m'arrêtais[1] à rien. Tout au fond de moi, il y avait comme un grand
910 vide, comme un sacrifice accompli depuis longtemps.

La maison était toute jaune de soleil. Je l'avais reconnue à un
restaurant borgne[2], qui se trouvait au rez-de-chaussée, et d'où
l'on nous montait la nourriture. Je levai les yeux, je regardai la
dernière fenêtre du troisième étage, à gauche. Elle était grande
915 ouverte. Tout à coup, une jeune femme, ébouriffée, la camisole[3]
de travers, vint s'accouder ; et, derrière elle, un jeune homme qui
la poursuivait, avança la tête et la baisa au cou. Ce n'était pas
Marguerite. Je n'éprouvai aucune surprise. Il me sembla que
j'avais rêvé cela et d'autres choses encore que j'allais apprendre.

920 Un instant, je demeurai dans la rue, indécis, songeant à monter
et à questionner ces amoureux qui riaient toujours, au grand soleil.
Puis, je pris le parti d'entrer dans le petit restaurant, en bas. Je
devais être méconnaissable : ma barbe avait poussé pendant ma
fièvre cérébrale, mon visage s'était creusé. Comme je m'asseyais à
925 une table, je vis justement Mme Gabin qui apportait une tasse,
pour acheter deux sous de café ; et elle se planta devant le comptoir,
elle entama avec la dame de l'établissement les commérages de
tous les jours. Je tendis l'oreille.

« Eh bien ! demandait la dame, cette pauvre petite du troi-
930 sième a donc fini par se décider ?

– Que voulez-vous ? répondit Mme Gabin, c'était ce qu'elle avait
de mieux à faire. M. Simoneau lui témoignait tant d'amitié !...

---

1. **M'arrêtais** : me décidais.
2. **Borgne** : sordide, mal famé.
3. **Camisole** : veste légère, pièce de lingerie féminine.

Il avait heureusement terminé ses affaires, un gros héritage, et il lui offrait de l'emmener là-bas, dans son pays, vivre chez une tante à lui,

935 qui a besoin d'une personne de confiance. »

La dame du comptoir eut un léger rire. J'avais enfoncé ma face dans un journal, très pâle, les mains tremblantes.

« Sans doute, ça finira par un mariage, reprit Mme Gabin. Mais je vous jure sur mon honneur que je n'ai rien vu de louche.

940 La petite pleurait son mari, et le jeune homme se conduisait parfaitement bien… Enfin, ils sont partis hier. Quand elle ne sera plus en deuil, n'est-ce pas ? ils feront ce qu'ils voudront. »

À ce moment, la porte qui menait du restaurant dans l'allée s'ouvrit toute grande, et Dédé entra.

945 « Maman, tu ne montes pas ?… J'attends, moi. Viens vite.

– Tout à l'heure, tu m'embêtes ! » dit la mère.

L'enfant resta, écoutant les deux femmes, de son air précoce de gamine poussée sur le pavé de Paris.

« Dame[1] ! après tout, expliquait Mme Gabin, le défunt ne

950 valait pas M. Simoneau… Il ne me revenait guère, ce gringalet[2]. Toujours à geindre[3] ! Et pas le sou ! Ah ! non, vrai ! un mari comme ça, c'est désagréable pour une femme qui a du sang[4]… Tandis que M. Simoneau, un homme riche, fort comme un Turc…

– Oh ! interrompit Dédé, moi, je l'ai vu, un jour qu'il se débar-

955 bouillait. Il en a, du poil sur les bras[5] !

– Veux-tu t'en aller ! cria la vieille en la bousculant. Tu fourres toujours ton nez où il ne doit pas être. »

Puis, pour conclure :

« Tenez ! l'autre a bien fait de mourir. C'est une fière chance. »

---

1. Dame : interjection (abréviation de « Notre Dame ! »).

2. Gringalet : homme de faible constitution.

3. Geindre : se plaindre.

4. Du sang : de l'énergie.

5. Ce signe supposé de virilité souligne le contraste avec la faiblesse physique du narrateur.

960 Quand je me retrouvai dans la rue, je marchai lentement, les jambes cassées. Pourtant, je ne souffrais pas trop. J'eus même un sourire, en apercevant mon ombre au soleil. En effet, j'étais bien chétif[1], j'avais eu une singulière idée d'épouser Marguerite. Et je me rappelais ses ennuis de Guérande, ses impatiences, sa vie
965 morne et fatiguée. La chère femme se montrait bonne. Mais je n'avais jamais été son amant, c'était un frère qu'elle venait de pleurer. Pourquoi aurais-je de nouveau dérangé sa vie ? Un mort n'est pas jaloux. Lorsque je levai la tête, je vis que le jardin du Luxembourg était devant moi. J'y entrai et je m'assis au soleil,
970 rêvant avec une grande douceur. La pensée de Marguerite m'attendrissait, maintenant. Je me l'imaginais en province, dame dans une petite ville, très heureuse, très aimée, très fêtée ; elle embellissait, elle avait trois garçons et deux filles. Allons ! j'étais un brave homme, d'être mort, et je ne ferais certainement pas la
975 bêtise cruelle de ressusciter.

Depuis ce temps, j'ai beaucoup voyagé, j'ai vécu un peu partout. Je suis un homme médiocre, qui a travaillé et mangé comme tout le monde. La mort ne m'effraie plus ; mais elle semble ne pas vouloir de moi, à présent que je n'ai aucune raison de vivre,
980 et je crains qu'elle ne m'oublie.

---

1. Chétif : fragile, frêle.

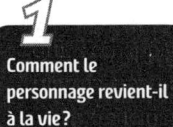

La mort d'Olivier Bécaille
chapitre v

| Une résurrection ?

1

Comment le personnage revient-il à la vie ?

• Olivier Bécaille éprouve le plaisir de se sentir vivant. Il a le sentiment de sa **toute-puissance**, comme s'il avait survécu à la mort.

• Mais il est **méfiant**. Il a peur de retrouver Marguerite, d'autant plus qu'elle se prépare à se remarier.

• Pour lui, revenir à la vie, c'est paradoxalement **renoncer à tout**. Il a fait l'expérience de la vie dans la mort. Il fait finalement celle de la mort dans la vie.

2

Dans quelle mesure peut-on considérer que le personnage s'est sacrifié pour garantir le bonheur de sa femme ?

• Olivier Bécaille choisit de rester officiellement mort, pour **garantir le bonheur de sa femme**, dont il sait qu'elle est plus heureuse avec M. Simoneau qu'avec lui.

• Les paroles des femmes (au discours direct) sont très **cruelles** : il devient presque impossible pour Olivier Bécaille de réapparaître.

3

Quelle leçon la conclusion de la nouvelle nous donne-t-elle ?

• « Olivier Bécaille » nous montre qu'il est **absurde d'avoir peur de la mort**. Il faudrait plutôt craindre de n'avoir aucune raison de vivre.

• La nouvelle nous donne une **leçon de modestie**. Un homme est vite oublié, et il est vain de croire que les vivants se souviennent bien longtemps d'un défunt.

DÉFINITION CLÉ

Le discours direct

• Le discours direct fait entendre les paroles d'un personnage avec un souci d'**objectivité**. En principe, le narrateur n'intervient pas pour modifier les paroles.

• Il est introduit par un **verbe de parole** et est caractérisé par une **ponctuation** spécifique (deux points, guillemets...).

• Dans les récits réalistes ou naturalistes, le discours direct permet de mettre en évidence les **idiolectes** (usages du langage propres à un individu) et les **sociolectes** (usages du langage propres à une classe sociale).

L'anthologie

Du réalisme
au naturalisme

Le romantisme est le mouvement dominant, au début du XIXe siècle. Certains auteurs vont toutefois rapidement aspirer à une représentation plus juste du réel, que les romantiques sont suspects d'idéaliser. Stendhal et Balzac présentent la société telle qu'elle est : ils décrivent le peuple, les ambitions des uns et la misère des autres. Ils évoquent l'avilissement auquel conduisent parfois la pauvreté, l'alcoolisme, la maladie. Les écrivains réalistes et naturalistes sont les témoins d'une société qui change : la deuxième moitié du XIXe siècle voit la France s'industrialiser et s'urbaniser. Zola s'intéresse tout particulièrement aux transformations du Second Empire. Chef de file du naturalisme, il propose d'approfondir la recherche du réalisme en s'inspirant d'une démarche scientifique. Mais la représentation objective du réel est-elle possible en littérature ? Les auteurs réalistes et naturalistes ne s'écartent-ils pas eux-mêmes, dans leurs œuvres, de l'esthétique qu'ils défendent ?

■ Le réalisme ou l'ambition de dire le vrai

Les écrivains réalistes veulent représenter le monde avec exactitude. La description occupe une place importante dans leurs œuvres. Contemporains des débuts de la photographie, ils décrivent les hommes et les lieux avec le souci de la précision, en s'appuyant sur un travail de documentation. Ils s'intéressent aussi à la réalité sociale, dont ils ne cherchent pas à masquer la dureté.

Du romantisme au réalisme

En 1830, le romantisme est encore à son sommet. Mais il est déjà contesté. Certains écrivains sont fatigués de ce qu'ils considèrent comme les mensonges romantiques. Stendhal (1783-1842) propose un autre regard sur le monde, plus analytique et moins passionné. Il a certes été inspiré par le romantisme : son œuvre porte les traces d'une certaine exaltation du moi. Mais il a l'ambition de représenter avec précision la réalité de son époque.

ROMAN

Texte 1

STENDHAL, *Le Rouge et le Noir* (1830) ♦ chap. IV

Le Rouge et le Noir *est le premier chef-d'œuvre de Stendhal, Henri Beyle de son vrai nom. Stendhal, dans son œuvre, fait le choix de l'observation lucide et parfois critique du monde. Son roman, sous-titré* Chronique de 1830, *est une grande fresque historique et sociale, dont le personnage principal est Julien Sorel, un jeune homme romanesque et ambitieux.*

En approchant de son usine, le père Sorel appela Julien de sa voix de stentor [1] ; personne ne répondit. Il ne vit que ses fils aînés, espèce de géants qui, armés de lourdes haches, équarrissaient [2] les troncs de sapin, qu'ils allaient porter à la scie. Tout occupés à
5 suivre exactement la marque noire tracée sur la pièce de bois, chaque coup de leur hache en séparait des copeaux énormes. Ils n'entendirent pas la voix de leur père. Celui-ci se dirigea vers le hangar ; en y entrant, il chercha vainement Julien à la place qu'il aurait dû occuper, à côté de la scie. Il l'aperçut à cinq ou six
10 pieds [3] plus haut, à cheval sur l'une des pièces de la toiture. Au lieu de surveiller attentivement l'action de tout le mécanisme, Julien lisait. Rien n'était plus antipathique au vieux Sorel ; il eût peut-être pardonné à Julien sa taille mince, peu propre aux travaux de force, et si différente de celle de ses aînés ; mais cette
15 manie de lecture lui était odieuse : il ne savait pas lire lui-même. […]

---

1. Voix de stentor : voix très puissante.
2. Équarrissaient : taillaient à angle droit, donnaient une forme carrée.
3. Pied : ancienne mesure de longueur (équivalant environ à 32 centimètres).

« Descends, animal, que je te parle. » Le bruit de la machine empêcha encore Julien d'entendre cet ordre. Son père qui était descendu, ne voulant pas se donner la peine de remonter sur le
20 mécanisme, alla chercher une longue perche pour abattre des noix, et l'en frappa sur l'épaule. À peine Julien fut-il à terre, que le vieux Sorel, le chassant rudement devant lui, le poussa vers la maison. Dieu sait ce qu'il va me faire ! se disait le jeune homme. En passant, il regarda tristement le ruisseau où était tombé son
25 livre ; c'était celui de tous qu'il affectionnait le plus, *Le Mémorial de Sainte-Hélène*[1].

Il avait les joues pourpres[2] et les yeux baissés. C'était un petit jeune homme de dix-huit à dix-neuf ans, faible en apparence, avec des traits irréguliers, mais délicats, et un nez aquilin[3]. De
30 grands yeux noirs, qui, dans les moments tranquilles, annonçaient de la réflexion et du feu, étaient animés en cet instant de l'expression de la haine la plus féroce. Des cheveux châtain foncé, plantés fort bas, lui donnaient un petit front, et dans les moments de colère, un air méchant. Parmi les innombrables
35 variétés de la physionomie humaine, il n'en est peut-être point qui se soit distinguée par une spécialité plus saisissante. Une taille svelte[4] et bien prise annonçait plus de légèreté que de vigueur. Dès sa première jeunesse, son air extrêmement pensif et sa grande pâleur avaient donné l'idée à son père qu'il ne
40 vivrait pas, ou qu'il vivrait pour être une charge à sa famille. Objet des mépris de tous à la maison, il haïssait ses frères et son père ; dans les jeux du dimanche, sur la place publique, il était toujours battu.

---

1. *Le Mémorial de Sainte-Hélène* est le récit des Mémoires de Napoléon.
2. **Pourpres** : rouges vif.
3. **Nez aquilin** : nez fin et recourbé.
4. **Svelte** : mince.

« Faire concurrence à l'état civil[1] »

Honoré de Balzac (1799-1850) est l'auteur d'une œuvre considérable, un cycle de 91 romans qu'il intitule *La Comédie humaine*. Il veut rendre compte de la vie du corps social, dans ses différentes strates. Les personnages qu'il présente sont animés par l'ambition et les passions. Mais il les étudie, en les classifiant et en montrant leur évolution dans leur milieu.

Texte 2

ESSAI

HONORÉ DE BALZAC, *La Comédie humaine* (1842) ♦ Avant-propos

Dans son avant-propos, Balzac définit son projet. Il insiste sur le plan de son œuvre, qu'il veut rigoureux. Il s'agit, pour lui, de rendre compte de l'ensemble de la société, telle qu'elle est, et non telle qu'elle devrait être. Les critiques lui font un reproche d'immoralité dont Zola, plus tard, sera lui aussi l'objet.

En copiant toute la Société, la saisissant dans l'immensité de ses agitations, il arrive, il devait arriver que telle composition offrait plus de mal que de bien, que telle partie de la fresque représentait un groupe coupable, et la critique de crier à l'immoralité, sans faire

5   observer la moralité de telle autre partie destinée à former un contraste parfait. Comme la critique ignorait le plan général, je lui pardonnais d'autant mieux qu'on ne peut pas plus empêcher la critique qu'on ne peut empêcher la vue, le langage et le jugement de s'exercer. Puis le temps de l'impartialité n'est pas encore venu

10   pour moi. D'ailleurs, l'auteur qui ne sait pas se résoudre à essuyer le feu de la critique ne doit pas plus se mettre à écrire qu'un voyageur ne doit se mettre en route en comptant sur un ciel toujours serein. [...] Les *Scènes de la vie politique* sont basées sur cette belle réflexion. L'histoire n'a pas pour loi, comme le roman, de tendre vers le beau

15   idéal. L'histoire est ou devrait être ce qu'elle fut ; tandis que *le roman*

---

1. Formule de Balzac, dans l'avant-propos de *La Comédie humaine*.

doit être le monde meilleur, a dit madame Necker[1], un des esprits les plus distingués du dernier siècle. Mais le roman ne serait rien si, dans cet auguste[2] mensonge, il n'était pas vrai dans les détails. […]

20 En saisissant bien le sens de cette composition, on reconnaîtra que j'accorde aux faits constants, quotidiens, secrets ou patents[3], aux actes de la vie individuelle, à leurs causes et à leurs principes autant d'importance que jusqu'alors les historiens en ont attaché aux événements de la vie publique des nations. […]

L'immensité d'un plan qui embrasse à la fois l'histoire et la critique
25 de la Société, l'analyse de ses maux et la discussion de ses principes, m'autorise, je crois, à donner à mon ouvrage le titre sous lequel il paraît aujourd'hui : LA COMÉDIE HUMAINE. Est-ce ambitieux ? N'est-ce que juste ? C'est ce que, l'ouvrage terminé, le public décidera.

Paris, juillet 1842.

Texte 3

ROMAN

HONORÉ DE BALZAC, *Le Père Goriot* (1835)

Balzac décrit la pension Vauquer, lieu de misère où vivent des locataires qui forment une « famille » seulement réunie par le souci de l'argent.

Au-dessus de ce troisième étage étaient un grenier à étendre le linge et deux mansardes[4] où couchaient un garçon de peine[5], nommé Christophe, et la grosse Sylvie, la cuisinière. Outre les sept pensionnaires internes[6], madame Vauquer avait, bon an, mal an,
5 huit étudiants en droit ou en médecine, et deux ou trois habitués qui demeuraient dans le quartier, abonnés tous pour le dîner seule-

---

1. Madame Necker : Suzanne Curchod (1737-1794), femme de lettres et épouse de Necker, ministre des Finances de Louis XVI.
2. Auguste : noble et respectable.
3. Patents : révélés, qui ne sont pas cachés.
4. Mansardes : chambres situées juste sous les toits avec un plafond bas et parfois en pente.
5. Garçon de peine : homme de peine, homme qui fait des travaux pénibles.
6. Internes : qui dorment à la pension.

ment. La salle contenait à dîner dix-huit personnes et pouvait en admettre une vingtaine ; mais, le matin, il ne s'y trouvait que sept locataires dont la réunion offrait pendant le déjeuner l'aspect d'un repas de famille. Chacun descendait en pantoufles, se permet-
10 tait des observations confidentielles sur la mise[1] ou sur l'air des externes, et sur les événements de la soirée précédente, en s'exprimant avec la confiance de l'intimité. Ces sept pensionnaires étaient les enfants gâtés de madame Vauquer, qui leur mesurait avec une précision d'astronome les soins et les égards, d'après le chiffre de
15 leurs pensions. Une même considération affectait ces êtres rassemblés par le hasard. Les deux locataires du second ne payaient que soixante-douze francs par mois. Ce bon marché, qui ne se rencontre que dans le faubourg Saint-Marcel, entre la Bourbe[2] et la Salpêtrière[3], et auquel madame Couture faisait seule exception, annonce
20 que ces pensionnaires devaient être sous le poids de malheurs plus ou moins apparents. Aussi le spectacle désolant que présentait l'intérieur de cette maison se répétait-il dans le costume de ses habitués, également délabrés.

La force du style

Gustave Flaubert (1821-1880) est un grand admirateur de Balzac, dont il apprécie l'ambition d'exhaustivité. Il lutte longtemps contre la tentation du romantisme. Il s'efforce d'éloigner ce « bonhomme » « épris de lyrisme » qu'il sent en lui, pour laisser s'exprimer celui « qui creuse et fouille le vrai tant qu'il peut ». C'est avec la force de son style qu'il nous fait percevoir l'originalité de son regard sur le monde.

---

1. Mise : manière de s'habiller.
2. La Bourbe : hôpital parisien où les femmes pauvres ou détenues accouchaient.
3. La Salpêtrière : hôpital parisien.

ROMAN

GUSTAVE FLAUBERT, *Madame Bovary* (1857) ♦ première partie, chap. I

Flaubert, dans Madame Bovary, *présente les amours d'une femme de province, qui veut échapper à un mariage médiocre. Dans l'extrait, il décrit la casquette de Charles, futur mari d'Emma. L'objet renvoie au ridicule du personnage.*

Nous avions l'habitude, en entrant en classe, de jeter nos casquettes par terre, afin d'avoir ensuite nos mains plus libres ; il fallait, dès le seuil de la porte, les lancer sous le banc, de façon à frapper contre la muraille en faisant beaucoup de poussière ; c'était là le *genre*[1].

5 Mais, soit qu'il n'eût pas remarqué cette manœuvre ou qu'il n'eût osé s'y soumettre, la prière était finie que le nouveau tenait encore sa casquette sur ses deux genoux. C'était une de ces coiffures d'ordre composite, où l'on retrouve les éléments du bonnet à poil, du chapska[2], du chapeau rond, de la casquette de loutre et 10 du bonnet de coton, une de ces pauvres choses, enfin, dont la laideur muette a des profondeurs d'expression comme le visage d'un imbécile. Ovoïde[3] et renflée de baleines, elle commençait par trois boudins circulaires ; puis s'alternaient, séparés par une bande rouge, des losanges de velours et de poil de lapin ; venait ensuite une 15 façon de sac qui se terminait par un polygone cartonné, couvert d'une broderie en soutache[4] compliquée, et d'où pendait, au bout d'un long cordon trop mince, un petit croisillon de fils d'or, en manière de gland. Elle était neuve ; la visière brillait.

– Levez-vous, dit le professeur.

20 Il se leva ; sa casquette tomba. Toute la classe se mit à rire.

Il se baissa pour la reprendre. Un voisin la fit tomber d'un coup de coude. Il la ramassa encore une fois.

---

1. Genre : façon de faire, habitudes propres à la classe.
2. Chapska : coiffure traditionnelle russe.
3. Ovoïde : dont la forme rappelle celle de l'œuf.
4. Soutache : galon utilisé pour orner un vêtement.

— Débarrassez-vous donc de votre casque, dit le professeur, qui était un homme d'esprit.

25   Il y eut un rire éclatant des écoliers qui décontenança le pauvre garçon, si bien qu'il ne savait s'il fallait garder sa casquette à la main, la laisser par terre ou la mettre sur sa tête. Il se rassit et la posa sur ses genoux.

Texte 5

ROMAN

GUSTAVE FLAUBERT, *L'Éducation sentimentale* (1869) ♦ première partie, chap. I

Frédéric Moreau est le personnage principal de L'Éducation sentimentale, un roman de formation. Dans cet incipit, le jeune homme est à l'aube de l'âge adulte. Flaubert le présente dans un cadre spatio-temporel très précis et semble mettre à distance, non sans une certaine ironie, les postures romantiques et rêveuses de son personnage.

Le 15 septembre 1840, vers six heures du matin, *la Ville-de-Montereau*, près de partir, fumait à gros tourbillons devant le quai Saint-Bernard.

Des gens arrivaient hors d'haleine ; des barriques, des câbles, des
5   corbeilles de linge gênaient la circulation ; les matelots ne répondaient à personne ; on se heurtait ; les colis montaient entre les deux tambours, et le tapage s'absorbait dans le bruissement de la vapeur, qui, s'échappant par des plaques de tôle, enveloppait tout d'une nuée blanchâtre, tandis que la cloche, à l'avant, tintait sans discontinuer.

10   Enfin le navire partit ; et les deux berges, peuplées de magasins, de chantiers et d'usines, filèrent comme deux larges rubans que l'on déroule.

    Un jeune homme de dix-huit ans, à longs cheveux et qui tenait un album sous son bras, restait auprès du gouvernail, immobile.
15   À travers le brouillard, il contemplait des clochers, des édifices dont il ne savait pas les noms ; puis il embrassa, dans un dernier

coup d'œil, l'île Saint-Louis, la Cité, Notre-Dame ; et bientôt, Paris disparaissant, il poussa un grand soupir.

M. Frédéric Moreau, nouvellement reçu bachelier, s'en retour-
20   nait à Nogent-sur-Seine, où il devait languir pendant deux mois, avant d'aller *faire son droit*. Sa mère, avec la somme indispensable, l'avait envoyé au Havre voir un oncle, dont elle espérait, pour lui, l'héritage ; il en était revenu la veille seulement ; et il se dédommageait de ne pouvoir séjourner dans la capitale, en regagnant sa
25   province par la route la plus longue.

Texte 6

ROMAN

GUSTAVE FLAUBERT, *Bouvard et Pécuchet* (1881) ♦ première partie, chap. I

Les personnages réalistes sont souvent des antihéros. Ils évoluent dans un monde qui leur échappe, sans jamais maîtriser leur destin. Bouvard et Pécuchet croient tout comprendre, mais ils sont en fait aussi bêtes que prétentieux. Ils sont les cibles de l'ironie de Flaubert.

L'aspect aimable de Bouvard charma de suite Pécuchet.

Ses yeux bleuâtres, toujours entre-clos, souriaient dans son visage coloré. Un pantalon à grand pont[1], qui godait[2] par le bas sur des souliers de castor, moulait son ventre, faisait
5   bouffer sa chemise à la ceinture ; et ses cheveux blonds, frisés d'eux-mêmes en boucles légères, lui donnaient quelque chose d'enfantin.

Il poussait du bout des lèvres une espèce de sifflement continu.

L'air sérieux de Pécuchet frappa Bouvard.

10   On aurait dit qu'il portait une perruque, tant les mèches garnissant son crâne élevé étaient plates et noires. Sa figure semblait tout en profil, à cause du nez qui descendait très bas. Ses jambes prises

---

1. Grand pont : pièce d'étoffe qui se rabat.
2. Qui godait : qui faisait des plis, peut-être parce qu'il était mal coupé.

dans des tuyaux de lasting[1] manquaient de proportion avec la longueur du buste ; et il avait une voix forte, caverneuse.

15 Cette exclamation lui échappa : « Comme on serait bien à la campagne ! »

Mais la banlieue, selon Bouvard, était assommante par le tapage des guinguettes[2]. Pécuchet pensait de même. Il commençait néanmoins à se sentir fatigué de la capitale, Bouvard aussi.

▉ Le naturalisme ou l'ambition scientifique

Le naturalisme, dont Zola est le chef de file, ne constitue pas une rupture par rapport au réalisme. Ces deux mouvements sont très proches : les auteurs qui s'en réclament se connaissent et s'apprécient. Mais les naturalistes ont une ambition scientifique plus affirmée. Ils étudient les tempéraments et les milieux. Ils s'appuient sur des observations et un travail de documentation rigoureux, considérant que la littérature permet d'étudier la réalité de manière objective. Le roman est même, pour eux, un espace d'expérimentation destiné à valider leurs théories sur le monde.

Aux origines du naturalisme

Edmond (1822-1896) et Jules (1830-1870) de Goncourt n'ont pas seulement donné leur nom à un célèbre prix littéraire. Euxmêmes auteurs qui s'en réclament, ils ont peint la société de leur temps, et en particulier les « basses classes », qui n'avaient auparavant « pas droit au roman[3] ».

---

1. Lasting : étoffe de laine rase, brillante.
2. Guinguettes : cabarets de banlieue parisienne, où l'on peut danser, souvent en plein air.
3. Préface de *Germinie Lacerteux*.

ROMAN

Texte 7

EDMOND ET JULES DE GONCOURT, *Germinie Lacerteux* (1864) ♦ chap. XXXI

Dans Germinie Lacerteux, *les frères Goncourt font le récit de la vie d'une domestique, l'héroïne éponyme, fille-mère en proie à la misère.*

– Voilà ! fit-elle.

Et lâchant les coins du morceau de toile, elle répandit ce qui était dedans : il coula sur la table de gras billets de banque recollés par-derrière, rattachés avec des épingles, de vieux louis à l'or verdi, des
5 pièces de cent sous toutes noires, des pièces de quarante sous, des pièces de dix sous, de l'argent de pauvre, de l'argent de travail, de l'argent de tirelire, de l'argent sali par des mains sales, fatigué dans le porte-monnaie de cuir, usé dans le comptoir plein de sous, – de l'argent sentant la sueur. Un moment, elle regarda tout ce qui était
10 étalé comme pour se convaincre les yeux ; puis avec une voix triste et douce, la voix de son sacrifice, elle dit seulement à Mme Jupillon :
– Ça y est… C'est les deux mille trois cents francs… pour qu'il se rachète[1]… […]

Elle avait eu « à courir », comme elle disait, pour rassembler une
15 pareille somme, réaliser cette chose impossible : trouver deux mille trois cents francs, deux mille trois cents francs dont elle n'avait pas les premiers cinq francs ! Elle les avait quêtés, mendiés, arrachés pièce à pièce, presque sou à sou. Elle les avait ramassés, grattés ici et là, sur les uns, sur les autres, par emprunts de deux cents, de cent
20 francs, de cinquante francs, de vingt francs, de ce qu'on avait voulu. Elle avait emprunté à son portier, à son épicier, à sa fruitière, à sa marchande de volaille, à sa blanchisseuse ; elle avait emprunté aux fournisseurs du quartier, aux fournisseurs des quartiers qu'elle avait d'abord habités avec mademoiselle. Elle avait fait entrer dans la

---

1. Germinie est amoureuse de Jupillon, qui l'humilie et l'oblige à s'endetter. Elle va jusqu'à le « racheter », c'est-à-dire à payer un autre homme pour qu'il aille à sa place faire son service militaire et éventuellement la guerre. Elle fait le choix de la misère, afin d'éviter à Jupillon le risque du champ de bataille.

25 somme tous les argents, jusqu'à la misérable monnaie de son porteur d'eau. Elle avait quémandé[1] partout, extorqué humblement, prié, supplié, inventé des histoires, dévoré la honte de mentir et de voir qu'on ne la croyait pas. L'humiliation d'avouer qu'elle n'avait pas d'argent placé, comme on le croyait et comme par orgueil elle le

30 laissait croire, la commisération[2] de gens qu'elle méprisait, les refus, les aumônes, elle avait tout subi, essuyé ce qu'elle n'aurait pas essuyé pour trouver du pain, et non une fois auprès d'une personne, mais auprès de trente, de quarante, auprès de tous ceux qui lui avaient donné ou dont elle avait espéré quelque chose.

35 Enfin cet argent, elle l'avait réuni ; mais il était son maître et la possédait pour toujours.

Zola, un chef de file infidèle ?

Émile Zola (1840-1902) analyse l'influence de l'hérédité et du milieu social sur les individus. C'est aussi un écrivain engagé, qui dénonce les injustices et les inégalités. Dans son œuvre, la misère n'est plus dissimulée, ni idéalisée. Mais son écriture s'éloigne souvent des principes du naturalisme, qu'il a pourtant théorisés. Elle se fait alors poétique ou symbolique, parfois même fantastique et épique.

Texte 8

PRÉFACE

ÉMILE ZOLA, *La Fortune des Rougon* (1871) ♦ Préface

La Fortune des Rougon *est le premier volume du cycle des* Rougon-Macquart. *Dans sa préface, Zola présente son objectif : faire « l'Histoire naturelle et sociale d'une famille sous le Second Empire ». Il n'aime pas cette période (1852-1870). Mais il n'ignore pas que c'est aussi à ce moment que se sont créées les conditions d'émergence de la France contemporaine.*

---

1. Quémandé : mendié.
2. Commisération : pitié.

Les Rougon-Macquart, le groupe, la famille que je me propose d'étudier, a pour caractéristique le débordement des appétits, le large soulèvement de notre âge, qui se rue aux jouissances. Physiologiquement, ils sont la lente succession des accidents nerveux et sanguins qui se déclarent dans une race, à la suite d'une première lésion organique, et qui déterminent, selon les milieux, chez chacun des individus de cette race, les sentiments, les désirs, les passions, toutes les manifestations humaines, naturelles et instinctives, dont les produits prennent les noms convenus de vertus et de vices. Historiquement, ils partent du peuple, ils s'irradient dans toute la société contemporaine, ils montent à toutes les situations, par cette impulsion essentiellement moderne que reçoivent les basses classes en marche à travers le corps social, et ils racontent ainsi le Second Empire, à l'aide de leurs drames individuels, du guet-apens du coup d'État à la trahison de Sedan[1].

Depuis trois années, je rassemblais les documents de ce grand ouvrage, et le présent volume était même écrit, lorsque la chute des Bonaparte, dont j'avais besoin comme artiste, et que toujours je trouvais fatalement au bout du drame, sans oser l'espérer si prochaine, est venue me donner le dénouement terrible et nécessaire de mon œuvre. Celle-ci est, dès aujourd'hui, complète ; elle s'agite dans un cercle fini ; elle devient le tableau d'un règne mort, d'une étrange époque de folie et de honte.

Cette œuvre, qui formera plusieurs épisodes, est donc, dans ma pensée, l'Histoire naturelle et sociale d'une famille sous le Second Empire. Et le premier épisode : *La Fortune des Rougon*, doit s'appeler de son titre scientifique : *Les Origines*.

---

1. Zola rappelle que Louis-Napoléon Bonaparte a instauré le Second Empire par un coup d'État, le 2 décembre 1852. C'est la défaite de Sedan, le 4 septembre 1870, dans la guerre contre la Prusse, qui marque la fin de ce régime.

ROMAN

Texte 9

ÉMILE ZOLA, *Germinal* (1885) ♦ septième partie, chap. VI

L'extrait est la conclusion de Germinal, *roman sur la mine. Zola y décrit les conditions de vie et de travail très éprouvantes de mineurs, ainsi que leur lutte pour plus de justice sociale. Il termine par des images de germination, symboles d'espoir.*

Et, sous ses pieds, les coups profonds, les coups obstinés des rivelaines[1] continuaient. Les camarades étaient tous là, il les entendait le suivre à chaque enjambée. N'était-ce pas la Maheude[2], sous cette pièce de betteraves, l'échine cassée, dont le
5 souffle montait si rauque, accompagné par le ronflement du ventilateur? À gauche, à droite, plus loin, il croyait en reconnaître d'autres, sous les blés, les haies vives, les jeunes arbres. Maintenant, en plein ciel, le soleil d'avril rayonnait dans sa gloire, échauffant la terre qui enfantait. Du flanc nourricier jail-
10 lissait la vie, les bourgeons crevaient en feuilles vertes, les champs tressaillaient de la poussée des herbes. De toutes parts, des graines se gonflaient, s'allongeaient, gerçaient la plaine, travaillées d'un besoin de chaleur et de lumière. Un débordement de sève coulait avec des voix chuchotantes, le bruit des germes
15 s'épandait en un grand baiser. Encore, encore, de plus en plus distinctement, comme s'ils se fussent rapprochés du sol, les camarades tapaient. Aux rayons enflammés de l'astre, par cette matinée de jeunesse, c'était de cette rumeur que la campagne était grosse. Des hommes poussaient, une armée noire, venge-
20 resse, qui germait lentement dans les sillons, grandissant pour les récoltes du siècle futur, et dont la germination allait faire bientôt éclater la terre.

---

1. Rivelaines: pics à deux pointes qui servaient à entailler la pierre.
2. Constance Maheu, dite **La Maheude**, est l'un des personnages féminins du roman. Les Maheu travaillent à la mine.

ROMAN

Texte 10

ÉMILE ZOLA, *La Bête humaine* (1890) ♦ chap. x

La Bête humaine *est un roman sur le chemin de fer. Cette « bête »,
personnifiée, est la locomotive, conduite par Jacques Lantier, qui est
lui-même animé d'instincts troubles. Dans l'extrait, Zola décrit un
accident, comme s'il s'agissait de l'agonie d'une femme.*

Enfin, Jacques ouvrit les paupières. Ses regards troubles se
portèrent sur elles, tour à tour, sans qu'il parût les reconnaître.
Elles ne lui importaient pas. Mais ses yeux ayant rencontré, à
quelques mètres, la machine qui expirait, s'effarèrent d'abord,
5   puis se fixèrent, vacillants d'une émotion croissante. Elle, la
Lison[1], il la reconnaissait bien, et elle lui rappelait tout, les deux
pierres en travers de la voie, l'abominable secousse, ce broiement
qu'il avait senti à la fois en elle et en lui, dont lui ressuscitait,
tandis qu'elle, sûrement, allait en mourir. Elle n'était point
10 coupable de s'être montrée rétive[2] ; car, depuis sa maladie
contractée dans la neige, il n'y avait pas de sa faute, si elle était
moins alerte ; sans compter que l'âge arrive, qui alourdit les
membres et durcit les jointures. Aussi lui pardonnait-il volontiers, débordé d'un gros chagrin, à la voir blessée à mort, en
15 agonie. La pauvre Lison n'en avait plus que pour quelques
minutes. Elle se refroidissait, les braises de son foyer tombaient
en cendre, le souffle qui s'était échappé si violemment de ses flancs
ouverts s'achevait en une petite plainte d'enfant qui pleure.
Souillée de terre et de bave, elle toujours si luisante, vautrée sur
20 le dos, dans une mare noire de charbon, elle avait la fin tragique
d'une bête de luxe qu'un accident foudroie en pleine rue. Un
instant, on avait pu voir, par ses entrailles crevées, fonctionner ses
organes, les pistons battre comme deux cœurs jumeaux, la vapeur
circuler dans les tiroirs comme le sang de ses veines ; mais,

---

1. C'est le prénom féminin qui est donné à la locomotive.
2. **Rétive** : indocile, difficile à conduire (on dit souvent d'un cheval qu'il est rétif).

25 pareilles à des bras convulsifs, les bielles n'avaient plus que des tressaillements, les révoltes dernières de la vie ; et son âme s'en allait avec la force qui la faisait vivante, cette haleine immense dont elle ne parvenait pas à se vider toute. La géante éventrée s'apaisa encore, s'endormit peu à peu d'un sommeil très doux,
30 finit par se taire. Elle était morte. Et le tas de fer, d'acier et de cuivre, qu'elle laissait là, ce colosse broyé, avec son tronc fendu, ses membres épars, ses organes meurtris, mis au plein jour, prenait l'affreuse tristesse d'un cadavre humain, énorme, de tout un monde qui avait vécu et d'où la vie venait d'être arrachée, dans
35 la douleur.

Les naturalistes, des « illusionnistes »

Pour Guy de Maupassant (1850-1893), les naturalistes sont des « illusionnistes ». Il n'est pas possible de décrire le réel avec objectivité. Ce n'est même pas souhaitable, car l'art ne supporte pas la banalité. Or, le réel manque souvent d'intérêt. Il faut donc créer l'illusion du vrai, par la maîtrise de l'écriture. Dans ses nouvelles, Maupassant donne l'exemple de son art de la description et du récit.

Texte 11

ESSAI

GUY DE MAUPASSANT, *Pierre et Jean* (1888) ♦ Préface

Pierre et Jean *est l'un des grands romans de Maupassant. L'œuvre, qui présente la rivalité entre deux frères, est aussi connue pour sa préface, un essai intitulé « Le Roman ».*

Le réaliste, s'il est un artiste, cherchera, non pas à nous montrer la photographie banale de la vie, mais à nous en donner la vision plus complète, plus saisissante, plus probante[1] que la réalité même.

----

1. **Probante** : convaincante.

5 Raconter tout serait impossible, car il faudrait alors un volume au moins par journée, pour énumérer les multitudes d'incidents insignifiants qui emplissent notre existence.

Un choix s'impose donc, – ce qui est une première atteinte à la théorie de toute la vérité.

10 La vie, en outre, est composée des choses les plus différentes, les plus imprévues, les plus contraires, les plus disparates ; elle est brutale, sans suite, sans chaîne, pleine de catastrophes inexplicables, illogiques et contradictoires qui doivent être classées au chapitre *faits divers*.

15 Voilà pourquoi l'artiste, ayant choisi son thème, ne prendra dans cette vie encombrée de hasards et de futilités que les détails caractéristiques utiles à son sujet, et il rejettera tout le reste, tout l'à-côté. […]

La vie encore laisse tout au même plan, précipite les faits ou les 20 traîne indéfiniment. L'art, au contraire, consiste à user de précautions et de préparations, à ménager des transitions savantes et dissimulées, à mettre en pleine lumière, par la seule adresse de la composition, les événements essentiels et à donner à tous les autres le degré de relief qui leur convient, suivant leur importance, pour produire la sensa- 25 tion profonde de la vérité spéciale qu'on veut montrer.

Faire vrai consiste donc à donner l'illusion complète du vrai, suivant la logique ordinaire des faits, et non à les transcrire servilement[1] dans le pêle-mêle de leur succession.

J'en conclus que les réalistes de talent devraient s'appeler plutôt 30 des illusionnistes.

---

1. **Servilement** : avec soumission, sans réfléchir.

NOUVELLE

GUY DE MAUPASSANT, « Aux champs » (1882)

L'extrait est l'incipit d'une nouvelle de Maupassant consacrée à la vie paysanne. L'auteur montre que les enfants sont la seule richesse de ces deux familles, qui sont exclusivement préoccupées par les exigences de la survie, au point de renoncer à une partie de leur dignité.

Les deux chaumières[1] étaient côte à côte, au pied d'une colline, proches d'une petite ville de bains[2]. Les deux paysans besognaient[3] dur sur la terre inféconde[4] pour élever tous leurs petits. Chaque ménage en avait quatre. Devant les deux portes voisines, toute la
5 marmaille grouillait[5] du matin au soir. Les deux aînés avaient six ans et les deux cadets quinze mois environ ; les mariages et, ensuite les naissances, s'étaient produits à peu près simultanément dans l'une et l'autre maison.

Les deux mères distinguaient à peine leurs produits[6] dans le
10 tas ; et les deux pères confondaient tout à fait. Les huit noms dansaient dans leur tête, se mêlaient sans cesse ; et, quand il fallait en appeler un, les hommes souvent en criaient trois avant d'arriver au véritable.

La première des deux demeures, en venant de la station d'eaux
15 de Rolleport[7], était occupée par les Tuvache, qui avaient trois filles et un garçon ; l'autre masure[8] abritait les Vallin, qui avaient une fille et trois garçons.

---

1. Chaumières : petites maisons paysannes, couvertes d'un toit de chaume.
2. Ville de bains : station thermale.
3. Besognaient : travaillaient.
4. Inféconde : stérile, qui ne produit rien.
5. Toute la marmaille grouillait : tous les enfants bougeaient, remuaient (péjoratif).
6. Produits : enfants (péjoratif).
7. Rolleport : nom de lieu inventé par Maupassant, mais dont les consonances évoquent probablement la Normandie.
8. Masure : maison misérable.

Tout cela vivait péniblement de soupe, de pommes de terre et de grand air. À sept heures, le matin, puis à midi, puis à six heures, le
20 soir, les ménagères réunissaient leurs mioches pour donner la pâtée, comme des gardeurs d'oies assemblent leurs bêtes. Les enfants étaient assis, par rang d'âge, devant la table en bois, vernie par cinquante ans d'usage. Le dernier moutard[1] avait à peine la bouche au niveau de la planche. On posait devant eux l'assiette creuse pleine de pain molli
25 dans l'eau où avaient cuit les pommes de terre, un demi-chou et trois oignons ; et toute la ligne mangeait jusqu'à plus faim. La mère empâtait[2] elle-même le petit. Un peu de viande au pot-au-feu, le dimanche, était une fête pour tous ; et le père, ce jour-là, s'attardait au repas en répétant : « Je m'y ferais bien tous les jours. »

Vers la fin du naturalisme

À la fin du siècle, le naturalisme est sévèrement critiqué. La publication de *La Terre* (1887), roman de Zola, fait naître de multiples controverses. Le naturalisme semble être devenu morbide, malsain. Il ne répond plus aux aspirations de la génération suivante d'écrivains. Il ne va pas tarder à laisser sa place au symbolisme.

Texte 13

ARTICLE

« Le Manifeste des Cinq », *Le Figaro* (1887)

Dans Le Figaro, *Paul Bonnetain, J.-H. Rosny, Lucien Descaves, Paul Margueritte et Gustave Guiches, cinq jeunes écrivains, écrivent un manifeste pour dénoncer ce qu'ils considèrent comme les excès et les dérives du naturalisme de Zola.*

Nous répudions[3] énergiquement cette imposture de la littérature véridique, cet effort vers la gauloiserie mixte d'un cerveau en

---

1. **Moutard** : enfant (péjoratif).
2. **Empâtait** : nourrissait (péjoratif).
3. **Répudions** : refusons.

mal de succès. Nous répudions ces bonshommes de rhétorique zoliste[1], ces silhouettes énormes, surhumaines et biscornues,
5   dénuées de complication, jetées brutalement, en masses lourdes, dans des milieux aperçus au hasard des portières d'express[2]. [...]

Maintenant, qu'il soit bien dit une fois de plus que, dans cette protestation, aucune hostilité ne nous anime. Il nous aurait été doux de voir le grand homme[3] poursuivre paisiblement sa carrière. La
10   décadence même de son talent n'est pas le motif qui nous guide, c'est l'anomalie compromettante de cette décadence. Il est des compromissions impossibles : le titre de naturaliste, spontanément accolé à tout livre puisé dans la réalité, ne peut plus nous convenir. Nous ferions bravement face à toute persécution pour défendre une cause juste :
15   nous refusons de participer à une dégénérescence inavouable. [...]

Il est nécessaire que, de toute la force de notre jeunesse laborieuse, de toute la loyauté de notre conscience artistique, nous adoptions une tenue et une dignité en face d'une littérature sans noblesse, que nous protestions au nom d'ambitions saines et
20   viriles, au nom de notre culte, de notre amour profond, de notre suprême respect pour l'*Art*.

ROMAN

Texte 14

JORIS-KARL HUYSMANS, *Là-bas* (1891)

Là-bas est un roman qui témoigne de la rupture définitive de Huysmans (1848-1907) avec le naturalisme, auquel l'écrivain préfère un certain spiritualisme. Pour lui, l'esthétique défendue par Zola est vulgaire. Elle se complaît dans une réalité sordide. Il consacre à cette critique le début de son roman.

---

1. Zoliste : de Zola.
2. Express : train rapide.
3. Référence à Zola.

Je ne reproche au naturalisme ni ses termes de pontons, ni son vocabulaire de latrines[1] et d'hospices, car ce serait injuste et ce serait absurde; d'abord, certains sujets les hèlent[2], puis avec des gravats d'expressions et du brai[3] de mots, l'on peut exhausser d'énormes et
5 de puissantes œuvres, L'Assommoir[4], de Zola, le prouve; non, la question est autre; ce que je reproche au naturalisme, ce n'est pas le lourd badigeon[5] de son gros style, c'est l'immondice de ses idées; ce que je lui reproche, c'est d'avoir incarné le matérialisme dans la littérature, d'avoir glorifié la démocratie de l'art! [...] Non, il n'y a pas à dire,
10 toute l'école naturaliste, telle qu'elle vivote encore, reflète les appétences[6] d'un affreux temps. Avec elle, nous en sommes venus à un art si rampant et si plat que je l'appellerais volontiers le cloportisme[7]. Puis quoi? relis donc ses derniers livres, qu'y trouves-tu? dans un style en mauvais verres de couleur, de simples anecdotes, des faits
15 divers découpés dans un journal, rien que des contes fatigués et des histoires véreuses, sans même l'étai d'une idée sur la vie, sur l'âme, qui les soutienne. J'en arrive, après avoir terminé ces volumes, à ne même plus me rappeler les incontinentes descriptions[8], les insipides[9] harangues[10] qu'ils renferment; il ne me reste que la surprise de penser
20 qu'un homme a pu écrire trois à quatre cents pages, alors qu'il n'avait absolument rien à nous révéler, rien à nous dire.

---

1. Latrines: lieu aménagé pour satisfaire ses besoins naturels.
2. Hèlent: appellent.
3. Brai: résidu de distillation des goudrons de houille et de pétrole.
4. L'Assommoir est un roman de Zola sur le peuple, publié en 1877.
5. Badigeon: couleur grossière avec laquelle on peint les murs.
6. Appétences: aspirations, désirs.
7. Cloportisme: esthétique du cloporte, un insecte proche du cafard.
8. Incontinentes descriptions: descriptions qui n'en finissent pas, comme si l'auteur ne pouvait pas se retenir d'écrire.
9. Insipides: sans saveur, sans intérêt.
10. Harangues: discours solennels et prétentieux.

Le dossier

Zola, le roman et la nouvelle

Zola est l'un des romanciers les plus connus de l'histoire de la littérature. Mais cet écrivain infatigable, qui ne passait pas une seule journée sans écrire, est aussi l'auteur de contes et de nouvelles : il sait faire le choix de la brièveté ! Ses nouvelles font parfois écho à ses romans ou les annoncent. Elles témoignent de son art du récit.

LE CHOIX DE LA LITTÉRATURE

1 • Une jeunesse tourmentée

● Zola, **né à Paris le 2 avril 1840**, passe une partie de sa jeunesse en **Provence**. Son père mourant prématurément, il est confronté avec sa mère à des difficultés financières. En 1858, il revient à **Paris** et observe avec fascination le bouillonnement culturel, social et politique, dont il rendra compte dans son œuvre.

● Après avoir échoué au baccalauréat, il se tourne vers le **monde de l'art**. Proche de peintres **impressionnistes** comme Manet (1832-1883) et Cézanne (1839-1906), il mène une vie de bohème.

● En 1862, il est embauché par la maison d'édition **Hachette**, ce qui lui permet de rencontrer de nombreux acteurs de la vie littéraire de son époque.

2 • Le conteur

● Zola publie en 1864 *Contes à Ninon*, un recueil qui comprend quelques contes de fées. Cette œuvre témoigne d'une certaine inspiration romantique, à laquelle il renoncera pour laisser place à l'observation critique du réel.

● On peut citer d'autres recueils de contes importants dans l'œuvre de Zola : *Esquisses parisiennes* (1866), *Nouveaux Contes à Ninon* (entre 1865 et 1873), *Le Capitaine Burle* (1882) et *Naïs Micoulin* **(1884)**.

● Au total, il écrit près d'une centaine de contes et nouvelles. Zola, dans le genre du récit bref, fait concurrence à d'autres auteurs de son époque : Mérimée (1803-1870), Théophile Gautier (1811-1872) et **Maupassant (1850-1893)**.

3 • Le journalisme

● À partir de 1866, il écrit régulièrement des articles, des critiques littéraires, des chroniques d'actualité. Il s'essaie à la polémique, en particulier contre le Second Empire. C'est le début d'une activité de **journaliste**, jamais interrompue.

• Dans les journaux, il publie des **nouvelles** et des **romans en feuilletons**. Certains récits sont d'ailleurs proches du reportage. «L'inondation», par exemple, rend compte d'un drame avec une précision presque journalistique.

ZOLA OU LA MAÎTRISE DU RÉCIT

1 • Le maître du naturalisme

• ***Thérèse Raquin*** (**1867**) est son premier grand roman. Il est caractéristique du **naturalisme**, esthétique que Zola va définir dans ses écrits théoriques : *Le Roman expérimental* (1880) et *Les Romanciers naturalistes* (1881).

• Zola, écrivain naturaliste, a **une ambition scientifique** : il étudie la transmission de l'alcoolisme et de la folie, d'une génération à une autre. Influencé par les théories médicales de l'époque, il considère les comportements humains comme héréditaires.

2 • Les *Rougon-Macquart,* l'œuvre d'une vie

• L'œuvre de sa vie est un grand **cycle romanesque**, publié de 1871 à 1893 : ***Les Rougon-Macquart***. Zola y retrace «l'histoire naturelle et sociale d'une famille sous le Second Empire». Il n'apprécie guère ce régime, mis en place par Louis-Napoléon Bonaparte en 1851 par un coup d'État.

• *La Fortune des Rougon* (**1871**), qui se déroule dans le sud de la France, en est le premier volume. *L'Assommoir* (**1877**) parle du peuple et le fait parler. *Germinal* (**1885**) est un roman sur la mine. *La Bête humaine* (**1890**) évoque le développement du chemin de fer. Dans tous ces volumes, Zola jette un regard lucide et critique sur la modernité et la misère qu'elle fait naître.

3 • Un écrivain engagé

• Zola prend position sur les questions politiques et sociales de son époque. Il est considéré comme proche des idées socialistes. Il dénonce aussi l'antisémitisme en défendant le capitaine juif **Dreyfus**, accusé de haute trahison. Il est l'auteur du célèbre article «**J'accuse… !**», publié dans le journal *L'Aurore*, le 13 janvier 1898.

• Zola paie cher ses engagements. Il est l'objet de caricatures et de railleries. Les antidreyfusards considèrent qu'il s'est attaqué à l'armée et à la patrie. Sa **mort par asphyxie** dans la nuit du 28 au 29 septembre 1902 est considérée comme suspecte. La République fait toutefois transférer ses cendres au **Panthéon** en 1908.

Le naturalisme : la littérature et la science

Zola est le chef de file du mouvement naturaliste. Comme les réalistes, tels que Balzac (1799-1850), Flaubert (1821-1880) ou Maupassant (1850-1893), les écrivains natura-listes veulent représenter le réel avec fidélité. Ils s'inspirent également d'une démarche scientifique. Mais la littérature peut-elle vraiment faire concurrence à la science ?

UNE AMBITION SCIENTIFIQUE

1 • Le refus de l'idéalisation

• À la fin du XIXᵉ siècle, une nouvelle génération d'écrivains tourne le dos au romantisme. À l'expression des sentiments, ils préfèrent le refus de la psychologie. Contre l'idéalisme, ils font le choix de **décrire le réel** dans ses aspects les plus sombres, voire les plus sordides.

• C'est pourquoi Zola se livre à un **travail documentaire** rigoureux avant d'écrire. Dans « Naïs Micoulin », par exemple, il décrit avec précision le lieu de l'intrigue : L'Estaque. Il nous fait voir les paysages de Provence, comme s'il s'agissait d'un tableau ou d'une photographie.

• Le personnage naturaliste n'est donc pas un héros. Il est un **individu ordinaire**, dont l'écrivain nous fait partager le quotidien. Jacques Damour, dans la nouvelle du même nom, voudrait bien être héroïque, lui qui a participé aux événements de la Commune. Mais il aspire à profiter de la vie, bien plus qu'à changer l'Histoire.

2 • L'influence du milieu

• Pour Zola, le roman doit être l'occasion d'une véritable **expérience scientifique** : le romancier étudie les hommes, à la manière du médecin. Zola s'inspire des travaux de Claude Bernard (1813-1878) sur la médecine expérimentale et de Charles Darwin (1809-1882) sur l'hérédité et l'évolution des espèces[1].

---

1. Voir Charles Darwin, *De l'origine des espèces* (1859).

• Zola veut analyser des tempéraments et leur évolution au sein d'un **milieu** social et familial précis. Il s'intéresse aux bourgeois parisiens aussi bien qu'au petit peuple de province. Il s'attache aussi à l'**hérédité**, qui déterminerait le comportement des hommes. De Nantas, fils d'un maçon de Marseille, Zola fait ce portrait : il a « une ambition entêtée de fortune, qu'il tenait de sa mère ».

• Pour Zola, peindre la société, c'est parfois en **dénoncer** les travers. Dans « Nantas », par exemple, il met en évidence le pouvoir de l'argent, qui corrompt les hommes. Il n'apprécie pas le Second Empire (1852-1870), cette « étrange époque de folie et de honte[1] », mais il n'en montre pas moins dans « Jacques Damour » les illusions de la Commune, épisode révolutionnaire qui y met fin.

LES LIMITES DU NATURALISME

1 • Une question de regard et de style

• Le naturaliste de talent est en partie un « illusionniste[2] ». Les œuvres de Zola traduisent en effet la **subjectivité** du regard de l'écrivain, qui opère des choix et qui transmet une vision originale du monde. Son écriture s'éloigne bien souvent de la théorie du naturalisme qu'il développe.

• Le style de Zola est **lyrique**, **épique** ou **pathétique**, comme dans « L'inondation ». En nous faisant partager la lutte d'une famille pour la vie, il nous inspire de la crainte et de la pitié. Le récit est loin du simple témoignage documentaire.

2 • Vers le fantastique ?

• Les personnages de Zola sont confrontés à des épreuves si graves qu'elles peuvent paraître **surnaturelles**. « L'inondation » n'est pas une banale crue. Elle renvoie plutôt au Déluge, récit biblique d'un châtiment divin envoyé aux hommes pour qu'ils expient leurs péchés.

• Parfois, Zola nous transporte même dans un monde **aux limites de la réalité**. Dans « La mort d'Olivier Bécaille », il fait parler un homme qui est censé être mort et que l'on va jusqu'à enterrer. Le narrateur-personnage tente de donner à cette situation des explications rationnelles. Mais le lecteur a bien l'impression d'être face à un récit fantastique.

---

1. Zola, préface *de La Fortune des Rougon* (1871).   **2.** Maupassant, *Pierre et Jean*, préface (1888).

Le xixᵉ siècle ou l'âge d'or de la nouvelle

La nouvelle est un genre narratif bref que l'on définit souvent par rapport au roman ou au conte. Peut-on définir une poétique de la nouvelle, comme genre à part entière ? Quelles sont les évolutions du genre entre la Renaissance, période où il se constitue, et le xixᵉ siècle ?

UNE POÉTIQUE DE LA NOUVELLE

1 • La brièveté

● La brièveté est une dimension essentielle du genre de la nouvelle, qui se distingue ainsi du roman, récit caractérisé par sa longueur. Baudelaire affirme même ceci : « Une nouvelle trop courte [...] vaut encore mieux qu'une nouvelle trop longue[1]. » Cette exigence impose à l'auteur de proposer une **action simple**, avec **peu de personnages**.

● La brièveté suppose une certaine **concentration** du récit : les descriptions donnent les éléments essentiels du décor ; les dialogues sont dynamiques et traduisent la situation de **crise** dans laquelle se trouvent les personnages. Le temps est également resserré : l'auteur rend compte d'un épisode de quelques heures ou précipite une intrigue de plusieurs années en proposant de brèves synthèses, voire des **ellipses**.

● Les nouvelles sont destinées à surprendre ou à troubler. Quelques-unes d'entre elles se terminent par une **chute**, c'est-à-dire une conclusion rapide et inattendue. La déclaration d'amour de Flavie à Nantas, par exemple, est le dernier mot de la nouvelle. Elle apparaît au lecteur comme une étonnante ironie du sort.

2 • Entre réalisme et fantastique

● Beaucoup de nouvelles ont une **intention réaliste**. À la différence du conte, avec lequel il est parfois confondu – Maupassant parle d'ailleurs souvent de contes, pour désigner ses nouvelles –, ce genre ne fait pas appel au merveilleux. Les personnages sont inscrits dans un cadre spatio-temporel précis. Ils peuvent aussi être représentatifs d'une réalité politique et sociale sur laquelle le lecteur est invité à réfléchir.

---

1. *Notes nouvelles sur Edgar Poe* (1857), Préface des *Nouvelles Histoires extraordinaires*.

• Mais certaines nouvelles, d'inspiration fantastique, font surgir brutalement l'**irrationnel** dans un monde dont les repères pouvaient sembler stables. L'action se déroule dans des lieux inquiétants. Elle s'appuie sur des thèmes comme le rêve, la prémonition, la mort. C'est le cas de « La mort d'Olivier Bécaille[1] » ou du célèbre *Horla* (1887) de Maupassant.

DE LA RENAISSANCE AU XIXᵉ SIÈCLE

1 • Du XVIᵉ siècle au XVIIIᵉ siècle

• Le premier recueil de nouvelles françaises, les *Cent Nouvelles nouvelles*, anonyme, paraît en 1462. Mais c'est avec *L'Heptaméron* **(1559)** de **Marguerite de Navarre** que s'affirme vraiment ce genre, dont la référence est le *Décaméron* (1349-1351) de l'écrivain italien Boccace.

• Le genre de la nouvelle connaît un certain succès aux XVIIᵉ et XVIIIᵉ siècles. Certaines d'entre elles sont publiées dans les premiers magazines de l'époque. D'autres constituent des histoires enchâssées dans des romans. Le récit historique le plus célèbre de l'âge classique, *La Princesse de Clèves* **(1678)** de **Mme de La Fayette**, est considéré comme une nouvelle.

2 • Au XIXᵉ siècle

• Au XIXᵉ siècle, l'essor de la nouvelle est considérable. **Maupassant** (1850-1893) est certainement l'auteur le plus fécond de tous : il publie près de 300 nouvelles, regroupées en 17 recueils, dont les *Contes de la bécasse* (1883) ou les *Contes du jour et de la nuit* (1885).

• La nouvelle peut même apparaître comme un **lieu d'expérimentation pour le romancier**. « Un Mariage d'amour » (1866), par exemple, est une nouvelle de Zola, dont l'intrigue prépare celle de son premier grand succès romanesque : *Thérèse Raquin* (1867).

• Le genre profite aussi du **développement de la presse**, qui offre aux écrivains un espace de publication adapté aux récits courts. Zola collabore, entre autres, au *Messager de l'Europe*, revue de Saint-Pétersbourg. Les nouvelles qu'il y publie, comme « Naïs Micoulin », sont destinées à présenter la France aux lecteurs russes.

---

1. → REPÈRE 2.

Les personnages
et le poids du milieu familial

Les personnages de Zola ont l'ambition de maîtriser leur vie : ils aspirent à la réussite. La famille pourrait leur offrir un cadre rassurant et protecteur, face à la solitude et à la violence du monde. Mais ils n'y sont le plus souvent ni libres ni heureux. Ils sont loin de connaître la paix de sentiments partagés et durables. La passion comme le mariage sont des épreuves dont ils sortent rarement vainqueurs.

LA VIOLENCE DE LA PASSION

1 • La passion ou l'illusion du bonheur

• La passion de **Frédéric et Naïs** trouve son origine dans les jeux qu'ils partagent, alors qu'ils ne sont que des enfants. Les amants se rencontrent toutes les nuits, dans des **rendez-vous clandestins**. Ils « se baisaient à pleine bouche dans les tuileries en ruine ». Leur relation est d'abord simple et heureuse, sous le ciel lumineux et chaud de la Provence.

• Mais ils comprennent rapidement qu'ils ne sont pas seuls au monde : ils sont espionnés par Toine, avant d'être surpris par le père Micoulin, qui jure de tuer Frédéric. Naïs doit sacrifier ses sentiments pour sauver celui qu'elle aime. La jeune fille solide et **fière**, éprise de liberté, tient son père en échec. Pour elle, qui est comparée à une « guerrière », à une « amazone », l'amour est une forme de **résistance**. Mais elle finit par épouser Toine, le bossu, qui « ne demandait qu'à être son chien ». La passion a été aussi illusoire qu'éphémère.

• Pour Frédéric, jeune homme **paresseux et insouciant**, qui recherche exclusivement le plaisir, la passion est surtout un moyen d'échapper à l'ennui. Sa relation avec Naïs est un jeu comme un autre, qu'il fait cesser dès qu'il en est las. Étranger au drame qui se joue, **inconscient** des dangers qui le menacent et auxquels il échappe miraculeusement, il semble avoir « l'esprit perdu ». Faible comme un perdreau, que le père Micoulin voudrait chasser, il ne parvient pas à être pleinement acteur de son existence.

2 • Passion et rapports de pouvoir

• Le mariage de **Nantas et Flavie** est loin d'être un aboutissement romanesque de la passion. Ils sont rapprochés par une **entremetteuse**, Mlle Chuin, qui doit permettre à Flavie, enceinte, de s'acheter une respectabilité. L'une des conditions du **marché** est même que le mariage ne soit jamais consommé. Dans un premier temps, Nantas en est satisfait, car il considère la passion comme une faiblesse. Il veut que rien ne vienne « le gêner dans la vie ».

● Mais après dix ans d'un mariage fondé sur le mensonge, Nantas ne parvient plus à dissimuler ses sentiments pour Flavie. Il lui fait une déclaration d'amour inattendue, à laquelle elle reste insensible. La **jalousie** de Nantas est la plus forte. Il pense que M. des Fondettes obtient d'elle des faveurs qu'elle lui refuse. La liberté de la jeune femme lui est insupportable. Il fait parler son **orgueil** de mari blessé.

● Alors qu'il a construit son identité sur la force et la maîtrise de lui-même, il se découvre **fragile**. L'édifice de sa vie n'est en fait qu'un « château de cartes ». En accusant Flavie d'infidélité, il veut l'humilier face à son père et reprendre le pouvoir. Mais il échoue, car elle révèle au vieil homme la vérité sur leur marché. Nantas est **déshonoré** et Flavie lui échappe à nouveau. Désespéré, il décide alors de se suicider. Il parvient ainsi à « dompter » sa femme, punie pour avoir seulement voulu être libre. Elle lui déclare qu'elle l'aime, cédant peut-être à ses sentiments sincères, peut-être à l'épuisement causé par son douloureux rapport de forces avec lui.

LE MARIAGE : UNE UNION RAISONNABLE ?

1 • La respectabilité sociale

● Le mariage est présenté comme une **union économique et sociale**, davantage fondée sur l'intérêt, l'habitude et le souci de respecter les conventions que sur l'amour. Dans « Nantas », il est l'objet d'une transaction financière entre le père et le futur époux. La jeune femme est seulement convoquée à la fin, quand tout est réglé. Les époux deviennent deux « associés », dans une entreprise qui doit seulement paraître honnête aux yeux du monde.

● Lorsque les sentiments existent, ils ne sont pas toujours réciproques. C'est le cas pour **Marguerite et Olivier Bécaille**. Olivier est prêt à tous les sacrifices pour sa femme, dès le début de leur union : il l'emmène vivre à Paris, pour lui éviter l'ennui, se berçant de l'illusion qu'en quittant la Bretagne, il la rendra plus heureuse. Mais il n'a « jamais été son amant ». Elle pleure sa mort, comme celle d'un « frère ». En l'épousant, elle n'a fait qu'obéir à ses parents, qui voulaient se débarrasser d'elle.

● Dans « L'inondation », Zola nous rappelle ce qui fait un mariage heureux : « ne jamais se battre », « avoir beaucoup d'enfants » et « amasser des sacs d'écus ».

À l'amour est substituée une exigence de **paix**, au risque de l'indifférence. L'essentiel reste la perpétuation du **nom** et la **richesse**.

2 • Jusqu'à ce que la mort les sépare ?

• Dans «L'inondation», des couples semblent heureux. Le narrateur personnage souligne que **Jacques et Rose**, malgré leurs vingt-cinq ans de mariage, continuent à échanger «des regards, humides de leur vieille tendresse». Même la mort ne réussit pas à séparer **Gaspard et Véronique**, qui échangent leur «baiser de noces» dans la noyade. Comme des enfants innocents, ils sont finalement unis pour l'éternité.

• Le cadre du mariage résiste toutefois difficilement au temps qui passe. La famille de **Damour et Félicie** est brisée par la séparation. De retour d'exil, Damour fait la cruelle découverte que sa femme s'est remariée avec le boucher Sagnard et qu'elle ne s'est pas occupée de leur fille. L'acte de décès de Damour est une preuve de sa bonne foi : elle ne saurait être accusée d'infidélité à un époux déclaré mort. La blessure d'orgueil, pour Damour, n'en est pas moins vive.

• La **mort** a séparé Olivier Bécaille et Marguerite. Pour Olivier, qui passe pour mort et enterré, l'annonce du mariage à venir entre Marguerite et M. Simoneau est un choc. Il apprend qu'il a «bien fait de mourir». Sa vie n'aurait de sens et de valeur pour personne.

3 • La violence

• Derrière le masque respectable du mariage se cache souvent une grande **violence entre époux**. Damour menace Félicie, sa femme, à laquelle il impose de choisir entre Sagnard et lui. Elle est aussi la victime d'un odieux chantage de Berru : si elle donne à son ancien mari les moyens de subsister, celui-ci pourrait la laisser en paix. Pour eux, Félicie ne vaut guère plus qu'un morceau de viande. Dans «Naïs Micoulin», le père ne fait pas que menacer : il fait de sa femme une créature soumise, dominée par la peur.

• Les **enfants** ne sont pas protégés de la violence du couple. Rarement considérés comme des individus à part entière, soumis à de multiples contraintes, ils n'ont pas d'autre choix que d'obéir. Frédéric, dans «Naïs Micoulin», grandit «entre ce père si affairé et cette mère si rigide» qui ne se soucient que de sa réussite sociale.

• Plus coupable encore est la mère Micoulin, qui ne protège pas sa fille. Maltraitée et exploitée, Naïs est malheureuse. Elle est seule face au père Micoulin, une «bête», un **tyran** qui croit avoir «droit de vie et de mort sur les siens».

Zola et l'étude des milieux

Zola, en chef de file du naturalisme, étudie l'influence sur les individus des milieux, qu'il s'attache à décrire avec précision. Le comportement et l'existence de ses personnages sont déterminés par leur origine à la fois géographique et sociale. Certains d'entre eux tentent d'y échapper : ils déménagent et suivent leur ambition. S'ils accèdent parfois à la réussite, le bonheur semble toujours leur échapper.

ENTRE PARIS ET LA PROVINCE

1 • La dureté de la vie provinciale

● Dans « La mort d'Olivier Bécaille », les personnages se rencontrent en **Bretagne**, près de Guérande. Olivier se souvient des crêpes, des paludiers et des salines. Ce pays ne lui laisse qu'un souvenir de grisaille, à l'image de la pluie qui vient gâcher son mariage, C'est à Marseille que Nantas patiente pendant douze ans, dans l'attente d'une situation digne de lui. Il ne supporte pas cette existence provinciale, dont « la monotonie l'exaspérait ».

● Zola livre, dans « Naïs Micoulin », une description très précise de **L'Estaque**, qui fait penser au tableau de Cézanne (→ 3e DE COUVERTURE). Il insiste sur la violence de cet environnement, fait de contrastes entre la mer et les falaises, entre la végétation et « le feu du ciel ». Cette « contrée de flammes » est le théâtre de la passion entre Naïs et Frédéric. Personnifiée, la lune est même le « témoin » de leurs rendez-vous.

2 • Paris, capitale des ambitions

● Partir de la province pour déménager à Paris est l'itinéraire des **ambitieux** dans les récits réalistes et naturalistes du XIXe siècle. La capitale est un symbole d'espoir pour les personnages. Dans « La mort d'Olivier Bécaille », Marguerite en rêve. Nantas la considère comme **un lieu où tout est possible**. Il lui faudrait simplement « allonger les mains » pour obtenir une réponse à ses ambitions.

● Mais Paris peut aussi être une **illusion**. Nantas s'aperçoit très vite que c'est un lieu où seule la corruption permet de réussir. Le mérite et la volonté sont de faibles arguments face au pouvoir de l'argent. Marguerite est elle aussi effrayée face à cette ville immense, « qui grondait si terriblement ». Au milieu de la foule, les hommes peuvent se sentir encore plus seuls à Paris qu'ailleurs.

LE DÉTERMINISME DU MILIEU SOCIAL

1 • La misère

• De nombreux personnages tombent dans la misère suite à une **rupture** ou à un drame dans leur vie. Olivier Bécaille était heureux, jusqu'à la mort de son père, qui le contraint à se faire employer comme petit fonctionnaire à l'hôpital. Nantas accepte de travailler chez un négociant suite à la mort de sa mère. Il doit également subvenir aux besoins de son père, maçon devenu handicapé suite à un accident du travail.

• Dans la société décrite par Zola, seuls les riches accèdent à un minimum de reconnaissance. Les pauvres sont méprisés, traités **comme des bêtes**. Nantas éprouve le sentiment humiliant de ne pas exister dans la foule. Il est bousculé, éclaboussé, humilié. Il doit marcher avec « la raideur d'un sanglier traqué par une meute ».

• La pauvreté n'offre qu'une **vie rude** et fatigante, animée par la constante préoccupation de la survie. Les Micoulin, « mégers », c'est-à-dire métayers, n'obtiennent que de médiocres récoltes des terres qu'ils cultivent. Ils dépendent en plus de la pêche. Naïs est la seule richesse du père, car elle représente une force de travail. Il comprend qu'elle peut lui rapporter de l'argent et l'envoie travailler à la tuilerie.

2 • La réussite

• La réussite suppose beaucoup de **volonté** et de **travail**. Nantas l'a méritée, car il a cru en sa force. Il a aussi su saisir sa chance, lorsque Mlle Chuin, l'entremetteuse, s'est présentée à lui. Sans cette audace, il n'aurait sans doute jamais conquis Paris. Dans « L'inondation », Louis Roubieu accède à l'aisance après quatorze années d'efforts.

• Mais la réussite entraîne l'angoisse de la **chute**. Ce que tant de travail a réussi à construire, une catastrophe naturelle peut l'anéantir en quelques heures. Dans « L'inondation », le personnage découvre la violence des aléas de la fortune.

• Pour Zola, l'argent et le pouvoir rendent les hommes **malheureux**. Les Rostand, dans « Naïs Micoulin », vivent dans un hôtel qui invite à la mélancolie. Nantas, lorsqu'il prend conscience qu'il lui manque l'amour de Flavie, a cette plainte : « Je ne suis pas heureux... Je ne suis pas heureux... » L'homme de pouvoir pleure comme un enfant.

3 • Le mariage, espoir de mixité sociale ?

• Les personnages espèrent parfois échapper à leur milieu social par le **mariage**. C'est le cas de Nantas. Mais dans « Naïs Micoulin », la différence de condition sociale est un obstacle indépassable à l'union des jeunes gens. Cette **inégalité** dans les relations est soulignée dès le début de la nouvelle. Frédéric tutoie Naïs, alors que celle-ci doit le vouvoyer et l'appeler « Monsieur Frédéric », pour échapper au soufflet de son père.

• Pour les plus aisés, la richesse peut aussi être une prison. La relation avec Naïs donne à Frédéric l'impression de **transgresser un interdit** : il la trouve « excitante avec son hâle et son odeur de terre », qui sont autant de signes de sa modeste condition sociale. Mais il se lasse vite, à la première difficulté. La mort du père Micoulin le fait se détourner de Naïs, et il tire la cruelle conclusion que « les paysannes ne val[ent] pas les filles ». Avec Naïs, il vit une aventure passagère, un caprice sans conséquence et vite oublié, qui le conforte même dans ses préjugés.

La sombre leçon des nouvelles

Les personnages de Zola évoluent dans un monde où les repères sont instables et les valeurs incertaines. Ils aspirent essentiellement au plaisir immédiat et à la réussite matérielle. S'ils recherchent l'amour, ils ne parviennent que rarement à le trouver et à le vivre. Ils semblent condamnés à un bonheur illusoire, voire au malheur.

UNE VISION DU MONDE PESSIMISTE

1 • L'instabilité du monde

• Pour Zola, tout acquis peut être remis en cause par le sort de manière aussi violente qu'inattendue. L'**amour** ne s'inscrit pas dans la durée. Jacques Damour, suite à son exil, et Olivier Bécaille, qui passe pour mort, en font l'amère expérience : leurs femmes ont rapidement tourné la page. La **fortune** n'est pas davantage assurée. C'est au moment où Louis Roubieu se croit heureux, dans «L'inondation», qu'une catastrophe naturelle vient anéantir sa famille.

• La violence des histoires individuelles croise parfois celle de l'Histoire. Dans «Jacques Damour», il est question de la **guerre franco-prussienne de 1870** et de la **Commune**. Lorsque le personnage revient d'exil, il s'aperçoit que les Parisiens cherchent à effacer toute trace de ces événements. Les chantiers, destinés à reconstruire les monuments brûlés par la Commune, sont le symbole de la volonté collective de vivre au présent.

• Zola nous prend à témoin du mouvement précipité de la modernité. Dans «Nantas», il fait allusion aux **mutations économiques et sociales sous le Second Empire**. Le personnage éponyme conquiert rapidement «une des plus hautes situations financières et industrielles», avant d'accéder aux responsabilités politiques. Son destin est celui d'un ambitieux, qui profite de l'essor du chemin de fer et du capitalisme financier de cette époque.

2 • La fragilité de la morale

• Beaucoup de personnages recherchent leur satisfaction personnelle, sans se préoccuper d'autrui. Dans «Naïs Micoulin», Zola fait ce portrait ironique de Frédéric : «le meilleur garçon du monde, pourvu qu'on ne touchât point à ses plaisirs». Dans ce monde où l'**égoïsme** triomphe et laisse les individus face à leur solitude, Olivier Bécaille constitue peut-être une exception. Il se sacrifie pour le bonheur de sa femme : il ne veut pas faire «la bêtise cruelle de ressusciter».

• Zola met en évidence le rôle de l'**argent** dans cette **corruption** généralisée du monde. La richesse flatte les ambitions et le matérialisme des hommes, qu'il éloigne de toute valeur. Elle ne les rend même pas heureux. Dans « Naïs Micoulin », le superbe hôtel acheté par M. Rostand est impersonnel. Il en émane un « froid mortel ». Nantas, qui a fait de l'argent le seul moteur de l'existence, finit par découvrir qu'il lui manque l'essentiel – l'amour –, et que les sentiments ne s'achètent pas.

• La société repose également sur le **mensonge**. Chacun joue un rôle, sur le théâtre du monde. Frédéric sait s'appuyer avec habileté sur les apparences. Il témoigne d'une « hypocrisie d'enfant courbé par la peur ». Pour la femme d'Olivier Bécaille, le temps du deuil n'est qu'une convention sociale, qu'il importe de respecter pour ne pas choquer. Dans « Nantas », le couple ne fait que mentir. La vérité finit par faire irruption dans la vie de chacun d'entre eux. Mais quand Flavie s'abandonne enfin à ses sentiments, beaucoup de temps a déjà été perdu.

3 • La perte de tout idéal

• Dans ce monde corrompu, la **politique** ne saurait constituer un espoir. Zola nous montre qu'elle repose avant tout sur des mots et sur des postures. Jacques Damour est républicain par héritage : ses parents lui ont en effet appris que la « République serait un jour le triomphe de l'ouvrier, le bonheur universel ». Mais il ne sait guère ce que signifient ces élans d'optimisme et il renonce vite à ses idéaux révolutionnaires ! La révolution peut bien s'effacer derrière le plaisir du repos et de la bonne chère.

• La **religion** n'est pas davantage un réconfort. Dans « L'inondation », c'est en tentant de rejoindre l'église, sans jamais y parvenir, que beaucoup de personnages meurent. Tous doivent affronter un Dieu cruel et sourd à leurs prières. Leur combat est perdu d'avance.

LA FATALITÉ DU MALHEUR ?

1 • Des personnages tragiques

• Beaucoup de personnages sont caractérisés par leur *hubris*, c'est-à-dire leur démesure, un orgueil qui les conduit à sortir de leur condition. Dans « L'inondation », le narrateur personnage était « le plus riche fermier de la commune ». Sa maison allait même « toucher le ciel », à force d'y ajouter des étages. Cette tour de Babel, où toute la famille se retrouve, attire probablement la colère de Dieu par son immodestie.

• Les personnages croient maîtriser leur sort, mais ils sont victimes de leur **aveuglement**. Ils sont soumis au **destin**, qui les entraîne souvent à leur perte. « L'inondation » se conclut par les larmes de Louis Roubieu, seul survivant de sa famille à la catastrophe. Dans « Naïs Micoulin », le père de Naïs, qui croit mener le jeu contre Frédéric, qu'il veut tuer, est finalement la victime d'une cruelle ironie du sort. C'est lui qui meurt dans un tragique accident.

2 • La tentation du désespoir

• Certains personnages sont tentés par le suicide, comme Nantas, qui ne voit d'abord aucune issue à sa quête de la fortune. Mais le jeune homme garde **espoir**, car il croit en son destin. Il finit par conclure avec Mlle Chuin, l'entremetteuse, ce qui peut apparaître comme un pacte avec le diable : il accepte de vendre son âme. Il considère lui-même ce marché comme une « infamie ». Zola nous montre la puissance de l'amour-propre et de l'ambition, qui pousse les hommes à accepter des propositions moralement inacceptables.

• La **mort** vient surprendre les hommes, avant qu'ils n'aient pu donner du sens à leur vie. Elle les prend au hasard, sans faire de distinction entre le jeune et le plus âgé, le sage et le fou. Louis Roubieu, dans « L'inondation », constate cette absurdité : c'est lui, « le vieux », qui est le seul à avoir survécu. À Olivier Bécaille, la mort propose même une mauvaise plaisanterie : il est enterré vivant.

• La clé de la **sagesse** n'est certainement pas dans la **peur** : Olivier Bécaille a toujours eu peur de la mort, ce qui n'a pas eu d'autre effet que de l'empêcher de vivre. Elle n'est pas davantage dans la **révolte**. Gaspard, dans « L'inondation », n'accepte pas son sort et tente tout pour s'en sortir. Il ne réussit qu'à se précipiter plus rapidement vers la mort avec Véronique, celle qu'il aime. Zola invite peut-être chacun à prendre conscience que le combat est vain, et qu'il vaut mieux s'abandonner au destin avec calme et **lucidité**.

La mort comme leçon de sagesse

Les nouvelles de Zola nous interrogent sur le sens que chacun donne à sa vie : connaître le grand amour ou la réussite sociale, profiter du jour présent, changer l'histoire. La confrontation avec la mort – la sienne ou celle d'autrui – bouleverse les repères et les valeurs de chaque personnage. Cette expérience essentielle leur permet d'accéder à une certaine vérité de la vie, au-delà de leurs illusions. Elle invite à ne plus opposer radicalement la vie et la mort : certains individus sont bien vivants, mais vivent comme s'ils étaient morts ; d'autres, condamnés ou supposés morts, luttent pour la vie, avec la conscience de ce qui est essentiel. Les personnages transmettent également au lecteur une leçon de sagesse. Est-il possible de donner un sens à sa vie, ou les hommes sont-ils condamnés à survivre et à assumer l'absurdité du monde ?

DOCUMENT 1

MONTAIGNE, *Essais* (1580) ♦ livre I, chap. xx, « Que philosopher, c'est apprendre à mourir »

Dans ses Essais, *Montaigne (1533-1592) réfléchit sur lui-même et tente de trouver les voies de la sagesse. Pour lui, la mort ne doit pas inquiéter. Il importe de s'y préparer, pour vivre de manière plus consciente et plus libre.*

Ils vont, ils viennent, ils trottent, ils dansent, de mort nulles nouvelles. Tout cela est beau. Mais aussi quand elle arrive, ou à eux, ou à leurs femmes, enfants et amis, les surprenant en dessoude[1] et à découvert, quels tourments, quels cris, quelle rage et quel désespoir les accable ? Vîtes-vous jamais rien
5   si rabaissé, si changé, si confus ? Il y faut pourvoir de meilleure heure : et cette nonchalance bestiale, quand elle pourrait loger en la tête d'un homme d'entendement[2] (ce que je trouve entièrement impossible) nous vend trop cher ses denrées. Si c'était ennemi qui se pût éviter, je conseillerais d'emprunter les armes de la couardise[3]. Mais puisqu'il ne se peut, puisqu'il
10   vous attrape fuyant et poltron aussi bien qu'honnête homme,

> *Nempe et fugacem persequitur virum,*
> *Nec parcit imbellis juventæ*
> *Poplitibus, timidoque tergo[4].*

1. En dessoude : à l'improviste.
2. Homme d'entendement : homme de bon sens, raisonnable.
3. Couardise : lâcheté.

4. « La mort poursuit le guerrier dans sa fuite et n'épargne pas les jarrets et le dos craintif de la jeunesse vulnérable. » (Horace, *Odes*, III, 2)

et que nulle trempe de cuirasse vous couvre
Ille licet ferro cautus se condat ære,
Mors tamen inclusum protrahet inde caput[1].

15 apprenons à le soutenir de pied ferme, et à le combattre. Et pour commencer à lui ôter son plus grand avantage contre nous, prenons voie toute contraire à la commune. Ôtons-lui l'étrangeté, pratiquons-le, accoutumons-le. N'ayons rien si souvent en la tête que la mort. À tous instants représentons-la à notre imagination et en tous visages. Au broncher d'un cheval, à la chute d'une tuile, à la moindre piqûre d'épingle,

20 remâchons[2] soudain : « Et bien, quand ce serait la mort même ? » et là-dessus, raidissons-nous, et efforçons-nous. Parmi les fêtes et la joie, ayons toujours ce refrain de la souvenance[3] de notre condition, et ne nous laissons pas si fort emporter au plaisir, que parfois il ne nous repasse en la mémoire, en combien de sortes cette nôtre allégresse est en butte à la mort,

25 et de combien de princes elle la menace. Ainsi faisaient les Égyptiens, qui, au milieu de leurs festins et parmi leur meilleure chère, faisaient apporter l'Anatomie sèche[4] d'un corps d'homme mort, pour servir d'avertissement aux conviés.

30 *Omnem crede diem tibi diluxisse supremum,*
Grata superveniet, quæ non sperabitur hora[5].

Il est incertain où la mort nous attende, attendons-la partout. La préméditation de la mort est préméditation de la liberté. Qui a appris à mourir, il a désappris à servir. Le savoir mourir nous affranchit de toute sujétion[6] et contrainte. Il n'y a rien de mal en la vie pour celui qui a bien compris que la

35 privation de la vie n'est pas mal.

---

1. « Il a beau se cacher prudemment sous le fer et l'airain : la mort cependant lui fera sortir sa tête si bien protégée. » (Properce, IV, 18)
2. Remâchons : revenons en esprit sur une idée.
3. Souvenance : souvenir.

4. Anatomie sèche : squelette.
5. « Persuade-toi que le jour qui s'est mis à luire est ton dernier jour : l'heure qui viendra de surcroît, sans être espérée de toi, te sera précieuse. » (Horace, *Épîtres*, I, 14)
6. Sujétion : asservissement, soumission.

DOCUMENT 2

JEAN DE LA FONTAINE, Fables (1668) ♦ «La mort et le bûcheron», livre I, fable 16

La Fontaine (1621-1695) écrit ses Fables pour inviter les lecteurs à mieux se connaître. Le moraliste met en évidence les faiblesses des hommes, dominés par les illusions et les passions. Tous s'accrochent à la vie, même malheureuse, par peur de la mort.

Un pauvre bûcheron, tout couvert de ramée[1],
Sous le faix[2] du fagot aussi bien que des ans
Gémissant et courbé, marchait à pas pesants,
Et tâchait de gagner sa chaumine[3] enfumée.
5   Enfin, n'en pouvant plus d'effort et de douleur,
Il met bas son fagot, il songe à son malheur.
« Quel plaisir a-t-il eu depuis qu'il est au monde ?
En est-il un plus pauvre en la machine ronde[4] ?
Point de pain quelquefois, et jamais de repos. »
10 Sa femme, ses enfants, les soldats[5], les impôts,
    Le créancier[6] et la corvée
Lui font d'un malheureux la peinture achevée.
Il appelle la Mort ; elle vient sans tarder,
    Lui demande ce qu'il faut faire.
15   « C'est, dit-il, afin de m'aider
À recharger ce bois ; tu ne tarderas guère[7]. »

        Le trépas vient tout guérir ;
        Mais ne bougeons d'où nous sommes :
        Plutôt souffrir que mourir,
20   C'est la devise des hommes.

DOCUMENT 3

BERNARDIN DE SAINT-PIERRE, Paul et Virginie (1788)

Paul et Virginie *de Bernardin de Saint-Pierre (1737-1814) est un roman d'amour qui se déroule sur l'actuelle île Maurice. L'histoire finit tragiquement : Virginie*

---

1. Ramée : ensemble des branches feuillues d'un arbre.
2. Faix : poids, fardeau.
3. Chaumine : chaumière, maison au toit de chaume.
4. Machine ronde : la Terre.

5. Les soldats, à l'époque, logeaient chez l'habitant.
6. Créancier : personne qui prête de l'argent à une autre.
7. Tu ne tarderas guère : ça ne te demandera pas longtemps.

meurt. Un vieillard tente de consoler le jeune homme désespéré. Pour lui, la mort est indissociable de la vie. Elle lui donne tout son prix.

Voilà ce que vous pouvez vous dire dans votre infortune : Je ne l'ai pas méritée. Est-ce donc le malheur de Virginie, sa fin, son état présent, que vous déplorez ? Elle a subi le sort réservé à la naissance[1], à la beauté et aux empires mêmes. La vie de l'homme, avec tous ses projets, s'élève comme une petite tour
5   dont la mort est le couronnement. En naissant, elle était condamnée à mourir. Heureuse d'avoir dénoué les liens de la vie avant sa mère, avant la vôtre, avant vous, c'est-à-dire de n'être pas morte plusieurs fois avant la dernière !

La mort, mon fils, est un bien pour tous les hommes ; elle est la nuit de ce jour inquiet qu'on appelle la vie. C'est dans le sommeil de la mort que reposent pour
10   jamais les maladies, les douleurs, les chagrins, les craintes qui agitent sans cesse les malheureux vivants. Examinez les hommes qui paraissent les plus heureux : vous verrez qu'ils ont acheté leur prétendu bonheur bien chèrement ; la considération publique, par des maux domestiques ; la fortune, par la perte de la santé ; le plaisir si rare d'être aimé, par des sacrifices continuels : et souvent, à la fin d'une vie
15   sacrifiée aux intérêts d'autrui, ils ne voient autour d'eux que des amis faux et des parents ingrats. Mais Virginie a été heureuse jusqu'au dernier moment. Elle l'a été avec nous par les biens de la nature ; loin de nous, par ceux de la vertu : et même dans le moment terrible où nous l'avons vue périr elle était encore heureuse ; car, soit qu'elle jetât les yeux sur une colonie entière à qui elle causait une désolation
20   universelle, ou sur vous qui couriez avec tant d'intrépidité à son secours, elle a vu combien elle nous était chère à tous. Elle s'est fortifiée contre l'avenir par le souvenir de l'innocence de sa vie, et elle a reçu alors le prix que le ciel réserve à la vertu, un courage supérieur au danger. Elle a présenté à la mort un visage serein.

DOCUMENT 4

ÉMILE ZOLA, « La mort d'Olivier Bécaille » (1884)

Olivier Bécaille s'est réveillé. Pour lui, c'est presque une résurrection. Mais il découvre, amer et désabusé, qu'il a été bien vite oublié. Sa vie n'avait pas beaucoup de valeur pour les autres. Est-il raisonnable de craindre la mort, dans ces conditions ? Ne devrait-on pas bien davantage s'attacher à donner du sens à sa vie ?

« La dame du comptoir […] qu'elle ne m'oublie. » → p. 201-202, l. 936-980.

---

1. Réservé à la naissance : réservé à ceux qui sont de noble naissance.

DOCUMENT 5

SAMUEL BECKETT, *Malone meurt* (1951) © Les Éditions de Minuit

Malone, dans le roman de Beckett (1906-1989), est un homme qui écrit ses dernières pensées avant une mort qu'il pense prochaine. Dans son monologue intérieur, il nous fait partager sa solitude et le sentiment de l'absurdité de la vie. L'extrait qui suit est l'incipit du roman.

Je serai quand même bientôt tout à fait mort enfin. Peut-être le mois prochain. Ce serait alors le mois d'avril ou de mai. Car l'année est peu avancée, mille petits indices me le disent. Il se peut que je me trompe et que je dépasse la Saint-Jean[1] et même le Quatorze Juillet, fête de la liberté. Que dis-je, je suis capable d'aller jusqu'à
5   la Transfiguration[2], tel que je me connais, ou l'Assomption[3]. Mais je ne crois pas, je ne crois pas me tromper en disant que ces réjouissances auront lieu sans moi, cette année. J'ai ce sentiment, je l'ai en moi depuis quelques jours, et je lui fais confiance. Mais en quoi diffère-t-il de ceux qui m'abusent[4] depuis que j'existe ? Non, c'est là un genre de question qui ne prend plus, avec moi, je n'ai plus besoin de pittoresque. Je
10 mourrais aujourd'hui même, si je voulais, rien qu'en poussant un peu, si je pouvais vouloir, si je pouvais pousser. Mais autant me laisser mourir, sans brusquer les choses. Il doit y avoir quelque chose de changé. Je ne veux plus peser sur ma balance, ni d'un côté ni de l'autre. Je serai neutre et inerte. Cela me sera facile. Il importe seulement de faire attention aux sursauts. Du reste je sursaute moins depuis que je suis ici. J'ai
15 évidemment encore des mouvements d'impatience de temps en temps. C'est d'eux que je dois me défendre à présent, pendant quinze jours trois semaines. Sans rien exagérer bien sûr, en pleurant et en riant tranquillement, sans m'exalter. Oui, je vais enfin être naturel, je souffrirai davantage, puis moins, sans en tirer de conclusions, je m'écouterai moins, je ne serai plus froid ni chaud, je serai tiède, je mourrai tiède, sans
20 enthousiasme. Je ne me regarderai pas mourir, ça fausserait tout. Me suis-je regardé vivre ? Me suis-je jamais plaint ? Alors pourquoi me réjouir, à présent ? Je suis content, c'est forcé, mais pas au point de battre des mains. J'ai toujours été content, sachant que je serais remboursé. Il est là maintenant, mon vieux débiteur[5]. Est-ce une raison pour lui faire fête ? Je ne répondrai plus aux questions. J'essaierai aussi de ne plus m'en
25 poser. On va pouvoir m'enterrer, on ne me verra plus à la surface. D'ici là je vais me raconter des histoires, si je peux. Ce ne sera pas le même genre d'histoires qu'autrefois, c'est tout. Ce seront des histoires ni belles ni vilaines, calmes, il n'y aura plus en elles ni laideur, ni beauté, ni fièvre, elles seront presque sans vie, comme l'artiste. Qu'est-ce

---

1. La Saint-Jean : le 24 juin.
2. La Transfiguration : le 6 août.
3. L'Assomption : le 15 août.

4. M'abusent : me trompent.
5. Débiteur : personne qui est redevable de quelque chose à quelqu'un.

que j'ai dit là ? Ça ne fait rien. Je m'en promets beaucoup de satisfaction, une certaine
30   satisfaction. Je suis satisfait, voilà, je suis fait, on me rembourse, je n'ai plus besoin de
rien. Laissez-moi dire tout d'abord que je ne pardonne à personne. Je souhaite à tous
une vie atroce et ensuite les flammes et la glace des enfers et dans les exécrables
générations à venir une mémoire honorée. Assez pour ce soir.

DOCUMENT 6

MARGUERITE DURAS, *La Douleur* (1985) © P.O.L.

Marguerite Duras (1914-1996) écrit La Douleur *en pensant à son mari : Robert
Antelme (Robert L., dans l'extrait), déporté pendant la Seconde Guerre mondiale.
En revenant des camps, celui-ci ne revient pas entièrement à la vie. Sa présence
confronte son entourage à l'angoisse de la mort et l'invite à ressentir plus intensément
les joies simples du quotidien.*

Puis le temps a passé encore.

Ça a été le premier été de la paix, 1946.

Ça a été une plage en Italie, entre Livourne et La Spezia.

Il y a un an et quatre mois qu'il est revenu des camps. Il sait pour sa sœur[1],
5   il sait pour notre séparation depuis de longs mois[2].

Il est là, sur la plage, il regarde venir des gens. Je ne sais pas qui. Comme il
regarde, comme il faut pour voir, c'était ce qui mourait en premier dans
l'image allemande de sa mort lorsque je l'attendais à Paris. Quelquefois il reste
de longs moments sans parler, le regard au sol. Il ne peut pas encore s'habituer
10   à la mort de la jeune sœur : vingt-quatre ans, aveugle, les pieds gelés, phtisique[3]
au dernier degré, transportée en avion de Ravensbrück[4] à Copenhague, morte
le jour de son arrivée, c'est le jour de l'armistice. Il ne parle jamais d'elle, il ne
prononce jamais son nom.

Dans cette lumière qui accompagne le vent, l'idée de sa mort s'arrête.

15   Il a écrit un livre sur ce qu'il croit avoir vécu en Allemagne : *L'Espèce
humaine*[5]. Une fois ce livre écrit, fait, édité, il n'a plus parlé des camps de

---

1. Marie-Louise Antelme est morte dès la
libération des camps.
2. Robert et la narratrice vont divorcer.
3. Phtisique : atteinte de tuberculose.
4. Ravensbrück est un camp de
déportation.

5. *L'Espèce humaine* est une œuvre dans
laquelle Robert Antelme rend compte de
son expérience de déporté et réfléchit sur
ce que les camps disent de l'Homme.

concentration allemands. Il ne prononce jamais ces mots. Jamais plus. Jamais plus non plus le titre du livre.

C'est un jour de Libeccio[1].

20 Je suis allongée près de Ginetta, nous avons grimpé la pente de la plage et nous sommes allées profond dans les roseaux. Nous nous sommes déshabillées. Nous sortons de la fraîcheur du bain, le soleil brûle cette fraîcheur sans encore l'atteindre. La peau protège bien. À la base de mes côtes, dans un creux, sur ma peau, je vois battre mon cœur. J'ai faim.

25 Les autres sont restés sur la plage. Ils jouent au ballon. Sauf Robert L. Pas encore.

[...]

On entend : ils rient. Elio surtout. Ginetta dit : « Écoute-le, c'est comme un enfant. »

Robert L. ne rit pas. Il est allongé sous un parasol. Il ne peut pas encore
30 supporter le soleil. Il les regarde jouer.

Le vent n'arrive pas à passer à travers les roseaux, mais il nous apporte les bruits de la plage. La chaleur est terrible.

Ginetta prend deux moitiés de citron dans son casque de bain, elle m'en tend une. On presse le citron au-dessus de nos bouches ouvertes. Le citron
35 coule goutte à goutte dans notre gorge, il arrive sur notre faim et nous en fait mesurer la profondeur, la force. Ginetta dit que le citron est bien le fruit qu'il fallait quand il faisait cette chaleur. Elle dit : « Regarde les citrons de la plaine de Carrare comme ils sont énormes, ils ont la peau épaisse qui les garde frais sous le soleil, ils ont le jus comme les oranges, mais ils ont le goût sévère. »

40 On entend toujours les joueurs. Robert L. lui, on ne l'entend toujours pas. C'est dans ce silence-là que la guerre est encore présente, qu'elle sourd à travers le sable, le vent.

DOCUMENT 7
THÉODORE GÉRICAULT, *Scène de déluge* (1818-1820) → 2e de couverture et p. 255

---

1. Libeccio : nom d'un vent du Sud-Ouest.

L'Homme face à la mort | SUJET D'ÉCRIT 1 |

Objet d'étude : La question de l'Homme dans les genres de l'argumentation, du XVIᵉ siècle à nos jours.

DOCUMENTS *(Les documents figurent dans l'ouvrage, p. 243-247.)*

- **MONTAIGNE**, *Essais* (1580) ♦ DOC. 1, p. 243
- **ÉMILE ZOLA**, « La mort d'Olivier Bécaille » (1884) ♦ DOC. 4, p. 246
- **SAMUEL BECKETT**, *Malone meurt* (1951) ♦ DOC. 5, p. 247

QUESTIONS SUR LE CORPUS

1 Dans quelle mesure les textes présentent-ils la mort comme angoissante ?

2 Montrez que les auteurs font de la confrontation avec la mort l'occasion de délivrer aux hommes une leçon philosophique et/ou morale.

TRAVAUX D'ÉCRITURE

Commentaire (séries générales)

Vous ferez le commentaire du texte d'Émile Zola (doc. 4, p. 246).

Commentaire (séries technologiques)

Vous ferez le commentaire du texte d'Émile Zola (doc. 4, p. 246), en vous aidant des pistes de lecture suivantes.

– Dans cette scène, le personnage revient à la vie. S'agit-il d'un moment heureux ?

– Quelle leçon le lecteur est-il censé tirer de cette conclusion de la nouvelle ?

Dissertation

La littérature doit-elle nous apprendre la sagesse ?

Vous répondrez à cette question en vous appuyant sur les textes du corpus, les œuvres étudiées en classe et vos lectures personnelles.

Écriture d'invention

Olivier Bécaille décide finalement d'aller revoir Marguerite, sa femme. Il lui fait partager son désarroi. Marguerite tente de lui redonner des raisons de vivre. Elle le persuade que tout n'est pas perdu. Écrivez leur dialogue.

Le naturalisme dans le roman et la nouvelle

Objet d'étude : Le roman et la nouvelle au XIXe siècle : réalisme et naturalisme

DOCUMENTS *(Les documents figurent dans l'ouvrage, p. 217-221.)*

• **ZOLA, *La Fortune des Rougon*** (1871) ♦ TEXTE 8, p. 217

• **ZOLA, *Germinal*** (1885) ♦ TEXTE 9, p. 219

• **MAUPASSANT, « Aux champs »** (1882) ♦ TEXTE 12, p. 223

• **MAUPASSANT, *Pierre et Jean*** (1888) ♦ TEXTE 11, p. 221

QUESTIONS SUR LE CORPUS

1 En quoi ces textes sont-ils représentatifs de l'esthétique naturaliste ?

2 Pour Zola et Maupassant, le naturalisme est-il seulement une représentation fidèle du réel, qui exclut le regard personnel de l'auteur sur le monde ? Justifiez votre réponse en vous appuyant sur les textes du corpus.

TRAVAUX D'ÉCRITURE

Commentaire (séries générales)

Vous ferez le commentaire du texte de Maupassant (texte 12, p. 223).

Commentaire (séries technologiques)

Vous ferez le commentaire du texte de Maupassant (texte 12, p. 223), en vous aidant des pistes de lecture suivantes.
– Quels éléments essentiels Maupassant révèle-t-il à son lecteur, dans cet incipit ?
– Comment traduit-il la misère des deux familles ?

Dissertation

Maupassant, dans la préface de *Pierre et Jean*, considère que « les réalistes de talent devraient s'appeler plutôt des illusionnistes ».
Vous discuterez cette affirmation en vous appuyant sur les textes du corpus, les œuvres étudiées en classe et vos lectures personnelles.

Écriture d'invention

Vous êtes seul et vous regardez par la fenêtre. Vous décrivez le paysage qui s'offre à vous. Votre description est d'abord précise, puis glisse vers la rêverie. Vous n'hésiterez pas à employer des images. Pour vous aider, vous pouvez vous appuyer sur l'extrait de *Germinal* de Zola (texte 9, p. 219).

« Naïs Micoulin », l'incipit | SUJET D'ORAL 1 |

● **ZOLA**, « Naïs Micoulin » (1884), chap. I

« À la saison des fruits [...] répétait le collégien. » → p. 7-8, l. 1-34

QUESTION

Comment cet extrait répond-il aux exigences traditionnelles d'un incipit ?

Pour vous aider à répondre

a Relevez et analysez les informations que Zola donne dans l'extrait sur le cadre spatio-temporel de l'intrigue, la situation, les personnages.
b Montrez comment Zola souligne, dès l'incipit, la différence sociale entre Naïs et Frédéric.
c Analysez la place qui est laissée à la violence (du climat et du paysage, des personnages...).

COMME À L'ENTRETIEN

1 Appuyez-vous sur votre lecture de la nouvelle pour expliquer comment les relations entre Naïs et Frédéric vont évoluer.

2 Quel rôle a le père Micoulin dans la suite de la nouvelle ?

3 Montrez que, pour Zola, le paysage est un personnage de la nouvelle.

4 Dans quelle mesure cet incipit s'inscrit-il dans l'esthétique naturaliste ?

5 À la lumière de votre lecture des autres nouvelles du recueil, précisez le regard que Zola porte sur les relations amoureuses.

« Nantas », le pacte | SUJET D'ORAL 2 |

● **ZOLA**, « Nantas » (1884), chap. I

« Nantas ne l'interrompait pas [...] dit-il crûment. » → p. 55-57, l. 179-226

QUESTION

Comment Zola met-il en évidence l'évolution de Nantas, du refus à l'acceptation du pacte avec l'entremetteuse ?

Pour vous aider à répondre

a Montrez que Nantas, à ce moment de l'intrigue, est dans une situation tragique et que l'entremetteuse lui propose la seule issue possible pour lui.
b Pourquoi Nantas refuse-t-il d'abord ce pacte ? Quel argument le décide à accepter ?
c Le pacte proposé par l'entremetteuse est-il moral ? Justifiez votre réponse.

COMME À L'ENTRETIEN

1 Dans l'ensemble de la nouvelle, Nantas est-il heureux ?

2 Mlle Chuin est-elle un personnage respectable dans la nouvelle ?

3 Citez d'autres ambitieux, en particulier dans la littérature du XIXe siècle.

4 Comment Zola, dans « Nantas », révèle-t-il la puissance de l'argent ?

5 À la lumière de votre lecture des autres nouvelles du recueil, montrez que, pour Zola, les hommes ne se préoccupent que de leurs intérêts personnels.

« Jacques Damour », l'excipit　　| SUJET D'ORAL 3 |

• ZOLA, « Jacques Damour » (1884), chap. v

« La semaine suivante [...] dort le nez dans l'herbe. » → p. 131-132, l. 1181-1222

QUESTION

Zola nous invite-t-il à nous réjouir de la nouvelle aisance matérielle de Jacques ?

Pour vous aider à répondre

a Montrez que Zola insiste sur le bien-être de Jacques, qui profite de la vie.
b Le personnage a-t-il toutefois retrouvé toute sa place dans la société ? Justifiez votre réponse.
c À quoi Jacques semble-t-il avoir renoncé ? Repérez les marques d'ironie de Zola à son égard.

COMME À L'ENTRETIEN

1 Quelle place Zola accorde-t-il à l'évocation de la Commune de Paris dans sa nouvelle ?

2 Jacques est-il un héros ? Justifiez votre réponse.

3 Le dénouement laisse de côté la femme de Jacques, dont on ne connaît pas vraiment le sort. Montrez que le retour de Jacques a toutefois forcément bouleversé sa vie.

4 Citez quelques causes pour lesquelles Zola s'est engagé. Que révèle cette nouvelle sur le rapport de Zola aux questions politiques et sociales ?

5 Quelles autres nouvelles du recueil témoignent d'un questionnement comparable sur le pouvoir et les rapports sociaux ? Justifiez votre réponse.

« L'inondation », une situation tragique

| SUJET D'ORAL 4 |

● **ZOLA**, « L'inondation » (1884), chap. IV

« J'ignore combien de temps [...] sans une blessure, invincible. » → p. 154-156, l. 549-591

QUESTION

Comment Zola met-il en évidence la violence des éléments déchaînés contre les hommes ?

Pour vous aider à répondre

a Comment Zola permet-il au lecteur de se représenter précisément l'horreur de la situation ?
b Montrez que l'eau est un personnage de l'extrait.
c Expliquez pourquoi on peut dire, à la lecture de cet extrait, que les personnages n'ont aucune chance d'échapper au désastre.

COMME À L'ENTRETIEN

1 À quel épisode biblique Zola pense-t-il probablement lorsqu'il écrit sa nouvelle ?

2 Zola, en décrivant cette inondation, veut-il nous suggérer que les personnages ont été châtiés par Dieu pour leurs péchés ?

3 Les personnages les plus jeunes tentent de résister à l'eau. Montrez que leur combat peut donner une dimension épique à la nouvelle.

4 Quelle est la position du narrateur-personnage face aux événements, tout au long de la nouvelle ? En est-il vraiment l'un des acteurs essentiels ?

5 Pour Zola, la famille est-elle un espace de bonheur possible ? Appuyez-vous sur les autres nouvelles du recueil pour répondre.

L'humanité face à la tragédie

DOCUMENT

● **THEODORE GÉRICAULT**, *Scène de déluge* (1818-1820) → 2e de couverture

Ce tableau, inspiré par l'esthétique romantique, met en évidence la violence des éléments, face à laquelle l'homme semble fragile et impuissant. Il fait écho au Radeau de la Méduse *(1818-1819), qui présente les survivants d'un naufrage, eux aussi en train de lutter contre la menace des eaux. Géricault (1791-1824), avec* Scène de déluge, *fait référence à un épisode d'inondation catastrophique, voulu par Dieu pour punir les hommes de leurs péchés. Dans «L'Inondation», les personnages de Zola doivent affronter une terrible crue de la Garonne, qu'ils ressentent comme un châtiment divin.*

QUESTIONS

1 Comment Géricault suggère-t-il que la catastrophe est un châtiment divin?

2 Dans le récit que fait la Bible du Déluge, il nous est dit que les animaux, avec certains hommes, ont été sauvés par l'arche construite par Noé. Cet espoir existe-t-il pour les hommes représentés par Géricault?

3 Que font les hommes pour tenter de survivre? Analysez la dimension pathétique de cette scène.

Un paysage de passions | LECTURE 2 |

DOCUMENT

● **PAUL CÉZANNE**, *La Baie de l'Estaque* (1886) → 3e de couverture

L'Estaque, petit village de la baie de Marseille, est l'un des décors de « Naïs Micoulin ». Zola y est venu en 1870 et 1877. Pour Cézanne (1839-1906), c'est un lieu familier, où il séjourne régulièrement. Il apprécie le panorama qui lui est offert et qui lui permet de peindre en plein air, comme il est d'usage de le faire depuis l'impressionnisme. Il donne au paysage méditerranéen toute sa lumière et ses contrastes.

QUESTIONS

1 Quelle importance Cézanne accorde-t-il aux couleurs et à la lumière dans son tableau ? Pourquoi a-t-on l'impression que l'Estaque est, comme l'affirme Zola dans « Naïs Micoulin », une « contrée de flammes » ?

2 Pourquoi Cézanne choisit-il un point de vue élevé pour la représentation ? Comment révèle-t-il néanmoins la présence de l'homme dans le paysage ? Quels détails du tableau font référence aux activités majeures du village de l'Estaque ?

3 Comment Cézanne montre-t-il la puissance de la nature (mer, végétation, relief...) avec laquelle l'homme doit cohabiter ?

4 Faites quelques recherches pour préciser les rapports particuliers que Cézanne et Zola entretenaient l'un avec l'autre.

Achevé d'imprimer par Grafica Veneta SpA - Italie

dépôt légal n° 99143-1/01 - Mars 2015

PAPIER À BASE DE
FIBRES CERTIFIÉES

Hatier s'engage pour l'environnement en réduisant l'empreinte carbone de ses livres Celle de cet exemplaire est de :
600 g éq. CO$_2$
Rendez-vous sur
www.hatier-durable.fr